퍼즐 위의 새

퍼즐 위의 새

배이유 소설

알렙

나의 책이 세상 밖으로 나왔다.

그런데 고민이다. 얘를 어떻게 세상 구경을 시키나.

'나의 책'을 내보내는 방법에 대해 여러 가지로 생각해 본다.

1. 붉은 고무대야에 책을 담아 시장 거리에서 생선처럼 판다.

　책 사세요, 책~. 갓 잡은, 물 좋은 책이 왔어요~~

2. 그 옛날 소금장수나 방물장수처럼 책들을 등짐으로 지고 마을, 마을로 돌아다닌다(미디어의 침범이 적은 오지까지 침투할 수 있다. 그러나 요즘 이런 곳을 찾기란 쉽지 않다). 그러려면 동네 개들이나 주민과의 친화력은 물론 입담이 좋아야 한다. 그래야 물 한 잔이라도 얻어 마신다.

3. 1톤짜리 트럭을 개조해 이동식 책 판매장으로 만든다. 짐칸을 간이매점식으로 하되 투명 유리나 플라스틱으로 삼면이 보일 수 있게 개방형으로 만든다. 중앙에 삼각 진열대를 세로로 세워 책의 전면이 보이게끔 나란히 여러 권을 진열한다. 진열대에 책을 비춰 주는 작은 조명도 몇 개 설치한다. 투명 벽에는 홍보용 포스터를 붙인다. 차를 이용하면 장소의 제약을 받지 않고 전국 어디로든 쉽게 이동할 수 있다는 장점이 있다. 바닷가나 광장이나 마을 공터 어디든, 본래 익숙한 자리인 듯 터를 잡는다. 판매대 앞에 앉아 지나가는 사람들을 유유자적 구경하거나, 심심하면 내 책 표지를 보이게 하고 다른 책을 안에 끼워 펼쳐 읽기도 한다. 책장을 넘기며 미소를 머금거나 알 듯 말 듯 모호한 표정을 짓기도 하겠지.

나의 '첫책'이 쾌활한 유랑자였으면 좋겠다.

첫사랑처럼 첫책이라고 발음하니 쳇쳇, 하는 부정적인(경멸, 동의하지 않음, 아니꼬움) 반응을 보일 때의 혀 차는 소리가 된다. 그리하여 '첫책'의 이름을 '체체'라 부른다.

체체, 넌 한 곳에 붙박이지 말고 두루두루 세상을 돌아다녔으면 좋겠어.

『퍼즐 위의 새』로 즐기는 레시피
──새(bird) 버터오븐구이와 파스타 알리오올리오

1. 책을 펼친다. 주재료로 할 새를 끄집어낸다(새의 종류는 다양하니 입맛대로 고르면 된다. 단, 방사능에 오염된 새가 있으니 주의해야 한다).

2. 새의 목을 누르고 숨통을 끊은 뒤, 깃털을 뽑고 배를 갈라 내장을 빼내어 깨끗하게 손질한다(이때 종지에 신선한 피를 조금 받아둔다. 여기에 고춧가루를 섞는다).

3. 2의 새에 버터를 발라 소금과 후추로 간을 하고 오븐에 넣어 노릇노릇해질 때까지 익힌다.

4. 한 움큼의 파스타와 손이 가는 대로 책의 낱장을 국수처럼 가늘게 찢어 끓는 물에 약간의 소금을 넣고 알맞게 삶는다.

5. 납작하게 편으로 썰어둔 열 개의 알리오(마늘)를, 마늘 크기로 뭉쳐놓은 문장들과 2의 고춧가루 피와 섞어 프라이팬에 올리브유를 둘러 마늘의 노란 즙이 배일 때까지 적당하게 익힌다. 여기에 잘 삶아진 파스타와 파스타 삶은 물을 넣어 같이 살짝 볶는다.

6. 집게로 파스타를 건져 파란 도자기 접시에 나선형으로 담는다. 거기에 조각달처럼 자른 토마토 서너 개를 올리고 책 속의 글자를 하나하나 잘게 뜯어 파마산 치즈와 함께 뿌려준다. 마지막에 바질 한 잎을 보기 좋게 장식한다.

7. 포크로 면을 돌돌 말아 먹으면 된다. 포크가 거추장스럽다면 포크 대신 과감하게 다섯 손가락으로 집어 올리면 더 좋다. 손가락에 묻은 검은

글자들은 기름과 함께 빨아먹는다. 새 버터구이는 되도록이면 아무런 도구를 사용하지 않고 손으로 뜯어 야생적으로 먹는다.

체체를 알리오.
당신의 식탁에 정성껏 올리오.

차례

분홍 사다리

그는 처음부터 닭을 토막 내지 말고 '온 마리 통닭'으로 튀겨 달라고 부탁했었다. 번지까지 또박또박 말하고는 초록색 지붕이라고 덧붙여 말했다. 이제 카랑카랑한 목소리가 전화선을 타고 넘어오면 그녀는 자연스레 냉장실의 잘리지 않은 생닭을 꺼낸다.

기름방울들이 거침없이 손목으로 튀어 오른다. 순간 끈적한 열기가 얼굴을 덮쳐 그녀는 고개를 옆으로 돌리며 숨을 참는다. 자글자글 기름이 끓으며 살덩어리를 에워싼다. 분홍색 살이 충분히 익도록 집게로 양 다리 사이를 벌린다. 기름이 잘 먹도록 다시 한 번 집게로 살코기를 뒤집는다. 그러면서도 그녀는 방안에서 자신의 뒤를 뚫어질 듯 노려보고 있는 남편을 의식한다. 그가 그럴수록 그녀는 오히려 더 무심하게 등을 보이며 모른 척한다. 노릇노릇하게 익은 닭을 기름받이에 건져내 기름이 빠지도록 둔다. 면장갑을 벗고 땀과 기름으로 번질거리는 얼굴을 수건으로 훔친다. 종이상자를 꺼내 먼저 호일을 깐다. 뜨거운 닭의 몸통을 등이 보이도록 양다리를 모아 밑으로 집어넣고 포장을 한다. 앞치마를 벗고 주방 기둥에 붙여둔 마름모꼴 거울을 본다. 이마에 달라붙어 있는 머리카락을 쓸어 올리며 묶었던 머리를 풀었다 다시 고무줄로 단단히 묶는다. 슬쩍 내실을 보니 문은 열려 있는데 기척이 느껴지지 않는다. 열린 문만큼의 어둠이 어슴푸레 비어져 나온다. 햇빛이 들지 않는 쪽방이라 낮에도 불을 켜지 않으면 어둡다. 포장된 비닐봉지를 입구 쪽 계산대 위에 올려두고 그 옆에 있는 드래프트기의 코크를 눌러 1,000cc 갈색 용기에 냉각된 생맥주를 재빨리 채운다. 그녀는 이층에 있는 어머니를 내려오게 할까 하다 그만둔다. 주문전화 잘 받아놔요. 그녀는 방을 향해 말하고는 가게 앞에 세워진 스쿠터 박스에 치킨과 맥주를 싣고 발판에 발을 올린다.

　수성초등학교를 지나 꼬불꼬불 왕복 2차선 산복도로의 허름한 상점들과 연립주택과 낮은 집들을 뒤로 획획 넘기며 고갯길을 오른다. 앞서가는 마을버스를 추월해 사회복지관을 지난다.

87번 버스 종점이 있는 언덕바지 아래의 평지에서 브레이크를 쥐고 잠시 숨을 돌린다. 수정산이 손닿을 듯 가까이 내려와 있다. 그녀가 멈춰 있는 큰길을 중심으로 단층 가옥들이 좌우 아래위로 난 샛길을 끼고 층층이 촘촘히 붙어 있다. 이곳은 도시 한가운데에 있지만 구두 안창처럼 계곡 깊숙이 숨어 있다 하여 안창마을이란 이름이 붙여졌다. 왠지 그녀는 '안창' 하면 곱창 같은 창자가 떠오르고 구불구불 골목길로 이어진 이 마을이 동물의 내장과 닮아 있다는 생각을 했다. 지금이야 길 이름과 번지가 깔끔하게 정리된 문패가 골목마다 집집이 달려 있지만, 신호대 고갯길 입구에 처음 치킨집을 열었을 때만 해도 이 마을길은 그녀에게 미로와 같았다. 지금 그녀가 서 있는 이 장소에서 주위를 둘러보면, 줄에 널린 빨래며, 붉은 대야에 담긴 화초며 LPG 가스통 등 올망졸망 모여 있는 집의 내력을 훤하게 다 알 수 있을 것만 같았다. 그러나 막상 좁은 골목길 속으로 들어가 보면 그 길은 다른 길로 이어지거나 막다른 골목이 나타났다. 번지도 정확지 않고 집들도 비슷하고 길도 여러 갈래로 나누어져 그녀에게는 암호로 다가왔다. 길들은 꿈속에서 헤매던 길들과 흡사했다. 언젠가 똑같은 일을 겪은 것도 같았다. 골목길을 몇 번 들어갔다 나갔다 하다 보면 정작 치킨이 손님에게 건네졌을 때는 미지근하게 식어 있었다. 그녀는 손에 익지 않은 스쿠터의 핸들을 쥐고서 당황해하던 자신의 모습을 떠올렸다. 그때 마을의 구멍가게나 바깥에 나와 있던 할머니들에게 왜 물어볼 생각을 못했는지……. 그때를 돌이켜보면 '추락', '나락'이라는 말이 가장 먼저 다가온다. 어쩌면 내심으로는 골목길에 갇혀 나가는 길을 못 찾게 되기를 바랐던 게 아니었을까. 그녀는 알면서 일부러 돌고 돌았다는 착각이 드는 것이다.

나지막한 잿빛 슬레이트 지붕들 사이에서 띄엄띄엄 박힌 하늘색 지붕과 한결같이 올려진 파란 물탱크들이 오히려 칙칙해 보이는 풍경에 생동감을 준다. 봄물이 오른 연두색 나무와 분홍 꽃들이 담장과 담장 사이의 경계를 허물고 물감처럼 번져 있다. 노송한 그루가 비스듬히 기울어져 있는 석축 위의 초록색 지붕이 유난히 눈에 띈다. '내 눈에만 그런 걸까.' 그녀는 그곳을 보면서 심호흡을 하고는 스쿠터의 브레이크를 푼다.

그녀는 흐트러진 머리를 매만지며 고무줄로 단단하게 머리를 묶는다. 침대 밑에 떨어진 남방을 집어 들고 팔을 낀다. '그가 내게서 맡는 건 기름 냄새일 터였다. 처음에는 이 냄새가 불쾌할까 봐 방어 태세를 취했었다. 그러나 그는 땀과 튀김 냄새가 섞여 있을 나의 체취에 개의치 않았다. 그가 내 목에 코를 부빌 때면 그는 몽롱하게 취해 있는 것 같았다. 그의 몸에서는 휘발성 라커 냄새가 났다. 어떤 때는 스쿠터에 윤활유를 넣다가 순간적으로 그를 떠올린 적도 있었다. 대개 그와의 섹스는 담백했다. 그의 침대에서 그를 안고 있으면 아득하게 긴 시간이 흐른 것 같지만 실제로는 지극히 짧은 시간에 지나지 않았다. 바깥과 이 안의 시간은 엄연히 달랐다. 감각의 시계추가 더 날렵하게 움직였다. 시간을 아끼며 나누는 조급한 연애에 이미 길이 들어 버렸다.' 그녀는 서둘러 단추를 채우고 그의 작업 도구들이 발에 밟히지 않도록 조심하며 문쪽으로 걸어 나온다. 그의 공간에는 휘발성 페인트 냄새가 습관처럼 배어 있다. 항상 그러했듯 그는 얇은 이불을 가슴께까지 끌어당겨 담배를 피우고 있다. 그는 그녀가 서서 정면으로 자신의 벌거벗은 몸을 내려다보는 걸 꺼려했다. 그녀가 그의 눈에 안 보일 때라야 그는 비로소 이불 속에서 나와 옷을 입었다. 주방과 침실을 제외하고 그의 공간은 온통 스프레이통들과 붓들과 신문지와 밧줄과 마직포들이 어지럽게 널려 있다. 작업장과 생활공간이 분리되지 않은 원룸형 공간의 가운데에는 은빛 A형 사다리와 도배용 받침사다리가 놓여 있다. 창문을 제외한 벽과 천장에는 강렬한 원색의 기괴한 그림들이 그려져 있다. 낯설어서 해독할 수 없는 외계의 언어 같기도 했다. 그녀의 관점으로 보자면 결코 아름답다고 할 수 없었다. 밝은 색을 많이 썼는데도 어둡게 느껴졌다. 그렇지만 그녀에게 이 공간은 그 어디보다도 안온했다.

그녀는 싱크대 위에 얹혀진, 이 주 전에 가져다 놓았던 플라스틱 빈 맥주통을 가지고 마당으로 나온다. 그는 '내가 가고 나면 맥주와 차갑게 식은 닭을 먹을 것이다. 한 번도 그가 내 앞에서 주문한 닭을 먹는 걸 보지 못했다'고 그녀는 생각한다. 그와 그녀 사이에 충분한 시간이 없기 때문이기도 했지만 그녀는 다른 식으로 상상했다. 그가 테이블에 앉아 닭을 먹으려는데 갑자기 그의 몸이 변한다. 눈에서는 파란 광채가 나고 온몸에 짐승의 털이 쑥쑥 자라 덮인다. 손가락 끝에서 손톱이 길게 튀어나온다. 날카로운 손톱으로 닭을 야성적으로 찢어 뜯어먹는다. 그래서 그에게는 언제나 온 마리 닭이 필요한 거라고.

그녀는 대문 밖으로 나와 스쿠터 위에 올라앉는다. 어렵사리 골목길을 빠져나오며 이 년 전 일을 떠올린다.

'골목을 빠져나와 세탁소 앞을 지나는데 큰길 건너편의 담벼락 여기저기에 대학생으로 보이는 몇몇 젊은 사람들이 모여 있었다. 그들은 붓으로 아기자기한 동화 같은 장면을 벽에 그려 넣고 있었다. 꽃이나 별, 천사 같은. 그런데 젊은이들의 얌전한 붓질과는 다르게 크고 활발하게 손을 놀려대는 한 남자가 눈에 띄었다. 무리와 떨어져 홀로 무언가를 하고 있었는데, 낡은 청바지에 헐렁한 옷을 걸친 희끗희끗한 머리의 남자가 벽에다 열심히 스프레이를 뿌려대고 있었다. 남자의 주위에는 구경꾼들이 모여 있었다. 호기심에 다가가서 남자가 양손으로 펼치는 마술 같은 작업을 지켜보았다. 스프레이를 뿌려대는 손목에서는 인디언풍의 팔찌가 찰랑이고 있었다. 그는 스프레이 노즐을 조절하며 멀리서 혹은 가까이서 몸을 기울여 벽에다 분사했다. 그 동작은 리듬을 타며 몸을 흔드는 힙합의 움직임과 닮아 있었다. 미끄럼틀에서 신나게 미끄러지는 사내아이의 활기와 자유로움을 그의 거칠 것 없는 행위에서 보았다면 내가 과장한 걸까. 벽에 그려진 완성된 내용은 단순했다. 작업실에 그려져 있던 지금의 어두운 그림들과는 완전히 달랐다. 미로 같은 길 위에 집 한 채가 있었고, 하늘에는 달을 향해서 올라가게끔 분홍색 사다리가 걸려 있었다. 그는 한 손에 붓을 들고 분홍색 사다리 주위로 하얀 눈 같은 것을 찍기도 했다. 내가 스쿠터에 앉아, 자신의 작업을 바라보는 걸 그가 슬쩍 보았던가. 아니면 우연이었을까. 며칠 후 기름기 없는 남자의 목소리가 전화로 토막 내지 않은 닭을 주문해 왔다. 초록 지붕 집에 가서야 비로소 그가 며칠 전에 벽화를 그리던 사람이란 것을 알아보았다. 오랫동안 배달을 해왔는데 어째서 그 집은 처음이었을까 의문이 생겼었다. 어쩌다가 그와 관계를 가지게 되었는지 이유를 따진다는 건 아무런 의미가 없다. 그저 자연스럽게 이루어진 일이었으니까. 찰나 같은 시간이었다 해도 내게는 쉴 곳이 절실하게 필요했으니까.'

지금 그녀는 그가 그려놓은 벽화 앞에 멈춰 있다. 어느새 밤하늘의 바탕색 일부가, 분홍 사다리의 귀퉁이가 사라져 버리고 말았다. 야심차게 진행되었던 그때의 풋풋했던 벽그림들은 벌써 색이 바랬거나 칠조각이 떨어져 나가 보기에 안쓰럽다. 곧 마을이 재개발돼서 4차선 도로가 뚫리고 고층 아파트가 들어선다고들 한다. 언젠가 이 그림벽들도 헐리고 골목길이 사라지면 그녀가 여기로 배달 오는 일도 없을 것이다.

그녀는 스쿠터에 발을 올리고 아슬아슬하게 마을길을 내려간다.

테이블의 맥주잔이 엎어지고 튀김 조각들이 바닥으로 떨어진다. 그는 한 사내의 멱살을 틀어쥐고는 거친 숨을 내뿜는다. 그의 눈은 살기로 번득인다. 그녀와 두 명의 남자가 달려들어 한 대 칠 것 같은 그를 사내에게서 떼어놓는다. 얼결에 멱살을 잡혔던 사내 는 씩씩거리더니 호기를 부린다. 내 참 더럽고 아니꼬와서. 미친놈 하고 상대하는 나도 미친놈이지. 불쌍해서 봐준다, 니 인생이 불쌍해 서. 사내는 바닥에 침을 뱉고는 가게 밖으로 나가 버린다. 가게 안 은 난장판이 되었다. 그녀는 흥분한 채 서 있는 남편을 다독여 바 깥으로 데리고 나가려 하지만 꿈쩍도 않는다. 어쩔 줄 몰라 하던 어 머니가 그의 손을 잡아끌며 이층으로 올라가자고 달랜다. 아들은 어머니의 손을 뿌리치며 본래 자기가 있던 자리로 어슬렁어슬렁 들 어가 앉는다. 그녀는 정신을 차리고는 바닥을 치우고 테이블을 정 리한다. 엉거주춤 서 있던 사람들이 다시 손님의 위치로 돌아간다.

테이블 다섯 개가 다 찼다. 오후에는 술손님들과 주문 배달로 더 바빠진다. 어머니가 그녀를 대신해 닭을 튀긴다. 그녀는 안주 도 준비하고 맥주도 나른다. 그는 카운터에 못마땅한 얼굴로 앉아 있다. 그나마 그의 몸 상태가 좋으면 카운터도 보고, 직접 나와서 주문을 받고 정리도 한다. 그렇지만 그녀는 그가 도와주는 게 하 나도 반갑지 않다. 오히려 더 불편하다. 술손님이 많은 저녁에는 차라리 그가 이층에서 내려오지 말았으면 싶다. 그의 태도는 불쾌 할 정도로 무뚝뚝해서 손님하고 시비도 잦다. 가게는 어머니와 둘 이서만 해도 된다고 그의 등장을 여러 번 말리지만 그는 언제나 그녀의 뜻을 삐딱하게 받아들인다. 어머니의 태도는 늘 모호하다.

아들이 억지 부리는 걸 마뜩찮아 하면서도 한편으로는 자신의 아들이 이곳의 엄연한 가장임을 알리고 싶어 한다. 그래서 카운터에라도 그가 앉아 있기를 바라는 것이다. 그들끼리 모종의 밀약이 있었는지 어쨌는지 아들이 며느리의 신경을 자극한다는 걸 알면서도 어머니는 종종 모른 척한다.

다리가 아파 호프 저장통 앞에 앉아 있는 그녀에게 그가 카운터를 탁탁 두드리며 턱짓으로 채근한다. 그의 얼굴에 아주 거만한 표정이 실려 있다. 차라리 저기 손님이 손짓을 하는데 가봐, 이랬다면 좋았을 것이다. 말을 안 하고 턱짓으로만 부리는 듯한 태도가 오늘 따라 더없이 그녀의 비위를 거스른다. 저 사람의 성정이 원래 저랬었나 하는 착각이 들 정도다.

뜨내기손님들은 별로 없다. 근처에서 고만고만한 점포를 가지고 장사를 하는 사람들이 대부분이다. 그래서 가게 안은 아는 얼굴들끼리 인사도 나누고 와자지껄 시끄럽다. 그는 카운터에 앉아 입을 꾹 닫고 감시카메라처럼 눈을 굴린다. 행여 그녀에게 수작이라도 걸까 봐 그는 가게에 나와 있는 한 잠시도 감시의 눈길을 늦추지 않는다. 손님들 중에는 그의 눈치를 보는 사람도 있다. 그녀는 그와 손님들한테 신경이 쓰여 가시방석이다. 그녀는 그와 손님 사이에서 적절하게 시소를 타며 균형을 잡는다. 과하지 않게 손님들한테 미소 지으며 남편의 무례를 샐러드 안주로 무마한다. 적어도 손님을 내쫓지는 말아야 할 게 아닌가.

그녀가 그들한테 던지는 웃음은 허위다. 웃고 싶지 않지만 억지로 웃어야 하는 그런 것. 아니면 웃고 싶은데 까르르 소리 내서 웃지 못하는 그런 것. 그녀의 얼굴은 가면을 쓴 것처럼 뻣뻣하다. 어떨 때는 얼굴 근육이 너무 굳어진 것 같아 그녀는 잠이 들기 전 한 번씩 손으로 이마에서 턱으로 피부를 쓸어보기도 한다. 잠이 들기 위해 혼자가 되어서야 비로소 가면 하나를 내려놓는 느낌이다. 그가 가게에 나와 있을 때는 주방에서 닭만 튀기는 게 차라리 편하다. 그녀가 휴대폰을 지니지 않는 것은 그의 거미줄 같은 망상에서 벗어나고 싶어서다. 아마 잠이 들어서도, 약에 취해서도 그녀를 감시하려 들 것이다.

단골들은 치킨집의 사정을 아는지라 그의 심기를 거스르지 않으려 한다. 술이 취하면 최소한의 불문율도 깨지기 마련이지만. 그와 드잡이를 해보지 않은 남자들이 별로 없다. 대개 싸움은 주위의 만류로 시작도 끝도 없이 싱겁게 꼬리를 내려버리지만, 상대방은 그를 향해 욕설을 내뱉고는 목덜미를 쥐었던 손을 털면서 나가버리고는 한다. 그런데도 그들은 한동안 뜸하다가도 다시 가게에 나타나 아무 일도 없었다는 듯 튀김닭과 맥주를 시킨다. 서로 사과랄 것도 없다. 때때로 이런 손님들이 가게를 찾는 건 그가 만들어내는 이상한 긴장감을 즐기러 오는 게 아닐까 싶다. 그녀는 그와 자신과 손님 사이에서 이루어지는 묘한 삼각관계의 긴장을 그들이 부추기러 오는 건 아닌지, 하는 엉뚱한 의문을 품은 적도 있었다.

그녀는 가게 문을 닫고 이층으로 올라간다. 어머니와 그가 자는 방은 이미 불이 꺼졌고, 아이들 방은 아직 불이 켜져 있다. 너, 여

20

태 안 자니? 모레부터 시험이에요. 그래도 너무 늦었잖니. 내가 알아서 할게요. 큰애는 고개도 돌리지 않고 말한다. 구석에서 흐트러진 빨래처럼 자고 있는 둘째가 애잔하다. 이불과 베개를 챙겨 주고 아이들 방을 나온다. 중학생인 큰애는 사춘기에 접어들어서 그런지 묻는 말 외에는 도통 말이 없다. 도대체 속으로 무슨 생각을 하는지 모르겠다. 아이들을 제대로 보살피지 못하는 것 같아 그녀는 마음이 무겁다. 다른 집 할머니들은 손자를 살뜰하게 챙기기도 한다던데 어머니는 아들 비위 맞추느라 전전긍긍이다. 수시로 감정이 변하는 제 아비를 아이들도 슬슬 피한다. 큰애는 아예 아버지와 마주치는 것조차 꺼린다.

그녀는 가게에 딸린 뒷방에 눕는다. 몸은 천근만근 무거워 금방이라도 잠 속으로 빠져들 것 같았는데 쉬이 잠이 오지 않는다. 얼굴을 만지며 가면 하나를 풀어놓는다. 낮 동안 예민해져 있던 신경들이 부드럽게 허물어진다. 어둠 속에서 심호흡을 해본다. 몸을 바삐 움직이는 것은 힘들지 않다. 언제까지고 끝날 것 같지 않은 이 상황들, 도무지 나아질 기미가 없고 점점 더 난폭해져 가는 그에게서 희망이 보이지 않는다는 사실이 그녀를 고통에 빠뜨린다. 한때 그에게도 풀 먹인 와이셔츠처럼 빳빳하게 빛나던 시절이 있었다. 검정 양복에 청색 넥타이를 매고서 법원으로 출근하던 그의 모습이 아직도 그녀의 마음 한구석에 뚜렷하게 새겨져 있다. 다 잊었다 생각했는데 밤에 홀로 누워 있을 때면, 불쑥 그의 진중하고 반듯하던 모습이 신기루처럼 그녀에게 다가온다. 다, 지난 일이야. 그녀는 뻐근해 오는 통증을 진정시키려 옆으로 돌아누우며 뒤척인다. 과거의 그가 생생하게 눈앞에 나타날 때면 그녀는 가슴이 저린다.

눈부신 태양 아래 하얀 폴로셔츠를 입은 그가 하얀색 테니스라켓으로 그린색 공을 쳐낸다. 공이 포물선을 그리며 탄력 있게 네트를 넘는다. 팔과 다리가 이루어내는 경쾌한 동작이 튕겨내는 공 소리만큼 싱그럽다. 자신감으로 여유 있게 상대편을 바라보는 그의 눈. 다부진 얼굴에 맺힌 땀방울까지…… 만져질 듯 생생한데…… 연수생 동기들과 테니스코트에 서 있던 그. 언제나 양지 쪽에 있을 것만 같았던……

테니스공처럼 튀어 오르던 그는, 이제 없다.

그가 망가지면 망가질수록, 그녀는 그에 대한 미련을 완전히 내려놓을 수가 없었다. 그러나, 이제 그녀도 안다. 아니, 인정한다. 혹시나, 그래도, 하며 기대를 품었던 것들이 거품처럼 남아 있을 뿐이란 걸. 과거의 그는 신기루라는 것을.

가게 안이 눅눅하다. 그녀는 문과 창을 활짝 열어 환기를 시키고 구석구석 걸레질을 한다. 모처럼 마음먹고 기름때가 전 환풍기도 떼어낸다. 먼저 기름이 더께 진 곳을 세제로 녹여 쇠수세미로 박박 문지른다. 벽면 TV에서 갑자기 소리가 높아지며 여자 아나운서의 목소리가 들려온다. 아까는 누워 있더니 언제 그가 가게로 나왔는지 카운터에 앉아 리모컨으로 소리를 조절하고 있다. 이 시간이면 약 기운으로 잠들어 있어야 하는데 그의 눈이 전에 없이 반짝인다. 요 며칠간은 그의 태도가 얌전했다. 크게 말썽부리지 않고 특별히 아프다고도 하지 않았다. 화면에 전직 대통령이 뇌물수수 혐의로 검찰에 소환되어 서울로 올라가는 장면이 잡힌다. 곧이어 전 대통령이 포토라인에 서서 기자들의 플래시 세례를 받으며 검찰청으로 들어가는 장면이 보인다. 들어가기 전 씁쓸한 표정으로 '잘 하겠습니다'라고 하는 것 같기도 하고 '잘 받겠습니다'라고 말하는 것도 같은데 그 부분이 잘 안 들린다. 왜 그가 볼륨을 높였는지 알 것 같다. 그는 집중해서 화면을 바라보고 있다. 골똘하게 생각에 잠겨 있는 것도 같다. 분해한 환풍기를 헹궈 씻으면서도 그녀는 그에게 신경이 쓰인다. 그는 속으로 '검찰'이나 '뇌물'이란 말에 아주 예민하게 반응했을 것이다. 그것은 그의 아킬레스건이다. 그는 TV를 끄고는 이층으로 올라가는 듯하더니 내실로 들어간다. 골방으로 들어가는 그의 복잡한 심사가 그녀에게도 전달이 된다. 빛이 드는 이층보다는 골방이 훨씬 아늑할지도 모른다. 그녀는 문밖에 햇빛이 잘 드는 곳에 환풍기를 세워둔다.

법대를 나와 사법고시를 통과했을 때만 해도 미래는 그의 편이었다. 그는 똑똑했고 유능한 검사가 될 수 있었다. 어린 아들을 키우며 그를 믿고 따라가기만 하면 되었다. 하지만 평화로운 나날들은 아주 짧았다. 어이없게도 그는 선배 검사의 뇌물수수에 연루되어 법복을 벗게 되고 말았다. 결과적으로 든든한 배경이 없었던 그를 하나 희생시킴으로써 다른 사람들은 무사했다. 억울했지만 결코 뒤집을 수 없는 일이었다. 그는 자존심에 깊은 상처를 입고 내리막길로 곤두박질쳐졌다. 병원 응급실에서 피투성이가 된 그를 보았을 때의 장면은 다시 생각해도 끔찍했다. 술에 취해 5층 난간에서 떨어졌다는 말도 있었고 스스로 몸을 던졌다는 얘기도 들렸다. 나중에 그는, 술에 취해 담배 피려다 휘청 넘어간 거라고만 말했다. 그는 머리를 다쳤고 골반과 허리와 다리가 부서졌다. 시간이 지나 원래대로 뼈가 붙어 겉으로는 회복되었지만, 그때의 충격으로 날이 궂으면 그의 몸이 더 민감하게 고통을 호소해 왔다. 그보다 심각한 건 머리였다. 불안, 초조, 파괴 심리, 피해망상, 충동 조절장애. 여러 차례 입원과 퇴원을 반복했지만 그의 머리는 정상으로 돌아오지 않았다. 엉뚱한 길로 가버렸다. 대뇌의 변연계에 이상이 생겨 분노를 공격적인 행동으로 표출한다고 담당 의사는 말했다. 그는 미로 같은 회로에 갇혀 돌아오는 길을 잃어버린 것 같았다.

내실에서는 아무런 기척이 없다. 그녀는 걱정이 되어 문이 열린 내실을 들여다본다. 그는 구석에서 무릎 사이에 고개를 묻고 웅크리고 있다. 그녀는 방으로 들어가 그의 등을 감싸 안는다.

산꼭대기에서부터 실개천이 안창마을을 가로질러 흐르고 있다. 그녀는 이 조그만 개천이 마을의 숨통을 틔게 하는 기도(氣道) 같다는 생각을 한다. 개천 주위로 임자를 표시하는 팻말이나 천조각들과 함께 상추나 쑥갓, 고추 모종들이 옹기종기 심어져 정겹다. 오르막길을 오르는데 돌다리 난간에 걸린 낯선 플래카드가 눈에 들어온다. 무슨 내용일까 싶어 스쿠터를 멈추고 글씨를 읽어본다.

도로가 뚫리는 것을 반대하는 내용이다. 제안자는 마을 근처 절의 수행자들이다. 다리 맞은편의 절에서 내다 건 모양이다. 여기서도 절의 고전적인 처마와 기와담장과 문에 그려진 사천왕의 모습이 잘 보인다. 작고 오래된 절로, 그녀도 두어 번 경내까지 들어가 보았지만 꽤 운치가 있었다. 결국 이 절도 마을도 훼손 된다는 것이고 실개천도 아스팔트 아래 묻힌다는 말이다. 이렇게 반대하는 글이 나붙은 걸로 봐서는 거의 확정적인 것 같다. 그녀는 가슴이 답답해진다. 그래도 몇 년간 생활의 근거가 되었던 곳이 어느 날 사라져 버린다는 사실을 믿을 수 없다. 그녀 또한 살아갈 방도를 달리 찾아야 할 것이다. 고층 아파트가 세워지면 상가 안에 깔끔하고 고급스러운 치킨 체인점들이 줄줄이 들어설 것은 보지 않아도 뻔한 일이다.

활짝 열린 현관문으로 강한 휘발성 냄새가 확 풍겨온다. 그는 A형 사다리 위에 걸터앉아 투명보호캡을 쓰고 천장에다 작업 중이다. 그녀는 치킨을 테이블에 두고 그가 작업하는 걸 지켜본다. 천장에 종이와 헝겊이 뭉쳐지거나 펼쳐져 있고 거기다 모래알갱이가 추상 무늬처럼 뿌려진 곳에 스프레이를 뿌려댄다. 모래와 스프레이, 도대체 그의 작업을 이해할 수 없지만 그는 진지하다. 투명보호캡으로 떨어지는 땀방울이 보인다. 잠시 후 그는 사다리를 내려와 캡을 벗는데 얼굴은 땀범벅이다. 그녀는 수건에다 물을 적셔 그에게 내민다. 땀을 흘릴 것 같지 않은 그의 얼굴이 오늘 따라 더 깡마르게 보인다. 퀭한 눈은 몽롱하고 잿빛 머리카락은 페인트칠이 묻어 얼룩덜룩하다. 팔이 아픈지 그는 연신 한쪽 팔을 두드려 댄다. 그는 멋쩍게 씨익 웃더니 배가 몹시 고팠다며 같이 먹자며 그녀를 테이블로 이끈다. 시간 괜찮겠지? 그는 그녀에게 묻고 있지만 묻는 게 아니다. 먼저 그는 1,000cc 병을 들어 작은 컵에 맥주를 따라 그녀 앞으로 밀고는 자신은 통째로 꿀꺽꿀꺽 쉬지 않고 마신다. 그녀는 섹스를 하지 않고 이렇게 그를 마주보는 게 낯설고 어색하다. 그녀는 맥주를 마시지 않으려다 머쓱해서 컵을 들어 한 모금 마신다. 종이상자를 열고 닭을 내놓는다. 아직 따뜻하다. 그는 몸통을 뒤집어 다리 하나를 뜯어 그녀에게 건넨다. 그녀는 거절한다. 튀긴 닭이라면 사양하고 싶다. 그는 거절한 다리를 소금에 찍어 맛나게 먹는다. 상상했던 것과는 다르게 그에게는 아무런 변화가 일어나지 않는다. 털도 손톱도 다 그대로다. 살집 없는 손이 강단 있게 느껴진다. 팔목에는 여전히 인디언 풍의 파란색 구슬 팔찌가 찰랑인다. 왜 항상 온 마리 통닭이냐고, 조각낸 닭이 먹기 좋지 않느냐고 그녀는 일부러 그에게 묻는다. 그는 선뜻 대답하지 않고 글쎄 왜 그럴까, 도로 자신에게 묻는 듯하더니 뜸을 들인다. 이렇게 조각을 들고 깔짝거리고 있으면 좀스럽게 보이지 않나. 그는 엄지와 검지로 날개 부위를 찢어서 생쥐처럼 앞니로 과장되게 갉아대는 흉내를 낸다. 그러고는 고개를 흔들어 노우, 하고는 양손으로 닭고기의 몸통을 입에다 대고 야성적으로 물어뜯는 시늉을 한다. 그의 익살스러운 행동에 그녀는 웃음을 터뜨린다. 그녀의 눈가에 눈물까지 맺혀 있다. 활짝 웃는 모습을 보니 좋군. 그렇게 말하는 그의 입가에 기름이 반짝인다.

'그는 내게 어떤 의미일까? 그에게 욕심을 부리고 싶지 않았다. 그냥 …… 물처럼 흘러가길 바랐다. 그는, 아니 이 공간은 나를 있는 그대로 받아주었다. 그의 침대에서 나는 벌어진 상처를 꿰매고 바깥으로 나갈 힘을 얻었다.' 그거면 충분하다고 그녀는 생각한다.

그녀는 오롯이 그의 작업을 기다리고 있는 거실 가운데의 사다리를 본다. A자로 웅크리고 있는 사다리는 갯벌의 함초처럼 소금을 품고 있는 듯하다.

'바닥과 천장, 아니면 천장보다 더 먼 다른 두 세계를 이어주는 짜디짠 문? 그는 골방으로 이어진 사다리로 내려와 내게 걸어 들어온다. 그의 발아래에서 소금 알갱이들이 투둑 떨어진다. 문득, 어째서인지 모르겠지만 그가 그렸던 분홍 사다리 주위의 하얀 가루들이 눈이 아니라 소금일 거라는 직감이 든다.'

그녀는 그에게 왜 스프레이로 작업하느냐고 묻는다. 그녀는 전부터 궁금했지만 지금 묻고 싶다. 그의 얼굴에 소년처럼 장난기가 어린다. 냄새가 좋아서. 그녀는 의아해하며 그를 본다. 그는 껄껄거리더니 끊어 말한다. 환각 성분. 진담일까, 농담일까. 그녀는 애매한 웃음을 물고 있다. 그는 맥주를 마시고는 웃음기 없이 말한다. 이제껏 해왔던 것들에 변화를 주고 싶었어. 스프레이는 붓질만큼 섬세하지는 않지만 색다른 묘미가 있지. 여러 가지 도구들을 써서 이질적인 것들과 혼합하는 거지. 결국에는 하나로 단순하게 모아지겠지만. 마치 그녀는 그와 인터뷰하는 느낌이 들었다. 배고픔이 어느 정도 가셨는지 그는 침대로 가서 담배를 꺼내 문다. 그녀는 그의 침대로 가 옷을 벗는다. 시간이 많이 지체 되었다. 그녀는 스쿠터가 그의 마당에 오래 머무는 게 못내 걸린다.

　손님들의 웃음과 객쩍은 농담으로 가게는 소란스럽다. 그녀는 오후에 문을 닫을까 생각도 했지만 아무것도 안 하는 게 더 견디기 힘들다. 아저씨는 어떻게 되었냐고 묻는 손님도 있다. 남편은 약에 취해 이층에서 자고 있을 것이다. 아까 어머니가 그녀의 눈치를 보며 일러주었다. 그를 데리고 병원에 갔는데 열 바늘 이상 꿰맸다고 했다. 어머니가 닭을 튀기고 그녀가 술과 안주를 나르고 카운터도 본다. 그녀는 몸이 아래로 처지고 움직이기가 싫어진다. 카운터에 멍하니 앉아 있게 되고 자꾸만 가라앉는다. 낮에 그는 한바탕 난리를 쳤었다. 배달 갔다 예상 시간보다 그녀가 늦게 돌아온 탓도 있지만 그의 몸이 심하게 괴로운 것도 이유가 되었다. 그녀가 스쿠터를 멈추고 가게 앞에 다다르자 그는 기다렸다는 듯이 이층에서 그녀를 내려다보았다. 그는 야비한 웃음을 흘리며 보란 듯이 약봉지들을 그녀 머리 위로 쏟아 부었다. 몇 개 남지 않은 법과 관련된 그의 책들을 그녀의 머리를 겨냥해 던졌다. 그의 한 손은 피로 물들어 있었다. 그녀는 놀랐지만 그의 팔매질을 요령껏 피하고는 태연하게 책과 약들을 주워 이층으로 올라갔다. 붕대 뭉치를 거머쥔 어머니는 진이 빠진 상태였고 작은애는 불안에 떨고 있었다. 아이를 보니 분노가 치밀었다. 그녀는 먼저 아이를 껴안고는, 이제 괜찮다고 달래주었다. 이층 살림집은 옷장, 서랍 등 온

갖 것이 다 뒤집어져 아수라장이었다. 유리창이 박살 나 파편들과 핏자국이 어지럽게 흩어져 있었다. 어머니의 눈짓으로 그녀가 그의 손에 붕대를 감아주려고 하자 그는 그녀의 손목을 잡아채고는 그녀의 뺨을 사납게 후려쳤다. 안 봐도 다 안다구, 네가 무슨 짓을 하고 돌아다니는지. 내가 시간을 다 계산해 봤어. 넌 내가 약 먹고 멍청하게 잠들기를 바라겠지만 어림없지. 그는 불에 덴 짐승처럼 펄펄 뛰었다. 그는 그녀의 머리카락을 움켜쥐고 코를 킁킁거리더니 도대체 어떤 놈이야, 하면서 그녀를 흔들고 흔들었다. 그녀는 종이인형처럼 흔들리며, 지옥이라는 말만 되뇌었다.

그녀는 머리가 아프다. 손님 앞에서 억지로 웃는 것도 힘에 부친다. 손님도 싫고 다 싫다.

간밤의 일이 그녀의 심장을 뚫고 들어온다.

'답답해서 눈을 떠 보니 누군가가 내 목을 조르고 있었다. 목을 누르고 있는 손을 떼 내려고 나는 필사적으로 저항한다. 그런데, 그런데 내 목을 조르는 건 다른 누군가가 아니라 남편이다. 시척지근한 땀과 약에 전 익숙한 단내가 맡아지자 온몸에 맥이 풀려버린다. 더 이상 반항할 힘을 잃는다. 눈을 감고 그에게 내맡긴다. 속으로 부르짖는다. 차라리 죽여. 나도 이렇게 살고 싶지 않아. 죽여. 정말 살고 싶지 않다. 내 태도에 당황한 것 같은 그는 스르륵 내 목을 조르던 손을 풀고는 나를 흔든다. 내가 막혔던 숨을 토해내자 그는 내 몸 위에 엎어진다. 그는 격한 감정을 누르지 못해 컥컥

거리며 짐승처럼 운다. 미안하다. 내가 왜 이러는지 모르겠다. 네가 고생하는 거 다 아는데. 크억크억. 내가 널 죽일지도 모르겠다. 차라리 날 병원에 집어넣어라. 커억컥컥. 내 눈에서도 눈물이 흐른다. 어머니가 갑자기 방문을 열어젖힌다. 가게의 밝은 불에 눈이 부시다. 휘둥그레진 어머니의 눈이 보인다.'

그녀는 변함없이 닭을 튀기는 자신이 자동인형이라고 느낀다. 뜨거운 기름 앞에 있는데도 춥다. 밤을 샌 어머니가 이른 아침에 그녀에게 말했다. 그동안 자신의 입장만 생각한 것 같다고. 너한테 미안하다고. 혹시나 하고 나을지 몰라 기다렸는데 이제 가망이 없는 것 같다고. 입원시켜 이제는 장기 요양을 해야 할 것 같다고. 너무 아까운 애가 저리 돼서 쟤만 보면 가슴이 찢어진다고. 그러면서 어머니는 눈물을 쏟아냈다. 어머니는 약을 받아오는 병원에 가서 의논을 해보라고 했다. 그녀는 그 말을 듣는데도 별다른 감정이 느껴지지 않았다.

그녀는 고기조각에 튀김옷을 입혀 기름에 담근다. 닭에다 집중하며 상념을 털어내려 하지만 그게 마음대로 안 된다.

'어머니가 나한테 미안해할 필요는 없다. 그를 보내지 못한 게 과연 어머니의 고집 때문만이었을까. 나도 어머니와 같은 까닭이 아니었나. 아니면 그를 보내지 못한 이유는 뭐란 말인가. 순수했던 이십대의 터널을 같이 통과한 추억 때문인가, 그의 아름다웠던 모습을 못내 잊지 못해서인가. 그와 보낸 고통의 흔적을 쉽게 파낼 수 없기 때문인가. 바위처럼 무거운 그를 내 삶에서 밀어낸다면 나는 가벼워지는가. 어떻게 분리해서 말할 수 있겠는가. 조각 퍼즐 같은 것인데. 환자복을 입고서, 빵처럼 부푼 애벌레 같은 얼굴로 눈만 껌벅이고 있을 그를 용납할 수 없었다. 그건 그에게나 나에게나 잔인한 처사였다.'

그녀는 새끼손가락을 기름벽에 데이고 만다. 양념에 버무리려던 튀김조각을 바닥에 떨어뜨린다.

버스에서 내리는 젊은 여자의 가슴께에 근조(謹弔)라고 쓰인 검은 깃이 눈에 띈다. 그러고 보니 아가씨뿐만 아니라 어떤 아주머니의 가슴에도 달려 있다. 일주일 전부터 TV와 라디오에서는 흰 국화와 추모, 오열이라는 말이 반복되어 나오고 있었다. 검찰의 소환을 받았던 대통령이었던 남자의 갑작스러운 죽음은 사람들을 충격에 빠뜨렸다. '운명이다'라는 짧은 내용의 유서와 함께 그의 자살은 의문을 남기며 사람들 사이에서 꼬리에 꼬리를 물고 회자되고 있었다. 밀짚모자를 쓴 환한 미소의 그 남자는 안타까움과 슬픔의 소문을 달고 사람들 마음에 여러 의미로 새겨지고 있는 중이었다.

그녀는 87번 종점을 지나쳐 교회가 있는 골목으로 들어간다. 언덕에서도 지붕에 세워진 하얀 십자가가 보인다. 교회에서 한꺼번에 치킨을 많이 주문했다. 교회라고는 하지만 아주 소박하고 작아서 마을의 사랑방이나 공회당 같은 느낌이 물씬 드는 곳이다. 그녀가 음료수와 치킨 봉지를 잔뜩 들고 들어가니까 수련실에 있던 대학생인 듯한 청년들이 환호성을 질러댄다. 물건을 건네고 돌아서 나오는데 스쿠터의 방향이 저절로 그가 있는 곳으로 향한다.

좁은 골목길을 나왔다가 다시 오르막 골목길로 구불구불 접어들어 그의 집 대문 앞에 멈춘다. 대문이 비스듬히 열려 있다. 멈칫거리며 대문 안으로 고개를 내밀다 마당에 나와 있던 그와 눈이 마주친다. 그는 들어오라고 그녀에게 손짓을 한다. 그녀가 닭튀김 없이 와보기는 처음이다. 그는 마침 잘 왔다며 이것 좀 보라고 하면서 그녀를 이끈다. 그가 이끈 곳은 치자꽃 앞이다. 하얀 꽃봉오리가 조금 벌어져 있다. 짙은 향이 뿜어져 나온다. 그는 자랑스레 말한다. 요놈이 아직 꽃 필 때가 아닌데 일찍 폈어. 요즘 날이 너무 더워서 그런가. 나 혼자 보기가 아깝다 생각했는데. 그녀는 치자꽃에 코를 갖다 댄다. 등 뒤로 침묵이 흐른다. 목적 없이 여기에 온 걸 후회한다. 그녀는 문득 이 꽃이 시멘트 더미에 묻혀 버린다면 무척 아까울 거라는 생각을 한다. 재개발되면 이거 다 어쩌죠. 그는 명징한 눈빛으로 그녀를 쏘아본다. 눈빛이 날카롭다. 다 머저리 같은 것들이야. 그저 깨부수어서 시멘트나 처바르고 똑같은 아파트나 지으면 그게 잘 사는 거고 문화 사업이라고 포장하는 걸 보면. 혀를 찰 일이지. 나도 이곳을 아끼지만 어쩌겠어. 여기를 뜰 때가 온 거라고 봐야지. 어디 간들 나 하나 묵을 데가 없겠나. 조용히 머물렀다 자연으로 돌아가는 거지. 그의 말은 냉소적이었다. 그는 담배를 꺼내 문다. 그거, 알아? 우리 국민들이 냄비 근성이라는 거. 생전에는 그렇게 욕을 해대더니 자살하니까 갑자기 한 사람을 영웅시하고 미화해서 야단법석인 거. 미디어가 군중심리를 부채질해서 단순하게 하나의 이념으로 묶어버리는 거, 나 그런 거 참 마음에 안 들어.

스쿠터로 달리다 그의 벽화 앞에서 머문다. 빛바랜 다른 그림들 속에서 그의 그림은 유난히 선명하다. 특히 미로 위의 분홍 사다리가 도드라져 보인다. 자세히 보니 귀퉁이가 떨어져 나갔던 사다리가 원래의 모양으로 돌아와 있다. 희미하게 보이지 않던 소금 알갱이들도 뚜렷하게 찍혀 있다. 아마 그가 새롭게 전체 색을 입힌 모양이었다. 그는 정작 내게 꽃을 보여주고 싶었던 걸까. 그녀는 고개를 흔든다. 아니야. 그렇게 많은 사람들이 단순히 미디어에 휘둘려 광장으로 나와 눈물 흘리며 슬퍼하는 게 아닐 거예요. 순간 그녀의 목에서 쓰디쓴 덩어리 같은 것이 울컥하고 치민다. 그녀는 스쿠터를 움직여 언덕길을 내려온다. 동물의 창자 같은 마을이 뒤로 밀려난다.

등 뒤로 쏟아지는 남편의 따가운 눈길을 느낀다. 그럴 리가 없다고 생각하면서도 흘깃 뒤돌아본다. 열려 있는 방 안에는 시커먼 침묵이 고여 있다. 기름이 끓기 시작하고 집게로 닭조각들을 하나하나 집어넣는다. 기름에 섞이는 소리가 요란하다. 무심코 기둥에 붙어 있는 거울을 본다. 거울 속에는 무심한 듯 메말라 보이는 얼굴이 있다. '나는 그대로인데, 여전히 이 자리에 있는데…… 주변 상황들은 많이 달라져 버렸다.' 그동안 이 년여의 세월이 흘렀다. 곧 철거될 것 같았던 산꼭대기 마을도 여전히 건재해 있다.

요양원으로 떠나기 전날 남편은 평온하고 맑았다. 그날 그녀는 스쿠터 뒤에 그를 태우고 산복도로를 달려 부두가 내려다보이는 곳까지 가기도 했었다. 그가 요구한 건 아니었지만 그녀는 그렇게 하고 싶었다. 그는 아이처럼 그녀 등 뒤에 꼭 붙어 있었다. 괜찮겠느냐고, 몇 번이나 그녀는 묻기도 했다. 그를 생각해서 천천히 달리는 그녀에게 그는 더 빨리 달리라고 목소리를 높이기도 했었다. 그는 말없이 바다를 바라보았다. 고요히 정박해 있던 배들을 한참 동안 굽어보았다. 집에 돌아와서는 오랜만에 약 없이 달게 잘 수 있을 것 같다며 그는 이층으로 올라가 잠을 청했다. 이튿날 그는 순한 동물처럼 순순히 요양원으로 들어갔다.

　노릇하게 잘 익은 닭을 기름받이에 건져두고 다시 살코기를 끓는 기름 속으로 넣는다. 프라이드와 양념이라 튀겨야 할 분량이 많다. 여전히 등 뒤의 서늘한 느낌에서 자유롭지 못하다. 아마 그녀가 여기 튀김불 앞에 있는 한 내내 그의 눈길을 느낄지도 모른다. 그러나 면회 가서 본 그의 눈에는 아무런 욕망이 담겨 있지 않았다. 매운 양념에다 익은 닭을 넣고 버무린다. 이제 '온 마리 통닭'을 튀기는 일은 없을 것이다. 스프레이로 마술을 부리던 남자는 이제 닭을 주문하지 않는다. 아니 닭을 주문할 수가 없다. 아직 마을이 철거되지 않았지만 그는 정리하고 이곳을 떠났다. 그의 작업실에서 마지막 의식처럼 그가 그녀에게 손을 내밀었다. 그는 그녀의 두 손을 포개 쥐고는 손등을 가만가만 어루만졌다. 마침내 그는 마침표를 찍듯 손등을 두드리고는 그녀의 한 손을 마주 잡고 손수건처럼 흔들었다. 물 흐르듯 자연스럽게 맺어졌던 그와의 관계는 자연스럽게 끝났다. 그녀가 배달하기 위해 스쿠터를 타고 언덕을 오를 때 그는 마을버스를 타고 내려가는 중이었다. 천천히 속도를 줄이며 버스가 내려올 때 그녀는 그와 엇갈리면서 버스 안에 서 있던 그와 눈이 마주쳤었다. 그녀를 일별하던 그의 비어 있는 듯한 미소가 그와의 마지막이었다.

배달 가다 오르막길 옆 공터에 멈춰 초록색 지붕을 바라보면 어쩔 수 없이 면도날이 스친 것처럼 아리다. 철거는 모르는 일이라는 듯 마을의 집들은 평화롭게 보이기까지 하다. 벽그림 속에 그가 남겼던 흔적은 여전히 남아 있지만 선명하게 살아났던 분홍 사다리는 다시 바래져 있다. 사다리 위의 달은 용케 제 색을 잃지 않고 밤하늘의 레몬 조각처럼 떠 있다. 소금을 뿌려놓은 듯한 부분은 다 벗겨져 버렸다. 군데군데 벽면의 허연 속살이 상처처럼 드러났다. 갑자기 뜨거운 통증이 그녀의 눈가로 몰린다. 땀방울인지 눈물인지 액체 한 방울이 달아오른 기름 속으로 떨어진다. 물방울이 떨어지자 기름은 치익 소리를 내며 거부반응을 일으킨다. 그녀는 순간, 끓는 기름불 앞에 영원히 붙들려 있을 것 같은 환상을 본다. 기름불 속에서 뜨겁게 끓어오르는 건 닭이 아니라 그녀다. 그녀는 눈을 감는다.

그녀가 방심한 사이 미처 끄집어 내지 못한 고기가 짙은 갈색으로 타버렸다. 이런 일이 없었는데, 잘 훈련된 손의 감각이 그만 실수를 했다.

그녀는 시커멓게 타버린 고기조각들을 음식물 쓰레기봉투에 미련 없이 쏟아부었다.

압정 위의 패랭이꽃

진원지에 다가갈수록 다니의 등줄기에 소름이 돋았다.

다니는 저만치서 드러나는 잿빛 폐허의 잔해를 보았다. 저기가 바로 '암흑의 핵심'이다. 진공청소기처럼 빨아들이는 방사능의 블랙홀. 지금 다니는 마지막 온 힘을 짜내어 여기에 이르렀다.

얼마 전 발전소 주위는 온통 은빛으로 바뀌었다.

갑자기 눈이 내렸지만 그것은 눈 같은 것이었지 눈은 아니었다.

더군다나 겨울도 아니었다. 해안가 마을 너머 건너다보이는 산과 산 아래 도로와 밭, 전신주와 철탑 모두 정체불명의 하얀 눈 같은 것을 덮어썼다. 멀리서 보면 그것은 조용하고 차갑고 무겁게 내려 앉은 하얀 숲으로 보였다.

그동안 비가 내려 어느 정도 씻겨 갔다고는 하지만 하얀 입자가 눈에 보이지 않을 뿐 그것은 결국 땅속으로 더 깊이 스며들었다. 문제의 발전소에서, 눈에 보이지 않는 좋지 않은 기운이 여전히 흘러나오는 듯했다. 20킬로미터 이상 떨어진 곳으로 이주하라는 긴급 대피령이 있었다. 그러나 다니는 무시했다. 대피 방송을 듣고 다니가 무엇보다 먼저 한 일은 집 뒤편 두 개의 무덤에다 방수 천막을 덮어씌운 일이다. 다니에게도 커다란 마음의 동요가 일었으나 오랜 보금자리를 떠나 낯선 곳으로 가고 싶지 않은 마음이 더 컸다. 처음에는 심각하게 받아들일 마음의 준비가 되어 있지 않았다. 너무 급작스러웠기 때문에, 머리의 기능이 빨리 비상 체제로 돌입하지 못하고 관습에 기대려는 익숙한 욕망 쪽에 힘을 실어준 것이다. 레미는 급히 짐을 꾸리다 다니가 옮겨갈 뜻이 없는 걸 알고는 그를 설득시키는 대신 이곳에 덩달아 주저앉아 버렸다. 그러나 다니는 임신한 동생과 매제를 서둘러 차에 태워 경계지역 바깥으로 보내버렸다. 아기를 가진 누이의 불안은 풍선처럼 부풀어 금방이라도 터질 것 같았다. 흥분을 애써 가라앉히고 긴장을 감출 수 없었던, 빨리 대피하라는 지역 방송의 뉴스를 들으면서, 다니는 이미 늦었다는 느낌을 지울 수 없었다. 처음에는 대피 지역이 20

킬로미터 이상이었는데 점점 더 늘어나 30킬로미터, 40킬로미터의 거리로 벌어졌다. 아마 지금쯤 60킬로미터 이상 지역으로도 안심할 수 없을지 모른다. 다니에게는 안전거리를 나타내는 숫자가 20이든 30이든 그 어느 것도 실감나지 않았다.

처음 보듯 산 아래쪽으로 길게 시선을 던지며 다니는 바다를 오래 내려다보았다.

일 년 이상의 시간이 흐른 것도 같았고 바로 어제의 시간 속에 머무르고 있는 것도 같았다.

예~술이다~.

어느 결에 레미가 다가와 마스크를 입에서 떼었다가 얼른 다시 쓰면서 비꼬듯이 말했다. 레미는 두 개의 마스크를 겹쳐 얼굴의 반 이상을 가리고서 눈만 내놓은 채 다니의 곁에 서서 기다랗게 펼쳐진 해안을 바라보았다.

얼마 전까지, 저 멀리 언덕 너머 바닷가 끄트머리에 거대한 발전소의 은빛 돔 일부가 새알의 매끄러운 표면같이 드러났었다. 그것은 가까이에서 보면 단단한 요새나 성곽 같았지만 멀리서 보면 깨트리기 쉬운 알처럼 보이기도 했다. 햇빛이 쏟아지는 한낮이면 돔 지붕 위에 찢어진 은박지 틈새로 새어나오듯 십자 모양으로 빛의 띠가 날카롭게 서 있고는 했다. 옅은 안개가 낀 날에는 은빛 요새가 신기루같이 나타났다 사라졌다를 반복했다.

다니의 얼굴은 어두웠다. 예술적이라는 레미의 말이 예전과는 다르게 완전히 반대의 뜻이 되어버렸다. 경치가 좋은 곳이라는 의

미에서 지금은……. 발전소는 총알이 발사되면서 폭발해 버린 총
구처럼 돔 지붕이 시커멓게 꺼져 있었다. 블랙홀이었다. 아니 바로
위에서 거대한 아가리를 벌린 구조물을 굽어본다면 블랙홀 같을 거
라고 다니는 생각했다. 다니는 '암흑의 핵심'이라는 말을 떠올렸다.
그 말을 떠올리자마자 얼핏 검은 구멍 속으로 바다의 수면에서 반
사되는 빛들이 하얀 멸치 떼가 되어 빨려 들어가는 것을 보았다.

다니는 꼭 맞물린 현관문을 열고 나와 일부러 일을 찾으며 집 주위
를 돌아다녔다. 모자 달린 뻣뻣한 비닐 옷을 걸친 다니의 걸음걸이는
부자연스러웠다. 집안에만 웅크리고 있자니 자신이 동굴 속 두더지가
되어버린 느낌이었다. 자발적으로 갇혀 있는 동안 바깥의 모든 게 궁
금했지만, 특히 수로와 연결된 저수탱크와 온실과 울타리 너머 밭이
안타까웠다. 사실 시간이 얼마나 흘렀는지 몇 날이나 넘어갔는지 다
니에게 시간 감각은 실종되어 있었다. 일 년 이상의 시간이 흐른 것도
같았고 바로 어제의 시간 속에 머무르고 있는 것도 같았다.

다니는 무덤이 있는 쪽으로 발걸음을 옮겼다. 집 뒤편의 볼록하
게 솟아오른 파란 방수 천이 보였다. 다니는 무덤가에 가서 방수
천을 걷어 올렸다. 아버지 어머니도 그동안 갑갑했을 터이다. 다
니는 창백하게 녹어진 풀들을 만지고는 무릎 꿇고 절을 했다. 다
니는 무덤에서 물러나와 수로 쪽으로 갔다.

다니는 뜻밖의 장소에서 미처 생각지 못한 알들을 발견했다. 수
로 배관 뒤 고장 난 펌프 안에 두 개의 알이 숨어 있었다. 탁구공
보다 작은 이끼 색 알 위에 하얀 점들이 찍혀 있었다. 다니는 장

갑 낀 손으로 알을 들었다가 지푸라기와 잔가지들 틈에 다시 놓았다. 부화할 수 있을까? 저절로 껍질에 금이 가고 벌어지는 일이 생길지 의심스러웠지만, 혹시나 하는 감정도 조금은 있었다. 다니는 부화하기 좋은 곳으로 알을 옮길까 잠시 고민했다. 다니는 고개를 갸웃하며, 여기가 어쩌면 어미 새의 본능이 택한 가장 좋은 장소일지 모른다고 고쳐 생각했다. 다니는 고개를 들어 울타리 안 나란히 솟아오른 두 개의 무덤을 눈으로 어루만졌다. 햇볕이 잘 드는 평지로 가장 좋은 자리에 부모의 무덤을 앉혔다. 무덤을 볼 때마다 다니는 자신이 이곳을 떠날 수 없음을 강하게 느꼈다. 다니는 여기에 꼭 있어야만 했다.

다니는 여러 겹의 마스크를 쓰고 있다 신경질적으로 벗어버렸다. 이어 장갑도 벗어던지고서, 두 개의 손가락으로 입술을 모아 나뭇가지에 앉은 초록의 펄 느낌이 나는 새를 향해 휘파람을 불었다. 막상 휘파람을 부니 가슴속 답답함이 씻겨 나가는 것 같았다. 진작 이럴걸. 너무 겁을 먹었어. 어차피 마찬가지일 텐데. 저 새는 어디에서 날아온 걸까. 여기로 날아들었다면 겁 없는 놈이거나, 감각기관 어디가 고장 난 게 틀림없었다. 아니면 방송에서 과장되게 떠들었는지도 모른다. 새가 경계심 없이 날아든다면 반경 10킬로미터 이내도 생각보다 살 만한 곳일 수도 있지 않을까. 불안과 두려움이 증폭되는 만큼 한편으로 다니는 부적을 지니듯 괜찮은 쪽으로 믿고 싶었다.

이 또한 지나가리라. 레미가 마스크를 쓴 채 혼잣말을 했다. 그러나 다니는 그 분명하지 않은 중얼거림을 들었다. 레미는 식사 전 기도문처럼 습관적으로 그 말을 내뱉었다. 다니는 새에게서 관심을 거두고 멀리 바다 위 수평선을 바라보았다. 바다도 하늘도 뿌연 느낌일 뿐, 해는 높이 떠올라 아무 일 없다는 듯 시치미를 떼며 여전히 밝게 빛났다.

어미 새일지 몰라. 두고 간 알이 걱정되어서 주변을 맴도는 거야. 레미는 한참 있다 맥락 없이 말했다.

난 무슨 일이 있어도 마스크를 벗지 않을 테야. 레미가 말했다. 레미가 돌아서서 집안으로 들어가다 앗, 하는 소리를 냈다. 바다 쪽으로 눈길을 주던 다니가 놀라 뛰어가니 레미의 마스크 밑으로 피가 흐른다. 레미는 아, 씨바 하면서 한 손으로 마스크를 감싸고는 약간 비칠거리며 문을 열고 들어갔다. 또 코피다. 레미가 코피를 자주 쏟는다. 어지럽고 메스껍다고 했다. 다니도 한 번 코피가 터졌었다. 다니는 안으로 따라 들어가 서랍에 넣어둔 수건을 꺼낸다. 생수를 수건에다 적셔 입가를 닦아 준다. 피 얼룩이 묻은 방진마스크는 따로 쓰레기를 모으는 비닐에 넣어 묶었다. 레미는 벽에 기대 앉아 있다. 어지러우면 누워 있어. 다니가 벽장문을 열고 베개와 요를 꺼내 방 한쪽에 자리를 깐다. 레미는 털썩 이불 위에 눕는다. 다니는 어둑신한 실내를 새삼스럽게 살펴본다. 거실과 주방 등 여기저기 쌓인 물건들로 어수선하다. 필요한 것들을 여기에 다 갖다 놓고 사용하고 있었다. 가급적 움직임을 줄이며 집안에 갇혀 살았다. 바람이 드나드는 틈새에는 테이프를 발라 막았다. 동생 부부와 이별하고 대규모의 피난 행렬과 반대로 되돌아오면서 구입한 생수도 얼마 남지 않았고 비상식량도 점검해 봐야 할 것 같았다. 다니는 곧 경계 바깥, 정상적인 곳으로 나가봐야 할 것 같다고 생각하며 문을 조심스레 열고 나와 건물 왼쪽 창고로 갔다. 여기에 농기구도 보관하지만 그늘지고 서늘해서 수확물을 저장하는 곳이기도 하다. 사고 이후 지금까지 너무 꽁꽁 싸매고 살았다. 맨살갗이 드러나지 않게 얼굴, 목, 손 등 방수복이나 비닐 등을 옷 위에 덧입었다. 다니는 마스크 벗은 걸 시작으로 더 이상 싸매고 싶지 않았다. 덮어쓰고 싶지도 않았다. 다니는 출하하고 남은 콜라비가 몇 자루째 보관되어 있는 저장고 앞으로 갔다. 다니는 저장고 안의 자루를 열고 보라색 껍질의 둥글고 단단한 뿌리를 꺼내 쓰다듬었다. 무처럼 초록 잎이 무성하게 달리지만 보통의 양배추보다 작다. 콜라비는 순무와 양배추의 교배로 만든 개량 채소로 다니가 애정을 가지는 작물이었다. 다니는 냄새를 맡고 껍질을 살짝 뜯어보고는 내려놓았다. 다니는 한숨을 길게 내쉬고는 자루를 닫았다. 다니는 한쪽 벽에 걸려 있는 연장들 중에서 곡괭이를 집어 건물 뒤쪽 울타리 너머 밭으로 갔다. 흙을 뒤집어야겠다. 좀 늦은 감이 있지만.

다니는 곡괭이를 밭 초입에 내려놓고 옅은 초콜릿색 땅을 넋 놓고 바라보았다. 결코 작지 않은 밭이었다. 밭 한쪽 이랑에 먹을 만큼만 심어두었던 시금치와 부추가 하얗게 말라 죽어 있었다. 그동안 비가 두어 번 와서일까, 겉보기에는 밭의 지세가 전과 다름없었다. 다니는 마스크를 착용할까 하다 손에 장갑만 끼고 양 손바닥을 먼지 털듯 탁탁 치고는 곡괭이를 들고서 땅을 파 나갔다. 먼저 죽은 시금치와 부추를 파내어 한쪽 귀퉁이에 모아 놓았다. 한참 정신없이 땅을 일구었다. 다니의 얼굴에 오랜만에 노동의 땀이 흘렀다. 어느 사이 레미가 집밖으로 나와 다니 가까이에 와서 흰 타올을 흔들었다.

다니 넌 이 상황에 땅이나 파고 싶냐. 흙을 부스러뜨리며 곡괭이질을 하고 있는 다니에게 쌓아 놓은 흙더미를 밟고서 레미는 새 마스크를 쓴 채 말했다. 다니는 굽혔던 허리를 펴며 말한다. 그럼 뭐 할 거야. 그냥 손 놓고 있으면. 다니는 장난스럽게 흔드는 레미의 수건을 잽싸게 빼앗으며 얼굴을 훔쳤다. 난 하던 일을 할 거야. 콜라비 씨도 뿌리고, 씨가 안 되면 모종이라도 심고 청경채랑 아스파라거스도 계속 기를 거야. 다니의 대답에 레미는 콧방귀를 뀌었다. 오염된 땅에다 오염된 물로 길러 봤자지. 넌 터무니없는 낙관주의자야. 맹랑한 낙관이 이 상황을 낫게 해주지는 않아. 레미가 그러거나 말거나 다니는 수건을 허리 뒤춤에 꽂고는 다시 땅 파는 자세로 돌아갔다. 다니는 흙에 몰두했다.

후회된다. 그때 바로 여기를 빠져나갔어야 했는데. 레미는 알아들을 수 없는 혼잣말을 마스크 안에서 웅얼거렸다. 왠지 으슬으슬 춥다. 레미는 햇빛이 제일 잘 드는 온실로 간다. 온실은 살림집과는 따로 떨어져 별채처럼 있었다. 레미는 온실로 들어가기 전 방수 천으로 된 노란 작업복을 벗어 입구 앞 돌확 위에 얹어두고는 유리문을 빨리 여닫았다. 두꺼운 유리로만 된 피라미드 형태의 온실은 따뜻하고 촉촉했다. 햇빛이 가장 자신 있게 빛을 뿜내는 곳이었다. 마스크를 벗고는 레미가 활짝 기지개를 켰다. 순간적으로 몸의 움츠러들었던 마디마디가 펴지는 것 같았다. 레미가 생각하기에 그래도 여기가 제일 침범을 받지 않은 곳이었다. 코피가 터진 뒤로 더욱 자주 여기로 와 공기 청정 지역에 온 듯 자신의 몸을 감싼 매끄러운 방호 껍질을 벗어버렸다. 제법 넓은 실내에 파란 잎들이 촉을 내밀고 올라왔다. 아스파라거스 잎은 촘촘하게 들어차며 벌어졌다. 크게 두 군데로 나뉘어 한 곳은 청경채, 다른 쪽은 아스파라거스가 자라고 있었다. 아파트처럼 차곡차곡 배열한 뒤쪽 모판에는 콜라비 모종이 올라오고 있었다. 자동으로 돌아가던 물뿌리개가 멈추었지만 다니가 신경 써서 마르지 않게 물을 주고 있었다. 물을 온갖 방식으로 정화시킨다 해도 원래의 물로 돌아가지 않겠지만 다니는 미련하게도 묵묵하게 실험했다. 밀폐된 저수 탱크에 있던 물은 그나마 나을 터였다.

레미는 연두색 식물들이 뿜어내는 독특한 향을 맡으며 아스파라거스의 이파리를 뜯어 입안에 넣고 씹어 먹었다. 맛과 향이 기분 좋게 했다.

다니가 밭에서 레미에게 와보라고 손짓을 했다. 유리벽을 통해 다니가 멀찍이서 두 팔을 휘두르는 게 보였다. 레미는 마스크를 쓰고 바깥에 두었던 방수 옷을 입고 밭으로 갔다.

이것 봐, 레미 이렇게 큰 거 봤어? 흙 위에서 꿈틀거리는 것은 커다란 지렁이였다. 마치 새끼 뱀 같았다. 와우, 믿을 수 없어. 이게 지렁이라니. 방사능을 덩어리째로 먹었나봐. 봐라 이곳이 다 오염되어 정상적인 게 나올 리가 없잖아. 레미의 반응에 다니는 장갑 낀 손으로 지렁이를 들어서 살피며 말한다. 어쩌다 이런 크기의 지렁이가 드물지만 있어. 레미는 다니의 말을 인정하지 않았다. 방사능 때문이라는 자신의 주장을 거두지 않았다. 다니는 다소 자신 없이 말했다. 뭐, 몇 배나 크고 좋으네. 덩치가 크면 그만큼 더 많이 공기층을 만들어 부드러운 흙으로 만들어주겠지. 땅이 더 더 숨 쉬게 되겠지. 레미는 지렁이의 모습에 얼굴을 찌푸리면서도 다니의 말이 웃기다며 웃었다. 꿈보다 해몽이네. 궤변이라도 듣기 나쁘지는 않네. 그럼 우리도 방사능을 많이 쐰다면 몸이 막 살기 위해서 발버둥치다 새로운 면역 체계가 생겨 적응력이 높아지지 않을까. 로봇인간 3단으로 변신! 하듯이. 레미는 살짝 마스크를 뗐다가 원래대로 밀착시키며 말을 맺었다. 다니는 레미의 말에 동조하듯 휘익, 하고 불량스럽게 휘파람을 불었다.

일 년 이상의 시간이 흐른 것도 같았고 바로 어제의 시간 속에 머무르고 있는 것도 같았다.

물과 식료품을 구하러 밖에 나갔다 와야 할 거 같애. 레미, 가는 길에 제이 선생님 댁에 들르자. 틀림없이 계신다에 한 표. 물어볼 것도 있고. 레미는 어처구니없다는 듯 다니의 말을 받았다. 우리 같은 바보가 아닌 다음에야 집에 그대로 있겠냐. 피난, 피난, 피신, 피신했지.

다니와 레미는 1.5톤짜리 트럭을 타고 농장을 빠져나와 산 아래로 내려갔다. 레미의 성화로 다니도 마스크와 비닐옷을 껴 입었다. 예상한 대로 근처 마을에도 버스정류장에도 사람 그림자 하나 얼씬하지 않았다. 열려진 대문으로 급히 피신을 떠난 흔적이 보이고 술집이나 가게들도 휑하니 괴기스러운 적막감이 감돌았다. 텅 빈 마을에는 삐쩍 마른 개들이 돌아다니거나 죽어 있고 풀숲에는 주인 잃은 소들이 방황하며 돌아다니고 있었다. 어느 집 앞 공터에 버려진 빛바랜 연두색 자전거가 유난히 다니의 눈에 들어왔다. 옆으로 누워 있는 그것은 사물의 표정을 띠고서 원망과 체념을 담아 항의하고 있는 듯했다. 길가의 나무들은 검은색에 가까운 짙은 초록색을 띠고 있었다.

너무 많이 변해 버렸다.

다니와 레미는 빈 집들만 있는 골목을 지나 마을 끝자락 우물이 있는 곳에서 차를 세웠다. 오래전에 우물은 메워져 터만 남아 있었다. 제이 선생의 집 뒤로 울창한 대나무 숲이 바람 소리를 냈다. 멀리서 봐도 대나무 잎은 생기가 없이 말라 보였다. 하드보드지로 만든 상자를 떠올리게 하는 선생의 집은 장식을 없앤 직사각형의 회색 단층으로 진지하면서 무겁게 느껴졌다.

선생님 계세요? 다니가 현관문을 두드렸다. 아무런 대답이 없었다. 레미가 마스크를 떼고 박사님, 박사님 하고 큰 소리로 불렀지만 인기척이 없었다.

레미와 다니는 문을 열고 안으로 들어갔다. 선생의 집은 평소와 다름없이 책이나 메모지 종이묶음들이 책상 위에 어질러져 있고 걸음을 옮길 때마다 바닥에는 잡동사니 물품들이 발에 차였다. 연구실로 내려가보자. 그냥 나가자는 레미의 말에 다니는 레미의 팔을 잡으며 책상 위의 랜턴을 들고 앞서 계단을 내려갔다. 지하 방 공호 같은 공간은 꽤 넓었다. 다니가 연구실로 들어와 본 건 두 번째였다. 레미는 다니의 랜턴을 잡고서 연구실 이곳저곳을 비추었다. 한쪽 벽에 침대 같은 소파가 놓여 있고 간단한 주방 시설도 갖춰져 있었다. 방 가운데는 긴 테이블이 있고 그 위에는 실험 기구와 이상한 장비와 모형들이 복잡하게 놓여 있었다. 책꽂이 같은 선반 위에는 파일철과 알 수 없는 서류들이 빼곡히 채워져 있었다. 특이하게 안쪽으로 들어간 위치에 사우나 원적외실 같은 원통형으로 밀폐된 공간이 있었다. 문손잡이 위에 독극물을 표시할 때의 X자가 눈에 띄게 붙어 있었다. 어느새 레미가 탁자의 촛대 위에 불을 밝혔다. 안온했다. 방사능으로부터 완전히 차단된 것 같은 안도감이 찾아왔다. 레미는 소파에 기대고 다니는 컴퓨터가 놓인 책상 앞에 앉았다. 책상 서랍이나 컴퓨터 주위에 메모를 한 포스트잇이 잔뜩 붙어 있었다. 벽에도 암호 같은 문장이 여전히 붙어 있었다.

압정 위의 패랭이꽃 데본기의 샴(灩) 고양이

예전에 다니는 벽에 붙여진 검은 글씨를 따라 읽으며 제이 선생에게 무슨 뜻이냐고 물어봤었다. 제이 선생은 소파 위에 앉아 있던 고양이, 린을 쓰다듬으며 별거 아니라는 듯 느리게 말했다.

"우리네 삶이, 생명이 그만큼 불안하고 위태롭다는 뜻으로 적어

봤네. 압정 위에 패랭이꽃이 필 수 있겠나. 세운다면 그건 기적이지. 사람들 하는 일이 다 그래. 아무 죄의식 없이 어처구니없는 일들을 저지르지. 책임도 못 지면서. 린이 돌아다니는 4억 년 전의 세계를 상상해 봤네. 고독하지. 서글프지. 지금이 마치 데본기의 전조 같아. 죽음의 휴식기 이후 기형의 무척추동물이 횡행하고 기괴하고 커다란 양치식물이 번성하는."

제이 선생은 자신을 가리켜 정크사이언스라는 말로 희화화하기도 했었다. 제이 선생은 물리화학자였다. 그는 문제의 발전소 연구실에 있다가 무슨 일인지 모르지만 어느 날 제 발로 연구소를 걸어 나와 돌아가지 않았다는 소문이 있었다. 제이 선생이 경영진과 동료 연구원 사이에서 고립되었으며, 몹시 화를 내며 그들과 싸우는 것도 보았다고 했다. 그리고 제이 선생이 연구소를 그만둔 지 일 년도 안 되어 지금의 사고가 터진 것이다. 제이 선생은 이런 일이 있으리라 예상했던 걸까…… 다니는 녹았던 공포감이 엄습해 오는 걸 느꼈다.

레미는 어지럽다며 소파에 누웠다. 자꾸만 토할 것처럼 속이 울렁거려. 다니와 레미는 한동안 침묵 속에 있었다.

다니, 넌 왜 피난 가지 않은 거야. 레미가 기운 없는 목소리로 말했다.

아버지 어머니 산소가 있는 곳이야. 어딜 간들 마음 편할까.

싱거운 자식. 더 깊은 이유가 있을 것 같은데? 아무튼 돌아가신 부모에 대한 네 집착은 유별나.

다니는 이렇다 저렇다 반응 없이 쓸쓸한 미소를 지었다. 사실 레미는 다니의 깊은 사연을 몰랐다. 다니의 부모는 십 년 전 불의의 사고로 죽었는데 친부모는 아니었다. 마지막까지 의식이 남아 있던 아버지는 다니에게 동생과 농장을 잘 부탁한다는 말을 남기고 눈을 감았다. 그날 아버지의 손을 잡고 다니는 태어나서 가장 많이 울었다. 외지인 도시에서 거렁뱅이로 매 맞고 떠돌아다니던 어린아이를 거둬들여 친자식 이상으로 보살펴 주고 믿어 준 분이다. 어른이 된 다니는 지금도 농장이 아닌 외지에 대한 공포가 원형적 체험으로 남아 있다. 다니에게 이곳이 아닌 저곳은 닫힌 세계, 거대한 교도소나 정신병동과 같았다. 비유하자면 플루토늄, 세슘 같은 위험 요소들은 바깥에도 있었다.

다니는 차를 운전해서 빈 도로 위를 달렸다. 생명이 있는 것들은 다 멸종해 버린 태초의 원시적 공간으로 들어온 것 같았다. 레미는 제이 선생의 지하실에서 가져온 방호복을 입고서 불편하게 앉아 있었다. 갑갑한지 투구처럼 생긴 머리쓰개를 벗어 버렸다. 레미는 가슴이 타는 느낌이라고 했다. 레미는 아무 말 없이 앉아 있다 뜬금없이 한 마디씩 뱉었다. 곧 끝날 거야. 이것 또한 지나가 있겠지. 또 래퍼처럼 멜로디를 붙여 반복했다.

요오드 제논 세슘 플루토늄 스트론튬이 30킬로 반경 내에 산다 득시글거린다. 득시글, 득시글. 오 예.

다니의 트럭은 바리케이드가 쳐져 있는 곳을 벗어나 정상적인 생활공간으로 들어왔다. 40킬로미터 이상 북쪽 외곽 지역이었다. 하지만 여기도 어수선하고 안정되지 못한 건 마찬가지였다. 사람들의 표정은 가라앉아 있고 활기가 없었다. 대부분 마스크를 쓰고 있었다. 긴급 대피소나 임시 거처로 피신해 온 사람들 때문에 원래 거주자들의 생활이 위협받고 있다는 듯한 분위기였다. 임시 피난지의 사람들은 언제 끝날지 모르는 기약 없는 기다림에 극도로 지쳐 있었다. 희망이 보이지 않아 경계 지역 안 자신의 집으로 되돌아가는 사람도 있었다. 다니는 혹시 동생을 볼 수 있을까 하여 여러 임시 주택을 살펴보았지만 동생 부부의 모습은 찾을 수 없었다. 다니가 살던 마을의 이웃을 만나서야 동생 부부가 먼 도시로 나갔다는 걸 알았다. 안전 지역의 경계 수치도 못 믿겠다며, 뱃속의 아기를 위해서도 300킬로든 500킬로든 가능한 멀리 가겠다며 떠났다고 했다.

　다니는 이곳의 생활이 자신의 농장보다 그다지 나아보이지 않는다고 느꼈다. 방호복을 입은 레미를 사람들이 불쾌해해서 옷을 벗어 차에 실어두었다. 레미는 다시 마스크를 썼다. 다니는 가능한 많은 생수와 통조림 등 간편하게 먹을 수 있는 것들과 비상 약품들을 구입했다. 차에 기름도 채우고 돌아오려는데 레미의 상태가 좋지 않았다. 다니와 레미는 임시 방사능의료원에 가서 방사능 측정기로 확진을 했다. 다니보다 레미의 방사능 수치가 더 높았다. 둘 다 피폭된 방사능 양이 위험군에 속했다. 레미는 병원에 입원을 했다. 다미와 레미는 병원에서 주는 약을 먹었지만 병원이라고 해서 뾰족한 방법이 있는 건 아니었다. 임시 의료원 침상에는 누워 있는 사람들이 많았다. 다니는 하룻밤을 병원에서 지내기로 했다. 내일 감시를 피해 몰래 빠져나가리라. 10킬로, 20킬로, 인위적으로 그어놓은 경계가 무슨 의미가 있을까, 이미 핵심이 풀려 날개를 달고 뛰쳐나가 버렸는데. 여기서부터는 안전지대입니다, 라는 말은 다니에게 농담과 같았다.

다니, 꼭 다시 가야겠어? 거기 가면 뭐가 달라지는데. 아침이 되자 레미가 떠나려는 다니에게 말했다.

갔다가 다시 올게.

네가 날 다시 볼 수 있을 거라는 기대는 하지 마. 내 상태 봐. 장담할 수 있는 건 아무것도 없어.

그럼에도 다니는 돌아가고 싶었다. 여기서 생활의 기반 없이 멍하니 환자처럼 있는 것이 더 싫었다.

결국 레미는 병원에서 빠져나와 다니와 함께 농장으로 돌아가는 차에 올라탔다.

다니는 거꾸로 30킬로미터, 20킬로미터, 거슬러 내려오다 10킬로미터 지점인 바리케이드 앞에서 막혔다. 웬일로 임시 검문소 앞에 두 대의 차량과 방호복을 입은 사람들이 보였다. 카메라를 멘 사람들은 외국에서 온 기자고 영어 로고가 쓰인 차는 방송국 차량이었다. 아마 사고 현장 가까이에 가서 촬영을 할 모양이었다. 방호마스크를 쓴 두 사람이 반짝이는 봉을 흔들며 다니의 트럭을 막았다. 여기서부터 일반인이 들어갈 수 없습니다. 다니는 집에 아픈 노모가 있는데 설득해 같이 나오겠다는 말로 둘러댔다. 그들은 엄중한 감시자의 눈으로 다니와 레미의 복장을 살폈다. 다니에게 특수 마스크를 건네기도 했다. 바리케이드를 통과하며 다니는 분노

비슷한 감정을 느꼈다. 분노와 조소가 뒤섞인 복잡한 심정을 그렇게밖에 표현할 수 없었다. 바리케이드만 쳐놓고 다 도망가 놓고는 외국 언론에서 비추니까 엄격히 통제하는 척, 책임을 다하는 척 시늉만 하는 꼴이 우습고 화가 났다. 정작 책임져야 할 사람들은 멀리 안전한 지역에서 지시만 하고 손익계산이나 하고 있겠지. 다니의 속에서 울컥하니 뜨거운 게 치받쳤다. 여기서부터는 안전지역이 아닙니다? 다니는 코웃음을 쳤다.

다니는 다시 침묵의 원시 공간으로 들어갔다.

일 년 이상의 시간이 흐른 것도 같았고 바로 어제의 시간 속에 머무르고 있는 것도 같았다.

레미는 온실 안 의자 위에 앉아 있었다. 다행히 무성하게 뻗어가는 초록색 잎들을 보며, 너희는 괜찮은 거니? 묻고 있었다. 난 안 괜찮아. 레미는 점차 무너져 가고 있다는 걸 자기 몸의 변화를 통해 느꼈다. 레미는 온실에 있는 시간이 점점 많아졌다. 레미는 방호복을 입었다 벗었다 갈피를 못 잡았다.

기운이 없어.

레미는 움직이고 싶어 하지 않았다. 누워 있는 시간이 길어졌고, 뜬금없이 설사도 했다. 자주 피로감을 느끼는 건 다니도 마찬가지였다. 입안이 타는 것 같은 갈증도 느꼈다. 피부는 붉게 부풀어 오르고 머리카락도 뭉텅이로 빠졌다.

다니는 콜라비 두 개를 들고 온실로 들어왔다. 다니는 콜라비의

질긴 보라색 껍질을 깎아내고 무처럼 하얀 속을 잘라서 소파에 힘없이 기대앉은 레미에게 건네주었다. 다니도 우걱우걱 씹어 먹었다. 이게 우리들 속을 정화시켜 줄지도 모르잖아. 아삭아삭하기는 한데 무보다 딱딱한 게 흠이었다. 심지가 없고 당도가 높은 콜라비 품종을 만드는 게 다니의 작은 꿈이었다. 한두 번만 더 개량하면 결실을 볼 수 있을 것 같았는데 다니는 못내 아쉬웠다. 다니는 콜라비를 먹다 말고 청경채와 아스파라거스 잎을 바구니에 가득 뜯어 레미 앞에 내밀었다.

이것도 먹자. 초록이 우리를 구원할지 아니.

웃기고 있네. 그 돼먹지 않은 소리 집어치우지. 안 그래도 토할 것처럼 울렁거리는데.

그래도 레미는 다니가 내미는 초록색 잎을 거부하지 않고 염소처럼 먹었다.

다니는 움직여야겠다고 생각했다. 가만히 무력하게 있으면 몸이 더 허물어질 것 같았다. 다니가 온실 밖으로 나오는데 레미가 중얼거렸다. 여기가 최후의 피난처라네.

다니는 멀리 해안가를 내려다보았다. 도굴된 무덤 같은 발전소가 까맣게 보였다. 하나의 검은 점이 되어 모든 청정한 기운을 빨아들이는 블랙홀. 문득, 문장 하나가 빠르게 다니의 머릿속을 스쳤다. '압정 위의 패랭이꽃' 제이 선생의 지하실에 붙어 있던 문장의 뜻이 확연히 잡히는 느낌이었다. 다니는 사라진 은빛 돔을 기억했다.

다니는 수로 배관을 따라가 고장 난 펌프 안을 들여다보았다.

얼굴을 숙이려는데 놀랍게도 초록색 새 한 마리가 파드득거리며 급히 날아올랐다. 알을 만지는 다니의 손에 온기가 전해졌다. 이제껏 어미 새가 알을 품고 있었다 생각하니 알도 새도 가여웠다. 두 개의 알 중 하나는 썩어서 진액이 굳은 채로 형태가 움푹 꺼져 있었다. 다른 하나는 겉에 금이 가 있었다. 혹시 머리 두 개 달린 괴상망측한 것이 나오는 건 아닐까. 다니는 자신의 머릿속도 이상하게 변질되었다고 생각했다. 다니는 가망이 없다 싶으면서도 금 간 알을 지푸라기에 싸서 온실로 가져갔다.

다니는 자꾸 가라앉으려는 몸을 추슬러 팔다리 근육을 움직이고자 했다. 물리적으로 몸은 가벼워지는데도 감각적으로는 바윗돌을 매단 것처럼 무겁고 무거웠다.

다니는 삽을 땅에 꽂은 채로 밭에 서서 푸슬거리는 흙을 바라보았다. 이전에 콜라비의 짙은 초록 잎으로 뒤덮였던 풍요로운 밭을 떠올리지 않을 수 없었다. 윤기 나는 초록색 잎들 사이에 엎드려 보라색 뿌리를 수확하던 때가 그래도 행복했었다고 다니는 회상했다. 바로 얼마 전인데도 오랜 시간이 흐른 것 같았다. 푸른 잎들로 출렁이던 밭이 손에 잡힐 듯 보였다. 다니는 눈을 질끈 감았다 뜨고는 땅에 꽂힌 삽을 빼어들고 흙을 팠다. 지난번에 뿌린 씨에서 싹이 올라올 기미는 조금도 보이지 않았다. 삽질을 하고 싶었다. 다니는 마구 마구 땅을 헤집었다. 다니에게는 빨리빨리 움직인 것이지만 실제로는 느렸다. 얼마 못 가 다니는 기운이 딸려 밭고랑에 풀썩 주저앉았다.

다니는 삽으로 발등을 살짝 스쳤는데 피가 나왔고 지혈이 잘 되지 않았다. 다니는 직감적으로 자기의 생명이 얼마 남지 않았다고 느꼈다.

어제와 오늘과 내일의 경계는 없었다. 탈색된 시간의 비늘이 떨어져 무의미한 퇴적층을 이루었다.

레미는 무릎을 모으고 복부와 옷 사이에 알을 넣어 품고 있었다. 이미 알은 좋지 않은 냄새를 풍기고 있었다. 레미는 아랑곳하지 않고 마치 자기가 새인 양 알을 품었다.

네 얼굴이. 레미는 다니를 보고는 신음소리를 냈다. 눈썹이 없어졌어. 다니는 손으로 얼굴을 만져보았다. 다니는 놀랍지 않았다. 거울을 보는 것처럼 레미의 얼굴도 다니보다 먼저 허물어지고 있었다. 다니는 레미가 거울을 보고 놀라지 않게 진작 집안에 있던 거울이란 거울은 모조리 없애 버렸다. 거울을 신문지에 둘둘 말아 창고 깊숙이 집어넣었다. 레미는 다니의 얼굴을 들여다보다 자신의 얼굴을 만져보았다. 나도 그렇구나. 왜 말 안했어. 거울을 보고 싶어. 거울 어딨어. 니가 거울 다 치웠지. 거울 내놔. 내가 직접 확인하고 싶단 말야. 레미는 갑자기 흥분하기 시작했다. 숨이 가쁜데도 레미에게 어떤 기운이 솟구쳤는지 알 수 없을 정도였다. 레미는 자리에서 일어나 자신의 가슴을 주먹으로 팡팡 내리쳤다. 그 바람에 품고 있던 알이 바닥으로 떨어졌다. 깨진 껍질 주위로 썩은 진액이 흘렀다.

다니가 아무 말 없이 온실 뒤쪽 모판의 부쩍 자란 콜라비 모종에 물을 뿌려주고 있는데 레미가 사납게 달려들어 물통을 걷어차고 다니의 손에서 물뿌리개를 뺏어 내팽개쳤다. 등신아, 이딴 게 뭐라고. 니 피부 상태를 봐, 빠지는 머리카락은 어떻고. 그런데도 꼬박꼬박 물이나 주고 싹이 자랄 거라고 땅이나 파며 삽질하고 있냐. 차라리 가만히나 있어. 그냥 가만히 앉아서 기다리란 말야. 이게 다 무슨 소용이야. 어차피 뒈질 텐데. 레미는 온 힘을 끌어 모아 콜라비 모판을 뒤엎고 손에 잡히는 대로 온실의 초록 잎들을 잡아 뽑고 발로 찼다. 다니는 레미를 뒤에서 안고 양팔을 모아 쥐었다. 레미는 팔이 잡힌 채 헉헉거렸다. 바닥에는 뿌리 뽑힌 식물들이 어지러웠다. 다니는 레미를 부축해 의자에 앉혔다. 레미는 선이 뭉개진 얼굴로 울먹거렸다. 억울해. 억울해. 누가 우리를 괴물로 만들어놨냐고. 우리가 언제 허락했냐고. 억울해. 레미는 어미 잃은 새끼 새처럼 가냘프게 울었다.

사실 오늘과 내일의 경계는 없었다. 탈색된 시간의 비늘이 떨어져 무의미한 퇴적층을 이루었다.

레미는 온실 소파 위에 죽은 듯이 누워 있었다.

다니는 레미 옆에 힘없이 앉아 있었다. 아까부터 다니는 자신에게 풀어야 할 숙제 같은 게 남은 것처럼 찜찜했다. 꺼져 가는 레미를 보면서, 레미의 얼굴을 보면서 다니는 자신의 얼굴도 그러리라 생각하며 자신의 얼굴을 자기 눈으로 확인하고 싶었다. 손등은 짓물러 붕대에 감겨 있었다. 다니는 어지럽고 울렁증이 일었지만 평형을 잡으며 느리게 걸어 창고로 갔다. 창고는 서늘하고 어두웠다. 제이 선생의 하얀색 특수복이 빛을 내며 벽에 걸려 있었다. 다니는 저장고 뒤편 틈새에서 신문지 뭉치를 꺼냈다. 신문지 뭉치 안에서 들기 좋은 적당한 거울을 꺼냈다. 거울을 들고 얼굴을 비췄지만 어두워서 정확하게 상이 드러나지 않았다. 다니는 여기서 멈출까, 하다 창고 문을 열고 바깥으로 나왔다. 다니는 용기를 내어 빛 속에서 자신의 얼굴에 거울을 들이대었다. 헉. 예상은 했지만 실제로 확인하는 것과는 달랐다. 다니는 얼굴을 보고 자칫 거울을 떨어뜨릴 뻔했다. 자기의 얼굴이라는 게 믿기지 않았다. 눈꺼풀이 처져 겨우 눈만 찢어놓은 상태고 모든 게 틀어져 있었다. 얼굴로서의 기능이 희미해져 가고 있었다. 다니는 큰 소리로 웃고 싶었지만, 경멸하며 비웃고 싶었지만, 신음소리를 한 번 낸 것이 다였다.

다니는 무덤을 하나하나 끌어안고 손으로 속삭이듯 어루만졌다. 어느 정도 시간이 흐르자 다니는 일어섰다. 창고 안으로 들어가 벽에 걸린 방호복을 내렸다. 누에의 허물 같은 옷을 발부터 머리까지 뒤집어썼다. 마지막 힘을 끌어 모아야 된다면 지금이라고 생각했다. 다니는 하얀 옷을 입고 트럭에 올라탔다. 다니는 운전대를 잡고 마을과는 반대 방향으로 들어섰다. 늦기 전에 핵심에 닿고 싶었다. 암흑의 거대한 실체를 확인해야 했다. 다니는 차를 몰고 가며 창밖을 바라보았다. 길가와 숲가의 잡풀들이 터무니없이 웃자라 짙은 초록색을 띠던 공간이 어느 지점부터 눈에 띄게 달라졌다. 풀과 나무들이 하얗게 타들어가듯 말라죽어 있었다. 눈에 보이지 않는 방사능의 하얀 올가미가 본격적으로 생물의 목을 조이고 있었다. 황량한 금속성의 공기가 주위를 감돌았다.

진원지에 다가갈수록 다니의 등줄기에 소름이 돋았다.

바닷길로 들어섰다. 다니는 저만치서 드러나는 잿빛 폐허의 잔해를 보았다. 다니는 등대가 서 있는 방파제를 지나 차로 갈 수 있는 데까지 가보았다. 이윽고 차를 멈추고서 내렸다. 바로 몇 미터 앞에 거대한 굴뚝처럼 총구를 하늘로 향한 발전소가 지붕이 폭삭 꺼져서 아가리를 벌리고 있었다. 여기가 암흑의 핵심이다. 다니는 뒤틀린 거대한 문명의 도구를 붙박인 듯 바라보았다. 그러다 이상한 점을 발견했다. 하늘의 조각구름들이 발전소 근처 상공만 지나가면 열기에 녹는 솜사탕처럼 갑자기 형체도 없이 사라져 버렸다. 다니는 주의 깊게 올려다보았다. 지나가는 작은 구름들이 약속이나 한 듯 어김없이 발전소 위에서 완전히 지워졌다.

다니의 뒷목이 뻣뻣해지며 가슴에 통증이 왔다. 경계가 뭉그러진 코밑으로 뜨뜻미지근한 것이 흘렀다. 다니는 투구 머리쓰개를 벗었다. 겉옷의 하얀색 표면으로 붉은 핏방울이 떨어졌다. 다니는 비틀거리며 트럭 앞 유리에 기대었다. 발전소의 일부 남은 은빛 지붕에 햇빛이 반사되며 다니의 눈을 강하게 쏘았다. 다니는 눈을 감았다 떴다. 순간 주위의 모든 것이 은빛으로 굴절되며 지상을 덮은 하얀 숲이 다니의 시야에 꽉 들어찼다. 하얀 입자들이 눈처럼 내리는구나. 다니는 억지로 눈을 치켜뜨며 제이 선생의 지하벽 위에 있던 문장을 어쩔 수 없이 떠올렸다.

조도에는 새가 없다

'사람들 새가 되어 날아오르는 섬!' 안내판의 큰 글자를 읽으며 나는 피식, 웃었다. 짙푸른 물이 넘실대는 바다를 보며 끊으려고 마음먹었던 담배를 꺼내 물었다. 물 위에 떠 먹이 사냥을 하는 이름을 알 수 없는 흰 물새를 보며 낚시 생각을 했다. 어릴 때 줄낚시도 많이 했었다. 도시에서는 기온이 영하로 뚝 떨어져 유례없는 한파, 어쩌고 하는 뉴스가 들려왔지만 여기는 이상하게도 다른 세상에 온 것처럼 바람이 잦아들어 춥다는 생각이 들지 않았다.

미조항에 도착해 제일 먼저 행동으로 옮긴 것은 정육점에서 고기를 산 일이었다. 동네 아주머니에게 물어서 찾아낸 정육점은 제법 큰 슈퍼마켓 뒤 골목 안에 숨어 있었다. 배들이 빈틈없이 묶여 있는 포구 앞 길바닥에 사내 둘이 양철통에 불을 피워 놓고 신발을 벗어 발을 말리고 있었다. 포구 앞에는 자동차들이 빼곡하게 주차되어 빈틈이 없었다. 그 맞은편 덕장에는 내장을 비워 낸 물메기들이 배를 벌린 채 막대에 매달려 건조되고 있었다. 그러고 보니 지금이 한창 물메기 철이었다. 나는 천천히 걸어가며 여기저기 옛 흔적의 냄새를 맡으려 했다. 바다 쪽으로 방파제와 하얀 등대가 있고 마을 쪽에는 마트라고 이름 붙여진 슈퍼가 세 개나 있었고 하나밖에 없을 것 같은 치과가 단장한 지 얼마 안 된 미색의 외관을 수줍게 내보이고 있었다. 펜션과 식당과 목욕탕, 면사무소……. 목욕탕은 주인이 바뀌고 개조된 듯했다. 건물들이 헐리고 들어서고를 반복했을 터이다. 바닷물빛만 빼면 다 눈에 익지 않은 것들이었다. 사실 변하지 않는다는 게 더 이상한 일이다.

차를 몰고서 정육점 골목을 빠져나오는데 길이 넓어지며 양 옆으로 식당과 노래방들이 어지럽게 들어찼다. 그 길을 돌아 나오니 또 하나의 다른 바다가 막다른 골목처럼 다가들었다. 차창 앞으로 갈매기들이 공원의 비둘기 떼마냥 날아올랐다. 부두 도로 가운데에 일렬로 자동차들이 주차되어 있는 사이의 빈 공간에 차를 정차시켰다. 바로 가까이서 손만 뻗으면 닿을 듯 몇 개의 섬들이 앉아 있다. 조도. 새섬이라 불리는 곳. 가슴에 묵직한 공기가 들어찼다.

내 안에 작은 새가 파드득거렸다.

조도 가는 배를 타려면 아직 시간이 일렀다. 도로 건너 낚시점에서 벽돌처럼 얼려 놓은 밑밥을 사서 나오는데 안내판 앞에서 서성이는 여자가 눈에 들어왔다. 무릎 아래까지 오는 부츠에 스키니진을 입은 젊은 여자를 본 순간, 스타일이 좋은데라는 생각이 먼저 들었다. 캡을 푹 눌러쓰고 있어서 얼굴은 보이지 않았다. 자연스럽게 걸음을 옮겨 선착장 쪽으로 가니 여자가, 여기서 기다리면 조도 가는 배가 오느냐고 물었다. 나는 잘 보이지 않는 여자의 눈을 의식하며 고개를 끄덕였다. 시간이 얼마나 걸리느냐고, 여자가 다시 묻기에, 나는 얼마 걸리지 않는다고, 바로 저기 보이는 섬이 조도라고 덧붙여 말해 주었다. 바로 옆의 섬이 호도라고, 범섬이라고 말해 주려다 말았다. 여자의 목소리가 왠지 귀에 익었다. 흔한 음색은 아니었다. 모자 밑으로 길게 찰랑이는 머리카락에 햇빛이 반짝였다.

편의점에서 물과 소주와 맥주를 샀다. 과일은 없었다. 과일이 귀했던 시절이 생각나 꼭 사과라도 사들고 가고 싶었다. 비닐 꾸러미를 선착장 입구 짐들 사이에 놓아두었다. 그래도 시간이 남아 수협공판장 쪽으로 천천히 걸어갔다. 떨어진 거리에서 봐도 사내들이 활기차게 그물을 당기며 용쓰는 게 보였다. 어선에서 방수작업복을 입은 남자들이 삽으로 그물에서 산사태같이 쏟아져 나오는 생선들을 공판장 쪽으로 몰아내고 있었다. 갈매기들이 낮게 그 주위를 그악스럽게 날갯짓 하며 맴돌았다. 장화를 신은 사내와 아주머니가 재빠른 동작으로 자디잔 고기들을 커다란 모판 같은 데에 퍼 담아 편편하게 삽으로 다독였다. 멀리서 볼 때는 멸치인 줄 알았는데, 멸치뿐만 아니라 고등어, 전갱이, 복쟁이 등 크다만 치어들이 뒤섞여 은빛 동전처럼 몸을 뒤채며 빛을 뿌렸다. 저들은 삽으로 은의 광맥을 캐고 있었다. 뒤에서 감탄하는 듯한 숨결이 느껴졌다. 고개를 돌리니 어느 결에 여자가 다가와 있었다. 옆에 나란히 선 여자와의 거리는 60센티 정도라고 나는, 가늠해본다. 얼굴을 다 가렸던 캡을 벗고 대신 짙은 선글라스를 썼다. 날렵한 콧날이 두드러져 보이지만 이번에도 눈이 안 보이는 건 마찬가지였다. 이렇게 쬐끄만 것들이라니! 얘들이 빛을 내네! 여자는 조그맣게 탄식하듯 말했다. 서울 말씨인데 촉촉한 비음이 섞여 있었다. 여자의 목소리는 들으면 들을수록 어디선가 들은 듯한 확신이 들었다. 누군가를 떠올리려 했지만 퍼뜩 생각나지 않았다. 여자는 모자에 눌린 머리가 신경 쓰이는지 가는 손가락으로 빗처럼 여러 번 머리카락을 쓸어내렸다. 색안경 때문인지 여자의 모습은 이곳과 녹아들지 못하고 더 튀어 보였다. 나는 그냥 있기도 머쓱해 공판장을 벗어나 사과를 파는 상점을 찾았다. 과일 파는 가게는 보이지 않았다. 사과를 꼭 사야 할 것만 같았다. 지나가는 할머니에게 물으니 한 손을 들어 막다른 길을 가리키며 저 길을 벗어나면 큰 슈퍼가 있다고 했다. 나는 시계를 보고는 그리로 가려고 걸음을 떼는데 거짓말처럼 과일 트럭이 내 앞으로 지나갔다. 나는 트럭을 쫓아가 불러 세웠다. 내가 무척 반기자 몸과 얼굴이 둥글둥

글한 육십쯤 먹은 남자가 차에서 내리며 점심 먹으러 들어오는 길이라고 했다. 거칠고 건강한 사과들이 짐칸에 작은 언덕을 이루고 있었다. 귤 박스도 있었지만 사과가 주종이었다. 나는 알이 굵고 아삭한 걸로 한 봉지 담아 달라고 했다. 어느새 여자도 트럭 난간을 붙잡고 사과를 구경하고 있었다. 이 여자, 묘한 데가 있다. 나를 따라다니는 것 같은데 싫지 않았다. 아니 가벼운 설렘이 일었다. 나는 한손에 사과를 가득 담은 커다란 비닐봉지를 들고 가다 뒤미처 생각나 차 안에 두었던 쇠고기를 챙겨 선착장으로 향했다. 여자는 몇 걸음 처져 숄더백에서 캡을 꺼내더니 다시 머리에 눌러썼다.

짐을 들고 승선하는 사람들을 따라 배에 올랐다. 기관실 위로 태극기가 부드럽게 나부꼈다. 낚싯대를 멘 남자들도 몇 명 보였다. 사랑방 같은 선실에는 섬 주민들이 센 경상도 말씨로 목소리를 높여 서로의 근황을 전했다. 여자는 선실 안에 들어가려다 일제히 자기를 보는 눈길에 놀라 갑판 쪽으로 나온다. 여자는 사람들의 시선을 많이 의식했다. 나는 바로 앞에 마주보이는 새섬을 눈으로 훑었다. 저절로 깊은 숨이 토해졌다. 그 옆 오른쪽으로 떨어져 있는 곳이 범섬. 마을 사람들끼리 배로 오갈 수밖에 없지만 다 조도라 불렸다. 나는 저곳, 새섬에 살았었다. 작은 섬, 큰 섬. 위에서 내려다보면 머리와 몸체로 나누어진 게 새가 날개를 펼치고 날려 하는 형상이라고 했다. 지금은 떨어져 있던 머리와 몸체 부분이 제방으로 연결되어 있다고 들었다. 저기 당산 장산곶에서 일출을 보기도 했었다. 섬은 여전했다. 아무리 높은 파도가 부딪쳐 생채기를 낸다 해도 검푸른 나무들을 품은 섬은 의연했다. 몇 사람 사이에 있는 여자도 철제 난간을 쥔 채 물끄러미 섬을 바라보았다. 도무지 여자의 표정을 알 수 없었다.

섬이 가까이 다가올수록 내 안의 작은 새가 성마르게 파득파득 거렸다.

간이 선착장에 배를 대자 아기 업은 새댁과 할머니가 내리고 내가 뒤따랐다. 예전에는 미조항까지 작은 고깃배로 건너다녔다. 지금은 땅을 허물어 방파제를 만들고 시멘트를 발라 길을 내었다. 방파제 옆으로 테트라포드가 쌓여 있어 내가 알고 있던 조도의 경관을 사뭇 다르게 만들었다. 이제 연안 어디를 가나 비슷한 풍경일 것이다. 낚싯대를 멘 남자 뒤에서 여자는 망설이는 듯하더니 남자 뒤를 이어 시멘트 턱 위로 가볍게 뛰어내렸다. 내 감각에 눈이 달렸는지 여자한테 신경이 쓰였다. 구체적인 목적지가 있는 것 같지는 않았다. 나 때문에 여기에 내린 게 아닐까라고 상상하니 정말 그렇게 느껴졌다. 아마 호도에 내릴까 어쩔까 하다 결정을 했을 것이다. 여자가 보이지 않는 내 뒤의 가느다란 끈을 잡고 있는 것만 같았다. 짐과 사람을 다 부린 배는 하얀 물결을 일으키며 호도로 향했다.

나는 양손에 비닐봉지를 들고 그리 높지 않은 고갯길을 올랐다. 고갯길도 시멘트로 포장되어 있었다. 여자는 가면을 벗듯 캡을 벗어 손에 쥐고는 내 뒤를 따랐다. 나는 앞서가다 고개 등성이에서 멈춰 바다 전체를 조망했다. 바다는, 뭐랄까, 내면이 어떠하든 겉은 아무렇지 않은 듯 잔잔하고 고요한 청람빛 거울로 누워 있었다. 여자는 내 옆을 지나 앞으로 걸어갔다. 잔바람에 긴 머리를 한 손으로 걷어 올리며 걸어가는 여자의 모습이, 몸에 밴 태도가 평범하지는 않았다. 고갯마루 밭에는 자색을 띤 상추가 시든 배추들 사이에서 싱싱하게 햇빛을 받아 반들거렸다. 나는 고갯마루 입구에 있는 한 집에서 걸음을 멈추었다. 외관이 변하기는 했지만 틀림없이 창우네 집이었다, 아니 창우가 살던 집이었다. 담이 낮아 마당 안이 다 보였다. 마루 아래 붉은 고무통과 검은 장화가 놓여 있었다. 인기척은 나지 않았다. 신기했다. 그동안 이름 한 번 불러 본 적 없는데도 뚜렷하게 생김새까지 떠올랐다. 떠나올 때는 제대로 작별 인사도 하지 못했었다. 파도가 한 차례 밀려왔다.

창우 집에서부터 좁아지는 길을 여자는 주저하지 않고 그러나 천천히 앞서 걸어갔다. 나는 고개 반대편 아래로 내려가기 전 탄식을 했다. 갈색 잡풀이 뒤덮여 있는 휑한 공터를 보며 깊은 허탈감을 느꼈다. 그건 분명 상실감이었다. 학교가 있었는데…… 아무것도 없이 흔적만 남아 있었다. 나는 길섶에 짐을 놓고 낮은 담벼락 위에 양손을 올렸다. 잡풀 위 마당 한가운데 철봉이 있고 당산 쪽 아래 파란 저수조가 눈에 띄었다. 교문은 없지만 교문을 지탱하던 지주, 교사가 있던 자리에는 콘크리트 터만 남아 있었다. 옆에 잎이 누렇게 뜬 종려나무 두 그루가 있었다. 그때도 있었던가. 잘 기억나지 않았다. 지금 보니 운동장이라고 할 수 없을 정도로

교정도 아주 작다. 내가 어른이 된 탓도 있겠지만 몹시 협소해 보였다. 내가 다녔던 '미남분교'. 그때는 분교가 아니었다. 아마 오래전에 학교가 헐린 것 같았다. 교문이 달렸었던 지지대에는 무단침입을 금하는 경고문이 붙어 있었다. 교정에서 바다를 바라보던 아버지의 뒷모습이 쇠락한 공간과 겹쳐졌다.

여자는 조도 뒤편의 또 다른 얼굴을 마주하며 서 있다. 유인(有人) 섬을 커다란 그림자처럼 멀리에 두고 무인 섬들이 남빛 바다 위에 가까이 그림처럼 떠 있다. 앞쪽의 바다보다 더 바람이 없다. 수면 위에 하얀, 목이 긴 여러 마리의 물새가 머리를 물에 담근 채 하얀 말뚝처럼 고요히 정지해 있다. 여자는 학교 앞 갈림길에서 좁게 경사진 길 아래로 내려간다.

나는 담 바깥에서 안으로 선뜻 들어서지 못한다. 빨랫줄에 몇 마리의 물메기가 걸려 있고 마당 채반에는 채 썬 무와 우엉이 널려 있다. 담벼락에 붙어 있는 명패를 보았다. 어느새 여기도 도로명 주소가 부착되어 있다. '조도1길 39.' 주소가 낯설었다. 변했다. 변하기는 했는데, 지붕이나 외형이 개량되었을 뿐……, 변하지 않았다. '예전 그대로야.' 형이라 칭하던 전화기의 낯선 목소리가 말했었다. 마당 안으로 들어서면서 인기척을 내려는데 갑자기 방문이 열리고 호리호리한 남자가 튀어나왔다.

형님, 접니다. 영후입니다. 마루 위에 멈칫 서 있던 남자는 어? 하더니 신발을 신는 둥 마는 둥 내려와 나를 반긴다. 왔구나. 기별이라도 하고 오지. 어무이, 영후 왔심더!

노인네가 누워 있다 내가 방안으로 들어서자 몸을 반쯤 일으켜 마디가 굵은 손으로 나를 와락 껴안았다. 니가 우짠 일고. 니 참말로 영후 맞나? 이 매정한 놈. 놀라워하던 큰어머니 눈에 눈물이 글썽인다. 큰어머니도 많이 늙었다. 부지런하고 팔팔하던 젊은 아낙이 어느새 주름 잡힌 늙은 여인이 되어 있다. 어릴 때 얼굴이 남아 있네, 니가 들어오는데 영판 느그 아버진 줄 알았다. 나이 들수록 아버지를 쏘옥 빼닮았네. 큰어머니는 다시 한 번 내 얼굴을 살피더니 손등을 어루만졌다. 나는 일어서서 큰절을 올렸다.

바다가 먼저 눈에 들어온다. 담에 붙어 해변을 내려다보니 여자는 바로 해변 위 바다를 마주할 수 있는 방파대에 앉아 있다. 나는 주방에 가서 사과 한 개를 씻어 점퍼 주머니에 넣고 집을 나선다. 내가 살았던 집도, 마을도 둘러보고 싶었다. 섬이 작아서 별로 시간이 걸리지 않을 것이었다. 경사 사이사이 용케 평지를 깎아서 집들이 앉아 있다. 다닥다닥 붙어 있기도 하지만 또 그만큼 널찍이 떨어져 있기도 했다. 좁은 길 따라 가보지만 사람이 살고 있는 체취를 풍기는 집은 몇 채 되지 않았다. 이곳 큰 섬 뒤편 마을은 거의 빈집이었다. 아까 큰어머니가 그랬다. 누구누구는 벌써 죽었고, 누구는 아파서 골골거리고. 새끼들은 커서 다 여길 떠나고 남아 있던 늙은이들은 하나 둘 죽고 여기는 정말 조용하다. 왕소나무가 비스듬히 서 있는 돌담 축대가 있는 저 집이 내가 살았던 집이다. 이 집은 하나도 변하지 않았다. 사람이 살고 있는지 누군가

살면서 잘 닦아놓은 윤기가 있었다. 사람이 살지 않으면 금방 집이 허물어진다고 하지 않았던가. 나는 담 바깥에서 안을 기웃거린다. '영후야! 밥때 됐는데 니는 안 들어올 끼가! 그만 놀고 퍼뜩 들어온나.' 담 너머로 고개를 내밀고 바닷가의 나를 부르던 어머니의 목소리가 생생하게 들려오는 듯하다. 그 젊었던 어머니는 어디로 갔나.

나는 길을 오르락내리락 하며 마을을 돌아다녔다. 텃밭에는 상추나 파, 마늘이 심어져 있었다. 학교 터가 있는 고개 너머로는 둘레길 같은 산책로가 이어져 있었다. 이 또한 유행을 타듯 단장되고 달라진 모습이었다. 마을이라고 해봐야 스무 가구가 좀 넘으려나. 장산곶까지 올라가지 않고 가을꽃들이 시들고 누런 풀들이 우거진 평원을 돌아 해변으로 내려가는데 형이 마당에서 팔을 흔들며 오라고 한다. 여자는 한결같은 자세로 앉아 있다. 여자에게 가려던 나는 주머니 속의 사과를 매만지며 사촌형에게로 방향을 튼다. 형은 낚시 갈 채비를 하고 나섰다. 지금 이때가 학꽁치 철 아이가. 니도 오랜만일 낀데 같이 가자. 지금은 바람이 없지만 언제 또 바뀔지 모른다. 원래 섬 날씨가 변덕스럽다 아이가. 안경 낀 얼굴에 사람 좋은 미소가 번진다. 내게 잃어버린 것들을 채워주려는, 뭔가 내게 해주고 싶어 하는 배려가 느껴진다. 나는 형을 따라나서며 뒤를 흘깃거린다. 와, 아는 여자가? 나는 아니라고 말한다. 저 여자는 누군데 아까부터 저래 혼자 앉아 있노.

선착장 근처의 테트라포드를 밟고 갯바위로 올라갔다. 경사가

급하고 위험했다. 그래도 용케 형은 자세를 잡고 낚싯대를 던졌다. 내 손에는 학꽁치 따위가 아니라 감성이 같은 돔이 잡힐 거라고 농을 던졌더니 형은 그기 그리 만만하게 잡히는 게 아니라며, 코웃음을 쳤다. 바위 여기저기에 방한복을 챙겨 입은 낚시꾼들이 열심히 낚싯줄을 던지고 있었다. 점점 바람이 세지고 파도가 높아졌다. 추웠다. 형의 낚싯줄에는 학꽁치들이 심심찮게 걸려들었다. 뾰족 창을 입에 달고서 퍼덕거리며 올라왔다. 내 손에는 한 마리도 걸리지 않았다. 형은 말했다. 봐라, 고기들도 타지에서 온 냄새를 희한하게 맡는기라. 형은 연신 푸른 날것들을 잡아 올렸다.

형이 학꽁치를 손질하는 동안 해변으로 내려갔다. 여자는 보이지 않았다. 나는 눈길로 세세히 살피며 자갈밭을 서성였다. 오른쪽 거대한 너럭바위에서 꺾어들면 뒤쪽은 보이지 않았다. 그쪽으로 몸을 움직이는데 여자가 나타났다. 위험한 데를 아랑곳하지 않고 여자는 아슬아슬하게 돌과 바위 사이를 건넜다. 나는 뛰어가 내 손을 건네고 싶었다. 그보다 앞서 여자는 안전한 곳에 착지했다. 몇 미터 떨어진 거리에서 여자와 눈이 마주쳤다. 여자는 선글라스를 하지 않은 맨얼굴이었다. 여자는 체념한 듯한 태도로 가까이 다가왔다. 나는 눈을 떼지 않고 여자를 지켜보았다. 기시감이 들었지만 그럴 리가 없다고 생각했다. 여자는 바다로 내려오지 않고 아까 앉았던 방파대에 앉는다. 나는 성큼성큼 걸음을 떼어 여자한테로 갔다. 나는 여자와 60센티쯤 떨어진 곳에 앉는다. 여자는 경계하는 빛 없이 나를 본다. 나는 여자의 얼굴을 본 순간, 깜짝 놀란다. 엷게 화장을 한 얼굴이지만 내가 잘 알던 얼굴이었다. 보석의 한 이름과 같았던. 그러나, 그럴 리가…… 믿을 수 없었다. 해가 수평선 너머로 뉘엿뉘엿 넘어가기 시작했다. 바다와 하늘의 경계 부분이 분홍빛으로 번져 갔다. 여자는 내가 왜 그러는지 안다는 얼굴이었다. 여자는 빙긋이 웃었다. 나는 섣불리 말을 꺼내지 못했다. 그래도 겨울인데 춥지 않느냐고 묻고 싶었다. 나는 긴장을 하면서도 들키지 않으려 목을 한 번 가다듬었다. 여기는 이상하게 바람이 없어요. 반대편 방파제 쪽만 해도 바람이 심한데, 고개만 넘어서면 바람이 죽어요. 여자는 고개를 까닥였다. 말이 끊기고 조용하게 앉아 있었다. 긴 목을 물속에 담그고 있는 하얀 새가 처음 본 그대로 움직임이 없었다. 착각이었다. 새가 아니라 점점이 떠 있는 부표였다. 바위섬을 이어주는 징검돌마냥 박혀 있다. 나는 주머니에서 사과를 꺼내 여자에게 건넸다. 여자는 사과를 양손으로 만지작거리더니, 너무 커서 먹기가 쉽지 않은데요. 치아를 드러내며 웃는다. 이제 목소리의 주인과 얼굴이 완벽히 일치했다. 목소리의 주인을 찾았다. 나는 사과를 도로 받아 반을 쪼개어 여자에게 한쪽을 주었다. 같이 먹어요. 여자는 사과를 한입 깨물었다. 조용한 공간에 그 소리가 크게 울렸다. 얇은 막이 팅기듯, 아삭. 나도 사과를 베어 물었다. 사과는 기대 이상으로 맛이 있었다. 정말 달고 아삭해요. 여자는 연달아 베어 물었다. 이렇게 맛있는 사과는 오랜만에 먹어 봐요. 여자는 입술 밑으로 흐르는 사과즙을 닦아 내고는 엄지손가락을 치켜세웠다. 나는 꼭 내가 잘 가꾸어 생산한

72

사과처럼 느껴져 뿌듯했다. 여긴 펜션이나 묵을 데가 없나 봐요. 나는 여지를 주지 않고 없다고 했다. 들어올 때 배 시간표를 기억하고 있던 나는 미조항 가는 마지막 배가 조금 전에 출발했을 거라고 말했다. 여자는 해독할 수 없는 표정을 지었다. 여자는 정말 몰랐을까. 손닿을 거리에서 하늘과 바다의 경계가 지워지며 더 짙게 붉어졌다. 형이 부르는 소리가 들렸다.

방안에는 푸짐한 성찬이 차려져 있었다. 관절염을 앓고 있는 큰어머니가 불편한 다리를 이끌고서 정성스레 준비한 것이다. 큰어머니는 여자를 나와 특별한 사이라고 생각한 건지, 여자 앞으로 음식을 놓아 주며 많이 먹으라고 손수 챙겼다. 형은 부엌에서 직접 손질한 회 한 접시를 가득 담아 내왔다. 그리고 맥주와 소주, 잔 들을 가지고 왔다. 형은 각자의 취향을 물어보고 잔에 술을 채웠다. 자, 이래 만난 것도 참 귀한 인연인데, 내 동생을 위하여 먼저 건배합시다. 형은 내 잔에 자기 잔을 부딪치며 근엄을 가장한 목소리로 말했다. 영후, 니 30년 만의 귀향이가? 세월 참 무심하다. 옆에서 큰어머니가 거든다. 아이다, 30년이 넘재. 야가 11살 때 떠났으니. 우짜든동 어려운 걸음 했으니 오늘 기쁜 날 아이가. 마이 묵고 기분 좋게 취하거라. 형은 여자에게도 회를 한 번 먹어 보라고 한다. 학꽁치 회는 먹어 보기 힘들긴데. 회는 칼맛이라며 손으로 조몰락거리면 탱탱한 맛이 없다고 자신의 솜씨를 자랑했다. 비린 맛이 없으니 먹어 보라고 권한다. 여자는 조심스럽게 젓가락을 가져간다.

나도 오랜만에 먹어본다. 투명한 살이 담백하고 고소했다. 상에는 맑은 물메기탕과 쇠고기볶음, 생선을 삭힌 김치와 동치미 등 밑반찬이 가득했다. 여자도 시장했는지 맛있게 먹는다. 방은 온돌이 쩔쩔 끓어 따뜻했다. 여자는 화장실이 가까운 쪽의 별채에서 묵기로 했다. 간혹 낚시꾼들을 재우기도 한다고 했다. 큰어머니는 심야전기를 넣었으니 좀 지나면 거기도 따뜻해질 거라고 했다.

형은 여자에게 상당한 미모라고 칭찬하면서 영화배우 Y를 닮았다는 소리를 많이 듣지 않느냐고 물었다. 여자는 모호한 미소를 띠고는 그런 소리 많이 듣는다고 능을 쳤다. 나는 이 상황이 우스웠다. 정작 형은 여자의 신분을 눈치 채지 못한 것 같았다.

술잔이 여러 번 비어졌다. 여자는 천천히 맥주를 마셨다. 여자의 하얀 얼굴에도 분홍빛이 돌았다. 여자는 간혹 웃기도 했지만 말은 없었다. 형은 분위기가 올라 말이 많아졌다. 형은 TV 옆에 있는 컴퓨터 파일을 열어 자기가 좋아하는 노래들을 소개했다. 주로 칠팔십 년대 기타 음악들이었다. 비틀즈의 노래와 산타나, 무디 블루스, 지미 핸드릭스의 연주들까지 주르르 꿰었다. 형은 기분이 고조될수록 볼륨을 높였다. 큰어머니는, 여는 노래 부르고 싶으면 큰 소리로 불러도 된다. 아무도 뭐라 할 사람이 없다면서 분위기를 돋우었다. 그러다 아버지를 원망하는 소리를 하기도 했다. 느그 아부지 참 독하재. 뭍으로 나간 뒤로 즈그 엄마 제사에도 안 오고. 하기사 느그 할배 죽었을 때도 연락할 방법이 없었지만. 느그 아부지 독하데이. 우리한테 알리지도 않고, 타지에서 외롭게 죽어삐고. 니라도 우리한테 알렸어야지. 나는 대답 없이 고개만 주억거렸다. 아버지는 원하지 않았다. 평소에도 말했었다. 내가 죽더라도 고향에는 알리지 말라고. 자기한테 고향은 없다고. 아버지는 끝내 고향 쪽으로 눈도 돌리지 않았다.

취기가 어느 정도 오르자 형은 벽에 세워 놓은 베이스기타를 가져와 독학으로 배운 실력을 뽐냈다. 연주 솜씨는 시원찮았다. 내가 넌지시 학원 가서 제대로 배워 보는 게 어떠냐고 권했지만, 나는 자유로운 영혼이라며 누구 밑에서 배우는 거 갑갑해서 못한다고 형은 손을 저었다. 여자는 자주 웃고, 적당하게 맞장구도 쳤다. 큰어머니는 아가씨가 보면 볼수록 참하다며 여자의 손을 잡고서 손도 어찌 이리 곱노, 하며 감탄을 했다. 어무이요, 세상이 넓은 거 같아도 참 좁은 기라. 영후가 내 낚시 블로그에 들어올 줄 어째 알았겠능교. 형은 큰어머니한테 했던 얘기를 또 하는 것 같았다. 그러자 큰어머니는 블로그가 뭐꼬? 그기 초꼬렛 같은 기라고 대답을 해서 우리는 한바탕 웃었다. 형은 손뼉을 쳤다. 와, 우리 어무이 개그도 할 줄 아시네.

하늘에 별들이 선명하게 박혀 있었다. 어릴 때 보던 별들의 수보다 훨씬 적었지만 적어도 도시에서보다는 별이 잘 보였다. 여자는 눈썹 같다며 손으로 달을 가리켰다. 밤이 되니 공기가 차가웠다. 나는 방으로 들어가 담요를 가져와 평상에 앉아 있는 여자의 어깨에 덮어 주었다. 여자는 어깨 위의 담요를 활짝 펴서 온몸을 감쌌다. 바다는 목탄 같은 어두운 잠에 빠져 있었다. 술을 마신 탓이겠지만 담배가 생각났다. 나는 일어서서 담 쪽으로 가며 담배에 불을 붙였다. 싸한 공기가 폐부를 뚫고 들어왔다. 담요를 걸친 여자도 일어서서 내 곁으로 왔다. 나는 담배 하나를 여자에게 건넸다. 여자는 담배를 쥐고서 연기를 뱉어 내더니, 나지막하게 말했다. 담배를 배운 것은 세 번째 영화를 찍을 때였어요. 그 역할에 몰입하느라 담배를 엄청 피워 댔는데 그때 담배의 맛을 알았어요. 청순한 이미지를 벗고 과감하게 변신을 시도했었는데, 그 영화는 성적이 안 좋았어요. 실패했죠. 대중들은 나에게서 그런 흐트러진 이미지를 원하지 않았던 것 같아요. 나도 물론 그 영화를 몇 번이나 비디오로 봤었다. 난 그녀의 스크린 속의 일탈된 모습도 좋았다. 그녀는 CF 광고 속에서 청순하고 단아한 여신의 이미지로 끊임없이 반복 소비되었다. 순결하고 정숙한 여인의 대명사로 각인되었다. 나도 여자의 이미지를 탐닉했다. 나의 판타지 속 신부와 누이로.

난, 이제 배우가 아니잖아요. 잊혀진 과거죠. 여자는 쌉쌀한 박하사탕 같은 향기를 내뿜었다. 여자는 몇 년 전 스크린에서, 광고나 드라마에서 완전히 사라졌다. 최고의 전성기를 누리던 여자는 갑작스러운 스캔들로 끝 모를 바닥으로 추락했다. 악의적 기사로 도배되고 불륜녀로 낙인이 찍혀 더는 일어설 수 없는 상태에서 여자는 어쩔 수 없이 칩거를 택해야만 했다. 대중의 관심에서 멀어지는 건 순식간이었다. 재기를 시도했으나 번번이 무산되었다.

다 내 죄죠. 뭘 몰랐던 거예요. 한 남자를 사랑한 게 그렇게 분노를 일으키리란 걸, 그렇게 파장이 크리란 걸 미처 생각하지 못했죠. 내 사랑에 대한 태도가 너무 당당했던 게 사람들을 더 분노하게 하고 나를 더 뻔뻔한 여자로 만들어 버린 거죠. 참회의 눈물을 흘리며 반성하는 포즈를 취했어야 했는데 그러지 못해 용서를 받지 못한 거죠. 절대로 이미지를 손상시키는 일을 해서는 안 되는 거였죠. 절대로! 배우는 이미지로 먹고 산다는 걸 잊었던 게 가장, 큰 죄죠. 사람들은 진실을 보고 싶어 하지 않아요. 여자는 격앙되어 둑이 터지듯 말을 쏟아 내었다.

제가 말이죠, 부뚜막에 올라간 얌전한 고양이였더라구요. 강아지가 아니라 앙큼한 고양이요. 여자는 자조하듯 큭큭대며 웃었다. 웃는 게 우는 거처럼 보였다. 여자는 입술을 떨며 이빨을 딱딱 부딪쳤다. 추운데 그만 들어가요. 여자는 담요를 꼭 여미며 말했다. 좀 있다 들어갈게요. 술이 깨면요.

나는 내친김에 더 나가기로 했다. 혹시 여기 이상한 맘 먹고 온 건 아니오?

여자는 한동안 말이 없었다.

마음속으론 수백 번 시도했죠…… 어차피 서두르지 않아도 죽을 텐데, 쉽게 목숨 끊는 짓은 안 할 거예요. 이게 내 몫이라면 견뎌야죠. 여자의 목소리는 침묵 속에 잠겼다. 여자는 손으로 눈을 매만지더니 나를 외면한 채 말을 했다. 이겨 낼 거예요.

별채에 아직도 불이 켜져 있다. 나는 마루를 서성이다 방으로 들어가 요 위에 누웠다. 건넌방에서는 큰어머니와 형이 잠들어 있다. 서로 다른 코 고는 소리가 번갈아 가며 들려왔다. 여자의 잔상이 눈앞에 머물렀다. 바다를 바라보던 아버지의 뒷모습이 어른거렸다. 아버지는 교사였다. 섬에서의 생활은 단조로웠다. 눈 뜨면 뻔히 다 보이는 삶. 그래서였을까. 아버지의 일탈이 좁은 섬을 들끓게 했다. 어른들의 떠도는 말을 내게 전달하던 숨김없이 까발려진 친구들의 시선과 호기심이 내게는 상처가 되었다. 느그 아부지가 순화 엄마와 붙어먹었다더라. 얼레리꼴레리. 붙어먹었다는 말이 무슨 말인지 정확히 몰랐지만 대낮에 길에서 개가 흘레붙는 것을 보았을 때의 느낌과 다르지 않았다. 순화 아버지한테 해변에서 죽을 만큼 두드려 맞으면서도 아버지는 입을 다물고서 끝내 잘못을 빌지 않았다. 할아버지도 엄마도 아무도 말리지 않았다. 다들 담 밖으로 구경하면서 공모의 분위기로 아버지를 침묵으로 추궁했다. 머릿속이 끓어올랐던 내가 바닷가로 달려가서 왜 우리 아부지를 때리느냐고 순화 아버지한테 매달리며 몸으로 막아섰다. 자갈밭에 내팽개쳐졌던 아버지는 상처투성이였다. 선생이란 기 아~들이나 잘 가르칠 것이지, 개만도 못한 놈. 그는 침을 뱉으며 돌아섰다. 순화 엄마는 간조 때 죽도암 너머 바다로 나가서 영영 돌아오지 않았다. 도시로 나온 아버지는 다시는 교편을 잡지 않았다. 아버지는 자신과 맞지 않는 노동일을 하면서 돌아다녔지만 땅에 착지하지 못했다. 조개처럼 다물린 아버지와 냉랭한 관계를 유지하던 엄마도 아버지를 떠나고 말았다. 아버지와 나만 남겨졌다. 내 안에 날개 꺾인 작은 새가 피 흘리며 던져졌다.

여자의 방에 불이 꺼졌다. 사방이 깜깜했다. 옆으로 돌아눕자 선실 숙소에서의 적막한 어둠이 동시에 감겨 왔다. 깊은 바다 밑으로 가라앉듯 잠이 몰려왔다. 한때 만 톤이 넘는 화물 상선을 탔었다. 미국이나 일본, 심지어 페르시아 만까지 화물을 싣고 항해하며 나를 흘려보냈다. 바다 위에 떠 있는 시간이 꽤 되었다. 숙소의 침대에서 여자의 영화를 돌려 보며 자위를 하고 몽정도 했었다. 중국으로 가는 산업 폐기물을 운송하는 일명 '쓰레기 배'를 마지막으로 배에서 완전히 내렸다.

불이 타오른다. 불꽃보다 시커멓게 치솟는 연기가 먼저다. 사람들이 우왕좌왕. 검은 화염이 배를 뒤덮는다. 빨리빨리 긴급구조 요청해라. 앞이 안 보인다. 쿨룩쿨룩. 숨이 막힌다. 그래도 불을 끄기 위해 애를 쓴다. 그을음, 그을음. 독한 냄새가 폐부를 찌른다. 나는 소화기를 놓치고 물러나며 주저앉는다. 검은 연기 속에서 홀연히 여자가 나타난다. 옷 하나 걸치지 않았다. 여자의 검고 긴 머리카락이 바다풀잎처럼 물결친다. 여자가 맨발로 다가와 숨을 헐떡이는 나를 매끄러운 두 팔로 감싸 안는다. 나와 여자 주위로 붉은 불꽃이 맹렬하게 피어난다.

나는 허우적거리다 뜨겁고 황홀한 잠에서 깨었다.

바다 위 수평선이 주황색으로 또렷하게 나타났다. 하늘 가운데가 밝아지며 노란 해가 부챗살로 퍼지며 머리를 드러내었다. 아직 어둠이 채 걷히지 않은 바다 위로 주홍색 빛의 길이 뻗어 나온다. 여자는 언제 일어났는지 방파대에 앉아서 일출을 바라보고 있다. 나는 담장 앞에서 여자를 감싸는 붉은 실루엣의 비현실적인 풍경을 내려다본다.

맞은편에 펜션이라는 글자가 버젓이 보였다. 그 뒤로 몇 채의 집이 있었다. 방파제 앞에는 어제보다 사람이 많았다. 낚시꾼들이 여기저기 낚싯대를 던져 놓고 기다리고 있었다. 여자와 나는 펜션 건물을 동시에 건너다보았다. 여자와 나는 웃음을 던졌다. 내 웃음은 나를 오해하지 말라는 뜻이었다. 어제도 저 건물을 보고, 글자도 읽었지만 잘 수 있는 곳이라는 생각이 선뜻 들지 않았다. 일반적인 형태의 펜션이 아니라 아무 장식이 없는 단층 네모 구조로 공판장처럼 보였다. 형한테 물으니 손님을 재워주는데 개인 게 아니라 이장이 관리한다고 했다. 바람이 거의 없었다. 물속에서 작은 고기들이 몰려다니는 게 보였다. 캡을 눌러쓴 여자는 신기해하며 들여다보았다. 옆의 낚시꾼은 간간이 학꽁치를 잡아 올리는데 내 낚싯대에는 아무런 기미가 없었다. 형이 알려준 대로 여자는 내 낚싯대 주위로 떡밥을 던졌다. 해동된 떡밥은 잘 퍼졌다. 여자는 내 곁의 미니의자에 앉아 가만히 수면을 내려다보았다. 침착하게 가라앉은 바닷물이 가볍게 일렁였다. 집중해서 들여다보니 멀미가 난다. 여자와 내가 바닷물에 포위된, 떠 있는 작은 배 같다.

이대로 알지 못하는 어딘가로 표류할 것만 같다. 여자는 어디로 흘러갈까.

이라믄 안 되지요. 불법 아닌교. 형의 커진 목소리와 실랑이하는 소리가 들려왔다. 방파제 뒤 갯바위 쪽이었다. 나와 여자는 그쪽으로 갔다. 형이 그러거나 말거나 중년 남자는 바위 쪽으로 그물을 당겨 올리고 있었다. 세 명의 아주머니가 오종종 앉아 그물을 헤집어 고기를 끄집어내었다. 바위 위에는 물속에서 나오는 당기다 만 그물이 걸쳐져 있었고 그물 안에는 자디잔 치어들이 달려 있었다. 형이 휴대폰 카메라를 그물 가까이 갖다 대고 사진을 찍었다. 얼굴이 벌게진 남자는 그물을 당기다 말고 형의 휴대폰을 빼앗으려 했다. 학꽁치 철이라서 학꽁치를 많이도 아니고 조금 잡겠다는데 당신이 뭔데 하라 마라 해. 이 사람들이 멀리서 왔길래 구경 시켜 주고 있는데 그기 그리 잘못됐나. 아주머니들은 아랑곳하지 않고 잡힌 고기가 신기한지 그물에서 학꽁치를 꺼내고 있었다. 형은 차분한 톤을 유지하려고 애쓰며 카메라를 들이댔다. 낚싯줄로 잡아야지 그리 그물을 던지니까 치어들이 다 죽어서 올라온다 아닝교. 자꾸 이러면 사진 찍습니다. 와, 인터넷에 올리려고, 올려라, 올려, 나는 초상권 침해로 고소할 거니까. 남자는 과도하게 흥분을 하며 형의 멱살을 잡았다. 내가 보기에 같이 온 여자들한테 체면을 세우기 위해 더 과장된 행동을 하는 것 같았다. 마른 형이 남자의 다부진 주먹에 날아갈까 걱정이 되었다. 나는 남자를 말렸다. 형은 그래도 사진을 찍었다. 남자가 형을 밀치려고 해 자칫 바위에서 미끄러질

까 형의 팔을 잡고 경사진 데에서 안전한 곳으로 끌고 나왔다. 곧
죽어도 안 한다 소리는 안 하네. 저런 사람들 때문에 고기 씨가 마르는
거라. 형의 눈에 분노가 보였다. 남자가 고래고래 고함을 치며 쌍
욕을 하는 소리가 들려왔다.

배를 기다리기 위해 선착장에 서 있다. 낚시 가방을 둘러멘 사
람들 뒤에 형이 서 있었다. 실랑이를 벌인 남자가 형한테 다가오
더니 아까와는 다른 저자세로 자기변명을 하며 사진을 지워 달라
고 했다. 형과 남자가 말 마무리를 짓고 있는데 배가 물결을 헤치
며 돌아오는 것이 보였다. 며칠 있으라니까. 이래 빨리 가노. 형이
재차 말했다. 여자는 다시 선글라스를 꼈다. 형은 나를 뒤쪽으로
당기더니 귓속말로 속삭였다. 저 여자 Y 맞재. 긴가민가했는데, 내
일부러 모른 척했다.

형은 여자에게 악수를 청했다. 아가씨 기회 있으면 또 오소. 내가
직접 뜬 싱싱한 회로 대접할게요. 여자는 웃으며 그러겠다고 말했다.

다음에 정식으로 니 형수랑 아~들 소개시켜 주께. 니가 진주로 한
번 오든지. 형은 나를 품에 안았다 놓았다.

안내판 앞에서 여자가 뒷모습을 보이고 있다. 조도를 바라보며
나는 담배 한 대를 피웠다. 완전히 끊어야지 하면서도 그러지 못
했다. 배에서 겪은 화재 사고로 내 폐는 그리 건강하지 못했다. 나
도 안내판 앞으로 갔다.

들어올 때 봤어요. 사람들 새가 되어 날아오르는 섬. 조도. 여자는

소리 내어 읽었다. 그러고는 혼잣말을 했다. 사람이 새가 아니듯 지상에 발을 붙이고 사는 게 제일 자연스러운 거 아닐까요.

사람들은 나를 받아들이지 못할 거예요.

시간이 가면 무뎌져요. 언젠가 기회가 올 겁니다. 참고 기다리면.

시간 앞에 아물지 않는 기억의 상처도 있다는 걸 알지만 나는 긍정적으로 말해 주었다. 여자는 의심하면서도 웃어 주었다.

어디로 갈 거예요? 내가 묻자 여자는 말했다. 조금 더 남해를 돌다 갈 거예요. 여기는 바람이 없어서 좋았어요.

여자와 나는 차가 주차되어 있는 곳으로 왔다. 여자는 손을 내밀며 악수를 청했다. 고마웠어요. 나도 여자의 손을 마주잡았다. 사실은 여자를 한번 꽉 안아 주고 싶었다. 대신 여자의 손을 힘주어 잡고서 검지를 세워 손바닥에 내 이름을 새기듯 살짝 동그라미를 그렸다.

여자와 나는 각자의 차 안에 앉았다. 여자의 차가 먼저 시동을 걸며 자동차 사이를 빠져나갔다. 안녕, 나의 누이여. 나의 신부여. 나는 그녀의 차가 멀어지는 걸 보며 아직 갈 길 몰라 웅크리고 있는 작은 새를 생각했다. 이윽고 여자의 차가 완전히 자취를 감추었다. 나는 차의 시동을 걸었다. 내가 떠나거나 말거나 무심한 바다는 여전히 그대로 있을 거였다.

창궐

　그것은 매의 발톱을 닮아 있었다. 끝이 오므라드는 원뿔 모양의
줄기는 먹이를 사납게 움켜쥔 듯했다. 연노란 줄기는 찬장 옆의
자루를 뚫고 창처럼 솟아나왔다. 감자 세 알에서 싹이 나 무서운
기세로 터져 나오고 있었다. 몸통을 빼곡하게 차지하고 있는 싹
들을 도려내고 먹기에는 이미 늦어버렸다. 새파랗게 독이 올랐고,
나머지 두 알은 시커멓게 변해 있었다. 자루 속에 있던 시커먼 감
자를 꺼내 칼로 속을 깎아보던 레미는, 혹시나 하고 기대했던 감

자가 자신의 손에서 뭉크러지자 칼과 함께 내동댕이쳐 버렸다. 아끼다가 똥 된다고 했잖아. 레미는 다니에게 고함을 질렀다. 진작 먹어버리지 못한 데에 분노가 치밀었다. 레미는 자루를 뚫고 솟아나온 감자 줄기를 신경질적으로 잡아 뜯었다. 다니는 으깨진 검은 덩어리를 내려다보기만 할 뿐 아무런 대꾸도 하지 않았다. 그는 흙 속에서 딸려 나오던 싱싱한 감자를 생각했다.

이제 뭘 먹느냐고. 레미는 다니를 타박하면서도 눈길은 목공실 옆의 누렁이와 더미에게 가 있었다. 레미의 눈은 욕망으로 빛났다. 더미는 레미의 심상치 않은 눈길을 느끼고는, 짧게, 매에, 하면서 누렁이 뒤로 몸을 숨겼다.

어느덧 더미는 레미에게 사로잡혀 숨통이 끊어지고 배가 갈라졌다. 더미의 비명이 다니의 귀를 찔렀다. 목공실에 있던 다니는 귀를 막았다. 작업대가 놓인 창으로 회색 물결이 넘실거렸다.

화덕에서 피워 올리는 냄새와 연기가 돌집에 가득 찼다. 연기가 굴뚝을 빠져나가지 못하고 집안에서만 맴돌았다. 떠도는 냄새가 다니를 자극했다. 그의 혀에서는 침이 흘렀다. 혀는 예전의 기억을 문신처럼 새겨두고 있었다. 미각이란 그렇게 집요했다. 레미는 화덕 곁에 붙어 더미를 뒤집으며 휘파람을 불었다. 다니는 화덕에서 멀리 떨어져 작업대 위의 대패를 만지작거렸다. 되도록 더미 곁에서 떨어지고 싶었다. 그래도 냄새의 유혹은 물리치기 어려웠다. 마찬가지로 두 마리의 개들도 안절부절못했다. 모든 게 잿빛에 싸여 몽롱한데 냄새만 또렷했다.

이리 가까이 와서 먹어 봐. 거기서 청승 떨지 말고.

레미가 꼬치에 꿴 살덩이를 급하게 뜯어먹으면서도 연신 다니를 끌어들였다. 레미는 더미의 살코기가 너무 뜨거워 빨리 삼킬 수 없는 데 짜증이 났다. 더미는 다니의 어린 염소였다. 갓 태어났을 때부터 줄곧 그가 돌보아온. 레미는 먹는 데만 열중했다. 더 이상 다니에게 권하지 않았다. 다니는 등을 보이며 하릴없이 깎다만 나무를 대패로 밀었다. 습기를 잔뜩 먹어 대팻날이 잘 미끄러지지 않았다. 레미의 쩝쩝거리는 소리를 들으며 다니는 아주 어릴 때 아버지가 구워 주던 염소고기를 떠올렸다. 그의 눈앞에는 꼬치에 꿰어진 노릇하게 잘 익은 고기가 기름을 뚝뚝 떨어뜨리고 있었다. 꼬치를 든 아버지의 손이 어서, 어서, 하며 그를 재촉했다. 그는 눈꺼풀을 닫았다. 그는 처음부터 채식주의자가 아니었다. 아버지의 관습에 따라 고기를 즐겨 먹었고 인간에게 먹힘을 당하는 것들에 대해 의문을 갖지 않았었다. 그런데 열아홉 살이 되던 무렵 그에게 큰 변화가 왔다. 동물들의 말소리가 귀에 들리기 시작한 것이다. 그냥 멍멍, 왈왈, 음머가 아닌, 그들의 음이 사람의 말처럼 아주 잘 들리는 거였다. 그들의 희·노·애·락이 고스란히.

레미가 만족스럽게 트림을 하며 화덕에서 물러났다. 살점이 붙은 뼈다귀를 얻은 개들이 열심히 뼈를 핥아댔다. 목공실 옆 한쪽 구석에서 눈을 껌벅이는 황소의 눈에는 눈물이 고여 있었다. 상실감, 염소의 빈자리, 더미에 대한 애도였다. 레미가 다가와 다니의 어깨를 치며 말했다. 생각하지 말고 먹어. 남겨놨으니까. 언제까지 남아 있을지는 장담 못해. 레미의 번들거리던 눈빛이 가라앉아 있었다. 그는 기지개를 켜며 침상 쪽으로 갔다. 침대에 눕자마자 곧 코를 골았다.

다니는 화덕 쪽으로 움직였다. 불씨가 사그라진 화덕 위에는 갈비뼈를 드러낸 고깃덩어리가 반 정도 남아 있었다. 고기라고. 다니는 애써 더미의 흔적을 지웠다. 레미가 잠든 틈을 탄 것 같아 다니는 자신이 비겁하다고 생각했다. 누린내가 많이 난다, 역겹다고 애써 부정하며 갈등하는데, 오른손이 다리 하나를 뜯었다. 마음보다 손이 먼저 나갔다. 손이 먼저 입속으로 들어갔다. 달았다. 혓바닥으로 입천장으로 목구멍으로 육즙의 고소한 단맛이 감겨들었다. 사흘을 굶주렸던 창자가 요동을 쳤다. 그는 허겁지겁 먹었다. 그리고 한 번씩 푸아, 하며 긴 숨을 뱉어냈다. 죽이는 걸 모른 체했고, 더미의 애원에 귀를 막았다는 자책이 들었지만 더미는 병이 들어 죽어 가는 중이었다고 변명하며 고깃덩어리를 삼켰다. 먹은 것이 위에서 채 녹기도 전에 온몸에 붉은 점들이 돋았다. 더미의 토막 난 말(言)들이 핏속을 돌아다니며 아우성을 쳤다. 가려웠다. 그는 목과 겨드랑이, 배꼽 주위를 마구 긁어 댔다. 속이 뒤틀리고 울렁거렸다. 그는 들창을 열고 먹은 것을 게워 냈다. 빗물에 토사물은 순식간에 씻겨 내려갔다. 홍수가 난 지 15일째였다.

비는 그칠 줄 모르고 쉼 없이 내렸다. 빗물은 내가 되고 강이 되고 바다가 되어 사방에서 넘실거렸다.

두터운 회색 장막이 하늘을 뒤덮어 밤과 낮의 구별이 모호했다. 게다가 바람까지 불었다. 벌써 마을로 난 길은 끊겨 흔적조차 없었다. 마을은 사라지고 싯누런 물에 둥둥 떠다니는 지붕만 보였다. 다니의 집은 높은 언덕 위에 튼튼하게 지어져 물길에 휩쓸리는 일은 피할 수 있었지만, 이대로 계속 비가 쏟아진다면 안심할 수 없었다.

거기 누구 없어요?

거기 아무도 없나요?

다니는 손나팔을 해서 목청껏 소리쳐 보았지만 돌아온 건 물소리에 갇힌 막막한 자기 목소리뿐이었다. 그는 언덕을 휘감아 오르는 물너울을 보다 한숨을 쉬었다. 재앙이군. 재앙이야. 말간 해가 몹시 그리웠다.

레미는 먹을 때와 달리 침울하게 의자에 구겨져 있었다. 집안 어디서든 물곰팡이가 피어올라 수상쩍은 퀴퀴한 냄새가 집안을 떠돌았다. 가끔 불을 피우고 연료도 젖지 않게 잘 관리해야 했다. 집이 걸레라면 꽈악 비틀어 짜 물기를 없애고 싶었다. 다니는 사막을 생각했다. 물기 하나 없는 모래 속에 고치처럼 몸을 밀어 넣는 장면을 상상했다. 또, 모래 속 가슬가슬한 온기에 부화되는 거북의 알들을 떠올렸다. 지긋지긋한 물, 하는 소리가 들려왔다. 보지 않아도 누렁이가 한 말이란 걸 그는 알 수 있었다. 누렁이는 끊임없이 턱을 움직였다. 되새김질처럼 보이지만 빈 입질이었다. 언제 맛난 건초를 먹었는지 누렁이의 기억이 가물가물했다. 원래 누렁이는 몇 마리 가축들과 바깥 축사에 있었지만 다 떠내려가고 겨우 누렁이와 더미만 안으로 들어올 수 있었다. 팔려고 창고에 저장해 놓았던 감자와 비상식량들도 다 쓸려가 버렸다. 하루 새에 그렇게 많은 비가 쏟아질 줄 몰랐다. 사흘간 엄청나게 퍼부어 댔다. 미처 손쓸 겨를도 없이.

의자에 구겨져 있던 레미가 라이터를 켰다가 껐다가 반복적으로 찰칵거렸다. 찰칵, 찰칵. 다니는 레미에게 나지막이, 그러나 가볍지 않게 말했다. 그만해, 신경 거슬려. 불도 아껴. 레미는 라이터를 휙 집어던지고는 짐승 같은 소리를 내며 양손으로 자신의 머리카락을 움켜쥐고 흔들었다. 으어어어.

레미는 질기도록 내리는 비 때문에 조울증이 생겨 버렸다. 이따금씩 가슴을 치며 발을 구르기도 하고, 턱없이 희망에 부풀어 있다, 이따금씩 엉엉 울기도 했다. 레미와 다니는 하루 종일 말을 섞지 않고 벽을 쳐다볼 때도 있었다.

배고파. 배고파.

다니는 양탄자 위에서 고개를 맞대고 앉아 있는 두 마리의 개들한테로 다가갔다. 개들은 배고파라는 말을 저들끼리 공처럼 주고받았다. 그는 개의 목덜미를 차례차례 만져 주었다. 두 놈은 한 형제인데 비교적 사냥견에 가까운 종으로, 검은 털을 가진 놈은 베흐, 갈색 털은 누흐라고 불렸다. 다니는 레미가 앉아 있는 테이블을 지나, 화덕을 지나, 부엌으로 가 찬장에서 흑설탕을 꺼냈다. 밀폐에 신경 썼는데도 설탕은 눅눅했다. 물에 타서 주려고 엎어진 사발을 들다, 물이라면 쟤들도 지겹겠지, 하는 생각이 들었다. 다니는 설탕 그릇을 들고 개들 쪽으로 갔다. 개들은 엉덩이를 들고 꼬리를 살랑살랑 흔들었다. 다니는 설탕을 양 손바닥 위에 올려 그들 앞에 내밀었다. 베흐, 누흐는 사이좋게 설탕을 핥아먹었다. 그는 누렁이에게도 설탕을 먹였다. 레미에게도 줄까 하다, 이런 거 말고, 씹을 것 달라고, 하면서 괜히 아까운 설탕을 던지기라도 할까 봐 그만두었다. 다니는 설탕 한 숟갈을 혀 위에 놓고서 느리게 오래 녹여 먹었다.

설탕만으로 얼마나 견딜 수 있을까. 열지 않은 설탕자루를 생각했다. 설탕마저 떨어진다면…… 단풍나무시럽과 자두잼은 더 나중을 위해…… 다니는 손으로 얼굴을 쓸어 보았다. 축축했다. 얼굴에도 곰팡이가 슬 것 같았다. 비는 언제 그칠까. 그칠 기미는 보이지 않지만 그러다 언제 그랬냐는 듯 시치미 떼며 뚝 그칠지 모른다. 희망을 가져도 되겠지. 그러면 몸에 억지로 고기를 길들이지 않아도 된다. 혀와 몸이 따로 놀지 않아도 된다. 더미를 먹을 때의 치욕이 떠올랐다. 게워내고 나서도 나중에 다시 먹으려 했고, 먹었고, 토하지 않았다.

찬장 옆의 자루에서 나온 감자 줄기가 벽을 타고 올라가고 있었다. 줄기에는 잎들이 촘촘하게 매달려 있다. 이상하다. 감자는 덩굴식물이 아니다. 줄기가 벽을 타고 올라가는 일 따위는 있을 수 없었다. 그런데 이런 일이 어떻게 가능한지 다니도 알 수 없었다.

오랫동안 감자를 수확해 왔지만 대책 없이 커가는 감자 줄기를 보면서도 쉬이 믿어지지 않았다. 레미가 신경질적으로 쥐어뜯었던 그 감자에서 또다시 줄기가 뻗어 나오고 있었다. 처음보다 더 기운차고 강단지게. 연노란색이 초록색으로 짙어지며 천정까지 오를 기세다. 이 공간에서 생생하게 빛을 뿜는 건 저 감자 줄기뿐이다. 무척 끈질긴 감자군. 다니는 기세등등하게 뻗어 나오는 줄기를 보며 중얼거렸다. 땅에 뿌리박지 못한 감자는 불구다. 열매 맺지 못한다는 걸 아니까 잎이 더 극성을 부리는 것이다. 감자 잎이 줄지어 서 있던 밭이랑이 떠올랐다. 감자를 캐다 밭고랑에 누워 손을 담가 보던 푸른 하늘과 흙을 털어 내며 흙냄새와 함께 딸려 나오던 주렁주렁한 감자알들. 달궈진 돌 위에다 구운 뜨거운 감자. 껍질을 벗겨 가며 먹던 구수한 감자 냄새가 비어 버린 위를 자극했다. 그는 텅 빈 위주머니에 감자 대신 나직나직하게 멜로디를 흘려 넣었다. 하얀 꽃에는 하얀 감자, 자주 꽃에는 자주 감자, 보라 꽃에는 보라 감자…… 하얀 꽃에는 하얀 감자, 분홍 꽃에는 분홍 감자…… 뱃속에서 감자 꽃들이 다투어 피어났다.

우리, 뺨치기 놀이 할까.

레미가 다니에게 제안했다.

서로 마주보고 서서 레미가 먼저 다니의 뺨을 올려붙였다. 그다음은 다니가 레미의 뺨을 때렸다. 또 그다음은 레미가, 다음은 다니가, 뒤이어 레미가, 그 뒤에 다니가. 서로의 손이 기계적으로 올라갔다 내려갔다 했다. 한동안 같은 동작이 반복되었다. 점점 뺨에 부딪치는 손바닥에 불이 붙었다. 레미가 씩씩거리더니 주먹으로 다니의 얼굴을 쳤다. 다니도 손목을 휘둘러 레미의 얼굴을 가격했다. 주먹이 오가고, 코피가 터지자, 누군가의 발이 상대방의 무릎을 찼다. 규칙이 깨지고, 주먹과 발이 뒤엉키고, 바닥을 뒹굴면서, 치고, 맞고, 때렸다. 이 세상에서 할 수 있는 일은 그것뿐이라는 듯. 이윽고, 숨이 차고 녹초가 되어서야 놀이를 멈추었다. 비는 쉼 없이 내렸다.

여전히 하늘에서는 물이 쏟아졌다.

23일째.

빗줄기는 가늘어졌지만, 잦아들듯 하다 다시 이어졌다. 이상하게도 물은 언덕의 팔부 능선 이상으로 차오르지 않았다. 혹시나 하고 바깥으로 나갈 길을 찾아보았지만 언덕 바로 아래는 넘실거리는 물이었다. 망망대해 같은 주위를 둘러보는 레미와 다니의 얼굴은 어두웠다. 레미의 기색은 더 나빴다.

레미는 아까부터 이죽거리며 다니의 속을 긁었다. 저거 먹자, 응, 이제 그만 먹어 버리자구. 레미는 외면하는 다니를 따라다니며 달달 볶았다. 그러다 레미는 제풀에 풀썩 주저앉았다. 기운이 없기는 다니도 마찬가지였다. 그는 나무를 깎아 내던 조각도를 놓고 주방으로 가 허브차를 끓였다. 마음을 진정시켜 준다는 차였다. 설탕을 듬뿍 넣었다. 두 잔을 끓여 한 잔은 레미에게 주었다. 레미는 차를 마시면서도 툴툴거렸다. 먹을 걸 두고 왜 우리가 이딴 것만 마셔야 하냐고. 레미는 발밑으로 지나가는 지네를 집어 올려 화덕 위에서 살짝 구웠다. 레미는 지네를 갯가재처럼 먹었다.

레미의 분위기가 심상치 않았다. 누렁이를 노려보는 눈빛이, 호시탐탐 맹수의 그것과 닮았다. 그는 누렁이 주위를 왔다 갔다 하며 대놓고 집적거렸다. 이제 다니의 눈치도 보지 않았다. 누렁이는 불안했다. 더미나 누렁이나, 소나 염소나. 그는 중얼거렸다. 낮에는 다니의 방해로 누렁이를 잡으려다 실패했지만 지금은 어림없다. 다니가 사납게 화내는 게 오히려 의심이 가고 우스웠다. 어울리지 않게 도끼 들고 설쳐 대는 통에 물러났지만. 짜식, 고상한 척 하기는, 저도 먹고 싶었으면서. 그는 일부러 불편한 어둠을 참아 내며 다니가 잠들기를 기다렸다. 찰카락, 차칼칵, 찰칵. 습기 탓에 매끄럽게 켜지지 않는 라이터를 들이대고 도끼 쥔 손의 팔목에 누렁이의 줄을 감아쥐었다. 그의 우려와 달리 누렁이는 별다르게 저항하지 않았다. 누렁이도 지친 상태였지만, 이미 체념하고 있었다. 다만 누렁이는, 호오, 하고 한 번, 묘한 소리를 냈을 뿐이다.

나, 떠나요.

즉시 다니는 누렁이의 말을 이해했다. 귀를 막으며, 동물의 말을 들을 줄 아는 자신의 귀를 원망했다. 그는 이 모든 걸 알고 있었다. 잠이 든 척하고 있었을 뿐이다. 레미가 밤에 모르게 처리해 주는 게 오히려 고마웠다. 그는 마당에서의 상황이 충분히 짐작되었다, 레미가 비를 맞으며 어떤 일을 벌이고 있는지. 상상하기 싫었지만, 빗소리 사이사이에 들려오는 괴이하고 묵직한 울림으로 알 수 있었다. 퍽. 컥. 딱. 쿵. 철퍽.

날이 밝았다고 생각하는 시점에, 사실 새벽인지 한낮인지는 아무런 의미가 없었다. 밤의 검은 그림자가 차츰 옅어져 두터운 회색에서 부드러운 회색으로 묽어지면 낮이라고 생각했다. 다니는 깜박 잠이 들었다가 눈을 떴다. 실내에는 연기가 자욱했다. 고기타는 냄새와 피비린내와 쉬척지근한 냄새가 뒤섞여 있었다. 다니는 무겁게 칙칙 감기는 몸을 겨우 일으켜 양탄자가 깔린 가운데 홀로 나왔다. 이끼가 촘촘한 벽 틈 사이로 지네들이 왔다 갔다 했다. 레미는 화덕에 서서, 고기를 굽고 있었다. 동작이 활기에 넘쳤다. 베흐와 누흐는 언제부터인지 레미가 던져준 내장에 코를 박고 있었다. 다니는 누렁이가 있던 목공실 근처에 눈길을 주었다. 그곳은 원래 그랬던 것처럼 아무런 흔적도 남아 있지 않았다. 오랜만에 불기운을 받은 집은 훈훈했다. 다니는 불 앞으로 다가갔다. 호흡처럼 밴 습기를 바짝 말리고 싶었다. 레미의 얼굴은 명랑한 홍조를 띠었다. 레미는 다니에게 붉은 살덩어리 조각을 내밀었다. 먹어. 날 것으로 먹으니까 더 부드럽고 고소해. 땔감도 부족한데 언제 이걸 다 익혀. 상하기 전에 먹어 치워야지. 나머진 국도 끓이고 소금을 쳐서 저장할 거야.

다니도 더는 고집을 피우지 않았다. 피운다면 자신을 속이는 거였다. 냄새를 맡았을 때부터 위장이 살아 꿈틀, 꿈틀했었다. 다니는 레미가 내미는 살 한 점을 입속에 넣었다. 연한 살이 이빨 새로 즙이 되었다. 다니의 망설임을 비웃듯 누렁이는 부드럽고 고소했다. 생각만 바꾸면 되었다. 습관만 바꾸면 문제 될 게 없었다. 이런 재앙이 아니었다면 그는 자신의 원칙을 지키며 평생 채식으로 살았을 것이다. 그는 즙을 빨아들이며 신의라는 말을 고기와 같이 씹어 넘겼다. 이건 원칙의 문제가 아니었다.

포만감으로 너그러워진 레미가 불가에서 나무를 말리고 있는 다니에게 관심을 보였다.

뭐 만들고 있는 거야?

조각배 같은 거. 작지만 아무튼 물 위에 띄울 수 있는 거.

맞아. 언제 이 집도 잠길지 몰라. 무서워.

비가 이렇게 쏟아지는데도 더 이상 물이 차오르지 않는 게 신기하긴 해.

과연, 둥근 해가 떴습니다, 할 수 있을까. 지금 이대로라면 영원히 못 볼 거 같아.

글쎄, 해는 뜨겠지. 뜰 거야. 믿고 기다리자구.

해가 나면 여자 친구랑 손을 잡고 여기저기 돌아다닐 거야. 내 망아지 같은 다리로 마른 땅을 힘차게 또박또박 밟아줄 거야. 이곳엔 돌아오지 않을 거야. 레미가 눈을 반짝이며 말했다.

레미가 창턱 위에 올라가 오줌을 누었다. 그는 바깥의 소용돌이치는 물결을 내려다보다 갑자기 후다닥 내려와 공포에 질려 말했다. 불·현·듯·알·아·졌·어. 생존자는 우리 둘뿐이란 걸! 이제 어떡해, 어떡하지. 그는 금방이라도 울 것 같은 얼굴로 안절부절못했다.

우리 실뜨기 할까.

다니는 양손에 실테를 감아 가운데손가락으로 집어 올려 레미의 앞에다 펼쳤다.

아니야, 우리의 문제를 직시해야 돼. 이런 걸로 도망가선 안 돼. 레미는 다니의 실을 밀쳤다. 아랑곳하지 않고 다니는 다시 레미의 앞에 장구 모양의 실테를 걸었다. 레미는 도로 밀칠까 주저하다 실에 손가락을 걸었다. 다니의 장구틀에서 엄지와 검지를 밖으로 돌려 바둑판무늬를 만들었다. 그다음 다니가 젓가락 모양을, 레미가 베틀을 만들었다가, 다니가 레미의 베틀에서 소눈깔로, 그다음 물고기로, 물고기에서 가위줄로, 마지막으로 가위줄을 톱질하기. 슥삭슥삭. 레미와 다니가 서로의 실을 당겼다 풀었다 하며 입으로 슥삭슥삭 톱질을 한다. 레미가 먼저 웃고, 다니도 따라 웃었다.

다시 한 번 더.

이번에는 레미가 먼저 장구틀을 만들고 다니가 바둑판무늬로 뒤집었다. 다시 젓가락에서 베틀이 되었다가 소눈깔로, 물고기에서 가위줄로, 슥삭슥삭 톱질하기. 다시. 다시. 되풀이. 반복. 장구틀이 쌓이고 바둑판무늬가 펼쳐졌다가, 황소눈깔이 떠다니고 물고기가 날아다녔다. 레미와 다니는 서로의 윤곽이 흐려질 때까지 실뜨기를 했다.

시간이 흐른 듯, 멈춘 듯, 여러 날이 흘러갔다.

드디어 아침 햇살이 눈부시게 반짝였습니다, 눈물이 날 것 같습니다, 하고 탄성을 내지를 수 있다면 얼마나 좋을까. 다니는 눈을 뜨자마자 자리에서 일어나 먼저 창가로 달려갔다. 바깥의 여전한, 지겨운, 마귀광대미치광이버섯 같은 날씨에 다니는 그 어느 때보다도 실망했다. 꿈이었단 말인가. 조금 전까지, 분명히, 그는 명랑한 태양 아래서 모래언덕을 미끄러져 내려오며 신나게 모래썰매를 타고 있었다. 따끈따끈하고 보송보송한 모래알의 느낌과 정수리를 비추던 오렌지빛의 기운은 너무나 생생하고 충만했다. 까르륵거리며 웃던 그의 웃음소리도 귓가에 쟁쟁쟁 남아 있었다, 그런데…… 믿고 싶지 않은 일이, 믿을 수 없게도, 턱, 변함없이 버티고 있었다. 저주스러웠다. 다니는 크엉크엉 울면서 자신의 머리를 벽에다 콩콩콩 찧었다. 그 바람에 벽모서리나 틈에서 세력을 키워 가던 이끼와 노란다발 같은 버섯들이 살짝 몸을 틀었다.

다니, 그러지 마. 레미가 달려 나와 다니의 머리를 감싸 안으며 다독였다. 대체 왜 그러는 거야. 너답지 않게. 잘 참아왔잖아. 다니는 레미의 가슴팍에서 더 큰 소리로 울었다. 이윽고 다니는 고개를 들고, 코를 푼 다음, 얼룩진 눈으로 레미를 보며 말했다. 나는, 여기, 이곳에 있지 않았다구. 태양과 숨바꼭질 하며, 사막에서 놀고 있었다구, 그래서…… 다니가 이러쿵저러쿵 자초지종 말하는데, 억울해서, 서러워서, 또 눈물이 솟구쳤다. 레미는 다니의 말을 열심히 들어주고, 박자를 맞추다, 고개를 끄덕이며 말했다. 젠장, 너는 운이 억세게 좋은 거야. 난, 어쩌다 잔 꿈속에서도, 물에 빠져 물을 마시며 허우적거리고 있었어. 얼굴이 퉁퉁 불은 채로. 퉤, 재수 없어. 레미는 다니보다 더 억울했다.

어째서 비는 계속 내리는 거야.

우리가 벌 받는 거야.

왜? 내가, 우리가, 대체 뭘 잘못했는데!

말은 그렇게 했지만 다니도 레미도 꺼림칙했다. 털어서 먼지 안 나는 사람은 없다지만 벌이라는 말이 돋보기가 되어 그들의 절망에 바짝 다가섰다. 레미는 큰물이 나기 전 장사치로 시장 바닥을 떠돌 때 무시로 저울 눈금을 속이던 일이 확대되어 그의 발목을 잡았다. 감자 여덟, 아홉 개를 열 개의 무게처럼 늘려 팔았고, 또 다니의 씨알 굵은 감자 밑에 잘고 못생긴 감자를 섞어 다니 몰래 이득을 챙겼다. 다니는 레미의 여자 친구를 탐내었다. 겨울 무처럼 장딴지가 실팍한 처녀였다. 레미가 멀리 장에 가서 오래 소식이 끊겼을 때 산 너머 면소재지까지 여자를 찾아가기도 했었다. 심지어 레미가 영영 나타나지 않기를 바란 적도 있었다. 다니도 레미도 마음이 뒤엉켜 복잡했다. 더 속을 알 수 없는 건 끊임없이 내리는 비였다.

이제는 잠도 안 와.

베흐와 누흐가 병이 났다. 양탄자에 몸을 이리 저리 굴리고 비볐다. 눈곱이 끼고 부스럼이 나고 군데군데 털이 빠지고 진물이 흘렀다. 약을 발라도 소용이 없었다. 다니는 불쏘시개를 모아 불을 지펴 베흐와 누흐를 화덕 가까이로 오게 했다. 그나마 불기운이 애들의 피부병을 더디게 할 것 같았다.

퉤퉤. 이건 너무 짜서 못 먹겠네. 레미가 인상을 쓰며 말했다. 이건 구더기가 생겼어. 다니는 아무렇지 않게 받았다. 여긴 치즈처럼 부패했네. 새콤해. 두고 먹어도 되겠어. 날만 건조하다면 육포로 만들어 먹으면 좋은데…… 레미는 고깃덩어리의 성한 부분을 골라 씹어 먹다 그릇에 뱉어 버렸다. 아무리 배가 고파도 구리고 질려서 더는 못 먹겠어. 레미는 끓여 놓은 물로 입안을 헹궜다. 고약해. 모든 게 썩고 있어. 썩어 가고 있어. 우리 피도 썩었을 거야. 얼마 전까지만 해도 이 안에서 악취가 코를 찔렀는데 이제는 무감각해졌나 봐. 냄새가 안 나. 우리도 어딘가 고장 났을 거야.

테이블에 턱을 괴고 있던 레미의 얼굴에 야릇한 미소가 떠올랐다. 아, 먹고 싶다. 사과랑 토마토랑 당근이랑 청경채랑. 아삭아삭한 게 무지 먹고 싶다. 레미는 침을 삼켰다. 잼 한 숟갈로 마음을 달래. 다니는 유리병을 레미 앞으로 밀었다. 레미는 잼 한 숟갈을 입안에 떠 넣고서 입체감 있게 오물거렸다. 나, 지금 자두 씹는 중이야. 새콤달콤한 물이 흘러나와. 레미의 표정은, 나, 자두밭에 있어, 였다. 눈앞에 싱싱한 자두가 열려 있고, 그는 그 자두를 따고, 또 땄다. 넌, 뭐가 생각나. 레미가 천천히 고기를 씹고 있는 다니에게 물었다.

나, 술.

술? 나는 마리화나.

나도 마리화나.

나는, 술.

마리화나, 술. 마리화나, 술. 마리화나, 술.

술, 마리화나. 술, 마리화나. 술, 마리화나. 다니의 발치에서 누흐와 베흐도 레미와 다니의 말을 흉내 내며 말을 가지고 공기놀이를 했다.

마리화나? 혹, 저기, 저 버섯을 먹으면 환각작용이 있지 않을까. 레미는 놀라운 발견을 한 듯 말 잇기를 하다 끊고는, 기둥벽 틈에 몽글몽글 모여 있는 버섯을 가리켰다. 흥, 그럴지도. 그렇지만 환각을 일으키기 전에 호흡 곤란으로 먼저 죽을걸. 다니는 무심하게 말했다. 차라리, 끝내 눈뜨지 말았으면 좋겠어. 여기서 벗어날 수만 있다면 뭐라도 할 거 같아. 레미는 풀이 죽어 시무룩하게 말했다.

시간이 시간의 꼬리를 물고 이어졌지만, 비는 자꾸만 교만하고 비대해졌다.

34일째.

다니의 얼굴빛은 핏기 없이 푸르스레하고 레미는 핏기 없이 누르스레했다. 사람의 적당한 온기에 넘쳐나는 습기는 곰팡이균이 머물기에 딱 좋았다. 다니나 레미가 서로의 몸에서 버섯처럼 번지는 습진을 발견하기란 긁는 것만큼 쉬운 일이었다. 근지러움은 일상이 되었다. 간지러운 게 아니라 근지러움이었다. 간지러움이 물새 깃털이라면, 근지러움은 지네의 마디 많은 발이었다. 이빨도 들뜨고 쑤셨다. 누흐와 베흐의 몰골도 형편없었다. 이 안에서 날로 번성하는 것은 싸가지 없는 새파란 것들이라고, 레미는 누워서 가려운 데를 긁으며 중얼거렸다. 이끼 못지않게 감자 줄기는 짙은 초록빛 잎을 달고 번져 나갔다. 잎 하나가 손바닥만큼 컸다. 다니는 감자 줄기가 우리의 기를 다 빼앗는 거라고 생각했다. 어제는 그의 창자에서 거대하게 자라난 감자 줄기가 입속을 뚫고 나오는 꿈을 꾸다 켁켁거리며 깨기도 했었다. 다니는 벽을 노려보다 찬장 쪽으로 성큼성큼 다가가 새파랗게 기어오르는 감자 줄기를 잡아챘다. 질겼다. 쉽게 뜯기지 않았다. 그는 도끼를 들고 와 마구 난도질을 했다. 풀 길 없는 분노가 다니를 달구었다. 마구잡이로 휘두르는 손길에 감자 줄기와 잎이 토막토막 잘려 나갔다.

비가 그치리라는 희망은 버린 지 오래였다. 그러나, 그래도, 혹시나 하며 지금껏 버텨 왔는데, 하는 마음이 개미눈곱만큼 있었다. 마음 한 가닥으로는 혹 한 시간 후에 짠 하고 마술처럼 그칠지도 모른다는, 눈 뜨고 일어나 보니 그쳐 있더라는 기대가 약간 남아 있는 것도 같았지만, 그 자신의 마음이지만 잘 알 수 없다고 다니와 레미는 생각했다. 마술 같은 일은 일어나지 않을 것이다.

희망 놀이 하나.

지금 제일 하고 싶은 건?

입이 데일 정도로 뜨거운 차를 마시고 싶어. 추워, 으스스 떨려. 담요를 몇 겹으로 덮어도.

그럼, 불씨를 모아 볼까. 레미가 느릿느릿 일어나 멍하니 서 있었다. 막상 일어났으나 별달리 뾰족한 수가 생각나지 않았다. 물의 공격을 받지 않은 성한 게 있을라구, 츱. 다니는 혀를 찼다. 희망 고문이야.

레미는 미련을 버리지 못하고서 두리번거렸다.

레미는 목공실에서 톱밥을 담아 와 화덕에다 부었다. 축축하지만 그래도 불씨가 될 가능성이 높았다. 남아 있는 라이터를 다 쓰더라도 시도해 볼 생각이었다. 그는 톱밥에다 끈질기게 불을 붙였다. 꺼지면 다시 켜고, 꺼지면 다시 켜고…… 라이터의 마찰음이 반복될 때마다 불붙이는 일은 그의 자존심이 되었다. 다니는 기계적으로 몸을 긁으며 우두커니 레미의 동작을 바라만 보았다. 모처럼 레미의 얼굴에 벌겋게 핏기가 돌았다. 라이터를 두 개째 다 태웠을 때, 톱밥 사이에서 피시식, 피식거리며 연기가 올라왔다. 그는 매운 연기를 마시면서도 계속 입김을 불어넣었다. 야, 불이 붙었다. 어지러운데도 갑자기 생의 의욕이 솟구쳤다. 겨우 불을 붙였는데, 오래 가야 할 텐데. 어서 이리 와 앉아. 레미는 뿌듯해하며 다니를 불렀다. 웬일인지 다니는 레미가 손짓하는 방향과는 반대로 걸어갔다.

다니는 레미에게 방수포에 잘 싸인 한 묶음의 통나무다발을 내밀었다. 레미는 놀랐다. 아니, 멀쩡한 나무잖아. 레미는 어떻게 된 일인지 바로 이해했다. 이 호랑말코야, 이 나쁜 놈아, 내가 그렇게 불 피우려고 애쓰는 거 다 봤으면서 이제 내놓는 거야. 레미는 원망 반, 기쁨 반의 눈길로 다니를 올려다보았다. 불길이 일어나니까, 발가 락 근처에 있던 의욕이 허리께까지 단숨에 올라왔다.

단풍잎차를 뜨겁게 마시고 치즈 냄새 나는 고기 조각을 조금 씹 어 먹었다. 베흐, 누흐의 눈도 오랜만에 빛이 돌았다. 다니는 말했 다. 통나무 몇 개를 방수포에 꼭꼭 여며서 목공실 바닥 공구실에 숨겨 놓았었어. 이걸 꺼내 쓰고 싶을 때마다, 내일 써야지, 내일, 하면서 미뤄 왔어. 그래야만 하루를 견딜 수 있을 거 같았어. 내일이면 불을 지 필 수 있다는 기대가 눈을 뜨게 했으니까. 하루 연장법. 유혹에 져서 미리 다 쓴다면, 그다음은, 하고 기다릴 수가 없잖아. 이제는 그럴 것 까지 있나, 하는 생각이 들어.

수도자와 보통사람을 토굴에 가둬 놓고 먹을 것 없이 일주일을 견디 라고 하면, 어떻게 될 것 같아? 보통사람들은 며칠도 못 버티고 죽지 만 수도자들은 살아 낸다는 거지. 왜 그런 줄 알아. 수도자는 먹을 게 있는데도 자신의 의지로 안 먹는 거라고, 자기를 단련하는 거라고 생 각하지만, 보통사람은 없어서 못 먹는 거라고 생각하기 때문에 배고픔 에 허덕거리고 공포로 죽어 간다는 거지. 견디질 못한대. 다니가 말 했다.

처음으로 하는 말이지만, 니가 있어 얼마나 다행인지 몰라. 만일 나 혼자 있을 때 이런 일이 닥쳤다면 난 벌써 미쳐 버렸을 거야. 레미가 말했다.

레미와 다니는 한동안 말이 없었다.

다니와 레미는 한동안 움직이지 않았다.

희망 놀이 둘.

해가 보고 싶다. 배를 타고 나간다면 어딘가에 사람들이 있는 마른 땅이 나타나지 않을까. 레미가 말했다.

왜, 요즘 배를 안 만드는 거야. 어서 배를 만들자. 나도 도울게. 여기서 비가 그치기를 기다릴 게 아니라 우리가 찾아 나서자구. 어딘가에 사람들이 살고 있는 태양이 눈부시게 빛나는 곳이 있을 거야. 레미가 말했다.

레미는 축 처져 있는 다니를, 뿌리치는 다니를, 잡아 끌고서 목공실로 갔다. 레미는 톱이든 대패든 끌이든 상관없이 손에 잡히는 대로 연장을 쥐고서 아직 형체도 안 잡힌 만들다 만 조각배의 일부분을 다듬었다. 레미는 야무지게 끌을 쥐고서 파내려 갔다. 물론 더뎠지만, 날이 앞으로 잘 나가지 않았지만, 레미는 고개를 숙이고 나무 깎는 일에만 열중했다. 다니는 레미의 모습을 지켜보다 팔짱을 풀고는 칼과 망치를 잡았다. 한동안 파이고 깎이는 목재의 연마되는 불연속적인 무딘 소리만 들렸다.

한동안 얼굴을 아래로 박고 있던 레미가 돌연, 끌을 나무에 내리꽂고는 고개를 들었다. 그의 눈은 눈물로 젖어 있었다. 레미를 본 다니는 놀라서 홈을 파던 손길을 멈추었다. 다니를 응시하는 레미의 눈에 불꽃이 일렁였다.

이젠 더 이상 못 참겠어.

레미는 거칠게 연장들을 밀어내고는 재빠르게 목공실을 나가 홀을 쫓기듯 지나쳐 현관문을 열고 미친 듯이 밖으로 뛰쳐 나갔다. 순식간의 일이라 다니는 멍하게 있다 정신을 차리고 다급하게 레미의 뒤를 쫓았다. 물살에 세차게 부딪치는 소리가 들렸고, 다니가 밖으로 나왔을 땐 이미 레미는 보이지 않았다.

레미!

레미!

레미!

돌아온 건 휘감아 도는 물소리뿐이었다.

시름시름 앓아져 가던 누흐도 이틀 뒤에 죽었다.

39일째.

태양을 기다리지 마라, 이미 죽어 관 속에 들어갔나니.

굳이, 새삼스럽게, 무덤이라는 말을 쓸 필요는 없었다. 돌집은 갑충의 등껍질처럼 물에 젖어 번들거릴 것이고, 위에서 내려다본다면 갑충 한 마리가 물 위에 떠 있는 것처럼 보일 것이다. 다니는 자신이 갑충의 뱃속에서 녹고 있는 중이라고 생각했다. 흐물흐물

삭아 진액이 흐르는 먹이가 그였다.

베흐는 다니의 곁에 엎드려 무릎 위에 머리를 기대고 있었다. 다니는 손가락을 베흐의 코앞에 내밀었다. 베흐가 혀를 내밀어 손가락을 핥자 그는 단호하게 말한다. 빨지만 말고 먹어 버려. 베흐는 흠칫 놀라 다니의 무릎에서 고개를 든다. 아니, 그냥 내 팔을 통째로 먹어. 나를 다 줄게. 더 산다는 게 무슨 의미가 있는지 모르겠지만 너라도 오래 살아남아. 혹, 비의 끝장을 볼지도 모르지. 망설이지 말고 먹어. 놀라서 흔들렸던 베흐의 눈은 차분하게 그의 얼굴에 고정되었다. 다니는 베흐의 마음을 읽었다. 동시에 베흐도 그의 마음을 느꼈다. 그는 무너지듯 베흐를 끌어안았다.

다니는 목공실로 들어가 만들다 만 배를 보았다. 배는 목적지를 잃어버리고 이끼가 덮인 채 지상에서 표류하고 있었다. 배 주위에는 톱과 망치 같은 것이 아무렇게나 널려 있었다. 레미가 사용한 끌은 그대로 녹이 슬어 몸체의 홈 안에 꽂혀 있었다. 다가가 끌을 뽑으려는데 왈칵 눈물이 쏟아졌다. 걷잡을 수 없이 눈물이 흘러 습기를 잔뜩 먹은 배 위로 떨어졌다. 그는 홈 안에 엎어져 짐승처럼 울었다.

이윽고 그는 바닥에 흩어진 공구들을 주워 뱃머리 쪽이라 여겨지는 곳에 끌과 함께 가지런히 정리해 두었다. 그는 작업대 곁의 창가 쪽으로 갔다. 거의 다 녹거나 일그러졌는데 그나마 창은 틀어지지 않고 반듯했다. 물끄러미 바깥을 내다보았다. 더욱더 두터워진 잿빛 장막이 눈앞을 가로막고 있었다. 갑자기 그는 작업대 위에 올라가 미친 듯이 양팔을 휘저으며 옷소매로 유리창을 문질 렀다. 아무리 닦아도 달라지는 건 없었다. 잿빛 장막은 여전히 그 대로였다. 그는 시작처럼 느닷없이 휘둘렀던 동작을 멈추고는, 바 닥으로 내려서서 홀 중앙으로 걸어갔다.

기둥, 바닥, 벽 할 것 없이, 제멋대로 무성하게 돋아난 버섯들. 노란 우산, 하얀 고깔, 갈색 모자…… 모양도 색도 제각각이었다. 색이 화려한 것들이 맹독을 가지고 있다고 했다. 그는 기둥 밑자 락에서 유독 색깔이 진한 노란버섯을 뿌리째 뜯었다.

시작하기 전, 베흐의 마음부터 확인했다. 그는 버섯 하나를 으깨 서 베흐의 턱 속에 밀어 넣고, 자신도 버섯머리부터 잘근잘근 씹 었다. 이 낡고, 지루하고, 비루하고, 상투적인 악몽에서 깨어나기 를. 그러므로 이것은 반드시 독버섯이어야만 했다. 숨이 넘어가기 전 덤으로 환각을 본다면 더 바랄 게 없었다.

내가 그리워하는 사막으로 곧 가겠지. 거기서 베흐 누흐와 모 래목욕도 하고, 끈질긴 피부병도 바짝 말리고…… 레미는 벌써 가 있겠지…… 오렌지, 오렌지태양, 오렌지밀짚모자, 오렌지나 팔……

차츰 늪으로 빠져듦과 동시에 절벽에서 떨어지는 느낌과 떠오 르는 느낌이 서로 맞부딪치며 같이 왔다. 그는 숨이 가빠 오기 전, 누군가를 언뜻 본 것 같기도 했다. 그는 마지막으로 말을 뱉었다.

거기 누구요?

이끼는 검푸른색을 띠며 엄숙한 군락을 이루었고, 감자 줄기와 잎은 죽지 않고 더 뻔뻔하게 자라 천정을 덮었다.

　날이 갈수록 불구의 감자 줄기와 잎은 거대하게 퍼져 돌집을 지배했다.

퍼즐 위의 잠

퍼즐 맞추기만 하면 됩니다.

볼펜으로 점을 찍어 가며 깨알 같은 글씨를 훑어보던 그녀는 '퍼즐 맞추기'라는 부업란에 눈길이 오래 머물렀다. 그녀 옆에는 아이가 공갈젖꼭지를 물고서 잠들어 있었다. 퍼즐 1,000조각 한 판에 이만 원. 그녀는 아이를 흘깃 보고는 생활정보지의 한 귀퉁이

전화번호에 동그라미를 쳤다. 다행히 이 일은 집에서 할 수 있을 것 같았다. 다섯 개 하면……. 그녀는 전화번호를 눌러 사업장 위치를 물어보았다.

453

그녀는 여섯 살, 네 살짜리 아이를 걸리고 셋째를 업고서 연립주택 반지하방을 나섰다. 첫째는 산만했고, 둘째는 걸음이 시원찮았다. 하나, 두나 손 꼭 잡아. 혼자 앞서지 말고. 아침부터 날은 더웠다. 어느새 아이들 뺨은 익어 있었다. 골목길 어귀 태양슈퍼 출입문 쪽 아이스크림통 앞에서 아이들이 걸음을 멈추고서 가지 않는다. 아이들은 그녀의 눈치를 보며 냉장고 앞으로 다가든다. 배맛 사줘. 나는 뽕따. 뽕따. 키가 닿지도 않는데 냉장고 문을 밀려고 매달린다. 그녀는 두 아이의 손을 잡아채며 안 돼, 단호하게 말한다. 큰애는 머쓱해하며 물러나는데 작은애가 고개를 도리질하며 냉장고 문을 더 세게 잡는다. 그녀는 화를 내며 둘째를 떼어내려다 속으로 계산을 해본다. 지금 수중에 남아 있는 돈은 만 오천 원이다. 아이들한테 져 주고 싶다. 머리카락이 젖어 있는 큰애는 손가락을 빤다. 등에 업힌 셋째도 덩달아 칭얼거린다. 그녀는 냉장고 문을 밀고서 아이들이 원하는 것을 꺼내 준다. 그녀는 가게 안 계산대로 가 지갑에서 오천 원을 꺼내 잔돈을 돌려받는다. 물가가 너무 올랐다. 얼마 전까지만 해도 천 원으로 아이스바 세 개를 살 수 있었는데, 이제는 천 원 한 장으로 살 수 있는 게 별로 없다. 주인한테 과도를 빌려 아이들이 힘들여 빨고 있는 쮸쮸바의 꼭지를 댕강 잘라준다. 큰 꼭지 하나는 손을 내미는 셋째의 손가락에 걸어주고 또 하나는 그녀의 입속에 넣어 하드꼭지에 남아 있는 얼음 조각을 빨아먹는다. 얼굴에 생기가 돌고 당장 아이들 걸음부터 달라지고 다리에 탄력이 붙는다. 시댁이 십오 분 거린데 아이들 때문에 시간이 늘어진다. 입이 떨어지지 않지만 어머니한테 십만 원쯤 빌려 볼 생각이다. 아니면 칠만 원이라도. 잠시 아이들도 맡기고…… 그녀의 인중에 땀이 고인다.

441

아무 장식 없는 흰 벽에 책상만 달랑 하나 놓여 있고 그 위에는 컴퓨터와 종이 뭉치들이 어지럽게 널려 있었다. 문이 없는 창고방 같은 곳 한 켠에서 남자와 여자 하나가 납작한 박스에 비닐로 포장한 물건을 넣고 있었다. 다부지고 깐깐해 보이는 남자가 그녀의 등에 업힌 아이를 보고는 눈살을 찌푸리며 말했다. 알다시피 퍼즐 1,000조각 하나에 이만 원씩 쳐서 다섯 개 하면, 십만 원이오. 그녀에게 다섯 개는 너무 많아 보였다. 그녀가 세 개를 가져가겠다고 하자, 남자는 잠시 뜸을 들이더니 말했다. 원래는 다섯 개 해야만 물건을 내어주는데 특별히 생각해서 세 개를 주지. 단, 세 개를 하는 대신 약속한 날짜에 맞춰 줘야 하는데 할 수 있겠소? 날이 빠듯하다 싶어 그녀가 선뜻 답을 못하자 남자는 그만 가보라는 몸짓을 한다. 다급히 그녀가 하겠다고 물건을 달라고 하자, 먼저 가입비부터 내라고 했다. 네? 가입비요? 그런 것도 있나요? 남자는 그녀의 물음에 당연하다는 듯 이만 원이라고 했다. 그러고는 보증금 오만 원도 내야 한다고 했다. 그녀가 당황한 표정으로 남자를 보자, 남자는 아, 이 여자 순진하네, 물건을 가져가려면 당연히 보증금을 주고 가야지, 뭘 믿고 그냥 내주나. 어중간한 반말 투다. 싫으면 말고. 남자는 볼일이 끝났다는 듯 책상 앞으로 의자를 당겨 앉았다. 그녀는 난감했다. 이런 부업거리도 착수금이 필요하다니. 당장 칠만 원이 필요했다. 그녀는 나중에 다시 오겠다며 컨테이너박스로 지어진 사업장을 나와 경사가 진 길을 아이를 업고서 힘겹게 내려왔다. 날은 덥고 습했다. 끈적끈적한 열기가 등과 종아리에 감겨 왔다.

429

그녀는 남편이 뭘 하며 돌아다니는지 불만이었다. 돌아올 때는 언제나 빈손이었다. 피시방에서 시간을 죽인다는 건 그에게서 풍기는 담배 전 냄새로 알 수 있었다. 의자에 오래 앉아 있으면 다친 허리에도 좋지 않다. 남편의 머릿속이 궁금했다. 당장 아이들 입에 들어가는 걸 생각한다면 저렇게 태평하게 시간을 보내지는 않을 것이다. 시댁에서 쌀 얻다 먹는 것도 한두 번이지, 가슴이 답답했다. 자신이라도 식당에 나가 허드렛일이라도 하고 싶지만 세 아이를 맡길 데도 마땅치 않았다. 시아버지는 거동이 불편하고 시어머니는 청소 일을 나가야 했다. 큰애는 석 달째 어린이집에 가지 못하고 있었다. 벌써 일 떨어진 지 오 개월째였다. 퀵서비스 일이란 게 늘 잦은 부상을 각오해야만 했다. 그에게는 오토바이가 밥줄인데 도로방지턱에서 튕겨나가는 바람에 오토바이 몸체는 부서지고 그의 몸은 덜거덕거렸다. 중상은 면했지만 다리와 허리를 다쳐 당분간 정상적인 일을 구하는 게 어려웠다. 아무 거라도 일자리를 구해야 하는데 커피숍 같은 대부분의 알바 자리는 시간에 비해 턱없이 시급이 낮았다. 돈이란 건 그녀의 손에서 잠시 머물렀다 재빨리 다른 손으로 흘러갔다. 그녀의 손은 단지 거쳐 가는 통로일 뿐이다. 슬로우슬로우 퀵퀵. 들어올 땐 더디게, 나갈 땐 획획.

480

그녀는 상자 속 비닐을 뜯어 네모난 앉은뱅이 밥상에다 퍼즐조각을 쏟았다. 거의 비슷한 크기의 작은 조각들이 모래 언덕처럼 소복했다. 사람이 팔다리를 활짝 벌리고서 엎어져 있는 것 같은 기묘하게 분절된, 그게 그거인 엇비슷한 조각들이 눈앞을 메웠다. 그녀는 조각 하나를 들어 돌려 가며 손가락으로 절단면을 만져 보았다. 홈에 끼워질 사람 머리 모양은 갈고리나 물음표처럼도 보였다. 한 조각이라도 잃어버리면 큰일이니까 그녀는 락앤락 같은 통에다 조각들을 담아 두어야겠다고 생각한다. 이틀에 하나씩 완성할 수 있을까. 완성본 그림 사진을 보니 막막하다. 배경은 채도의 차이는 있지만 초록색이 주조를 이루고 있다. 예수가 무릎을 구부리고 두 손으로 물을 떠서 어린 양에게 주고 있는데 숲과 호수 같은 개울, 풀들이 다 초록과 연두와 검은색의 혼합이라 분간하기도 힘들다. 그녀는 그림사진에서 눈을 떼고 직사각형의 텅 빈 그림판을 보며 어디부터 채울지 고민한다. 마분지로 만든 단단한 그림판이 웬만한 웨딩사진 액자 크기다. 상의 중심을 다 차지한다. 그녀는 무질서한 조각들을 헤집어 같은 계통의 색깔 퍼즐들을 골라 그림판 위에 올려놓는다. 그녀는 퍼즐 조각 하나를 손에 쥔다. 셋째는 잠들어 있고 큰애와 둘째를 작은방 물놀이 튜브 안에 엉덩이만 잠길 정도로 물을 붓고 담가 놓았다. 작은방이라고 해봤자 늘 미닫이문을 열어 놓아 방의 구별은 그다지 의미가 없었다. 컴퓨터 모니터를 아이들 쪽으로 맞춰 놓고 몇 번이나 돌려 본 「마당을 나온 암탉」을 틀어 줬다. 방해하지 않아야 할 텐데. 시작해 볼까. 테두리가 매끈한 부분부터 맞추기로 한다. 그녀는 중학교 때 퍼즐 맞추던 기억을 살려 일단 모서리부터 직선 부분에 맞대어 나간다. 올록볼록한 면을 홈 속에 잠자코 끼워 나간다. 모래알을 헤집고 바늘을 찾는 기분이다. 온 신경을 손끝에 모아 홈에 맞춰 보고 빼고 넣고를 되풀이한다. 그녀의 목에 땀이 흐른다. 재빨리 물 적신 수건으로 목과 얼굴을 훔친다. 조각들이 흐트러질까 셋째에게만 바람이 가도록 선풍기 방향을 조절했다. 엄마, 물, 나 여기 풀에서 나갈래. 하나의 목소리. 안 돼. 아직 거기에서 나오기 없기. 그녀는 조금만 참으라고 윽박지르다가 안 되겠다 싶어 일어나 냉장고로 간다. 차가운 보리차를 꺼내 원통형 튜브에 있는 아이에게 건네고 선풍기 바람이 잘 가도록 해준다. 방바닥은 물이 흥건하고 튜브 속 물은 미지근하다. 냉동실에서 얼린 수건을 하나의 목에 갖다 대자 아이는 차갑다며 몸을 장난스럽게 움츠린다. 엄마가 됐다고 하면 나와. 그녀는 다시 밥상 앞에 수그린다. 이걸 빨리 끝내야 한다는 생각만 하기로 한다. 셋째가 일어나면 더 하고 싶어도 할 수가 없다. 그녀는 손에 쥔 조각을 어렵사리 찾아 끼어 맞춘다. 아이들 물 찰박이는 소리와 선풍기 돌아가는 소리만 방안을 울린다.

510

그녀는 옥상 한켠에 있는 자신의 건조대에 탈수된 세탁물을 넌다. 구겨진 옷들을 털어서 사이사이에 건다. 아이들 옷과 22개월 된 셋째의 천 기저귀다. 아직 오줌을 잘 못 가린다. 그의 물 바랜 셔츠가 흐느적거리며 걸린다. 그래도 구김이 펴지도록 바람을 일으키며 턴다. 이번만 입히고 버려야겠다. 이걸 입으면 사람이 더 풀기가 없고 구질구질하게 보인다. 요즘 유행하는 울트라마린 셔츠를 입으면 하얀 얼굴이 살아날 텐데. 그녀는 양말을 집게에 매달고는 빨래바구니를 뒤집어 베란다 벽에다 턴다. 발아래에 붉은 고무줄이 떨어져 있다. 실처럼 가는 고무줄이 움직인다. 지렁이다. 시멘트 바닥으로 나온 지 오래됐나. 힘이 없다. 그녀가 발로 건드리니 지렁이는 S자로 몸을 휘며 이동하려 한다. 습기를 찾아 움직이는 것이겠지만, 물기를 찾는다는 것은 불가능이다. 지렁이에게 이 시멘트 바닥은 고비사막 어디쯤이겠지. 그녀는 두리번거리다 파란 플라스틱 화분 옆에 버려진 나무젓가락을 집어 지렁이 앞에 구부려 앉는다. 젓가락으로 지렁이를 들려는데 지렁이가 몸을 둥글게 비튼다. 그녀는 지렁이를 집어 올리려다 실패하고 지렁이 밑으로 젓가락을 넣어 살살 들어 올려 실파를 묻어 둔 화분 흙 위로 옮긴다. 젓가락으로 흙 속에 홈을 파서 지렁이를 넣고 흙을 덮어 준다. 왠지 지렁이가 안도하는 모습이 눈에 보이는 것 같다. 살아날지 모르겠지만 뜨거운 햇빛을 피한 게 어딘가. 그녀는 일부러 아래에 내려가서 빈 주스병에 물을 받아다가 지렁이를 묻은 부분에 흠뻑 뿌려준다.

551

하나가 포크로 국수가락을 말다가 국수가 흐르니까 포크를 내려놓고 손으로 집어먹는다. 그녀는 하나의 손을 살짝 때리고 포크를 다시 쥐어준다. 네가 동생들 따라하면 어째. 두나, 세나는 어리니까 그렇지. 남편은 말없이 먹다가 두나가 상 위에 흘린 국수를 두나의 입안에 넣어 준다. 접시 위에 담긴 찐만두를 잘라서 하나에게 준다. 이렇게 같이 모여 밥상 둘레에 앉아 먹으니 정말 식구라는 생각이 든다. 어제 모처럼 그가 받은 일당이라며 사만 원을 내밀었는데 그녀는 코끝이 찡했었다. 대번에 마음이 너그러워졌다. 뭐해서 벌었는데. 김 씨 아저씨 옆에서 보조 일 좀 했어. 어제 나눈 그와의 대화가 오늘 힘이 된다. 그녀는 계란 지단도 흰자 노른자 또렷하게 나누어 그의 국수 위에 넉넉히 얹는다. 좋은 것 먹이고 좋은 것 입히고 싶다고 생각하며 그녀는 채반에 남겨진 국수를 나누어 각자의 그릇에 더 담는다. 깨끗하게 비워진 채반을 보니 기분이 좋다. 그녀는 국수를 먹다가 싱크대 찬장 속 퍼즐 상자를 떠올리며 그가 있을 때 퍼즐을 완성해야겠다고 생각한다.

492

그녀는 방바닥에 커다란 그림판을 펼쳐 놓고 흐트러질까 조심하며 하나하나 맞춰 나간다. 얼추 70프로가 채워졌다. 결합력은 단단한 편이다. 좌우 군데군데 비어 있지만, 예수와 물 먹는 양, 주위 그림은 뚜렷하게 보인다. 단지 전체 배경인 숲에 그늘과 어둠이 섞여, 비슷비슷한 검초록색의 조각 퍼즐을 몇 번이나 넣었다 뺐는지 모른다. 눈과 목, 어깨가 피로하다. 이틀에 하나씩 해야 하는데 뜻대로 안 된다. 사흘에 하나 하는 것도 무리다. 방해꾼만 없어도 더 빨리 할 수 있는데. 무조건 오늘 한 개는 다 끝내야 한다. 그녀는 이것 때문에 아이들을 짐스럽게 생각하는 게 말이 안 된다는 것도 안다. 그러나 아이들에게 소리만 내지른다. 특히 하나에게 동생을 잘 보라고 으름장을 놓으며 손에서 퍼즐 조각을 놓지 않는다.

그녀가 방바닥에 엎드려 퍼즐판에 정신을 놓고 있는데 그가 집 안으로 들어서며 한 마디 한다. 갑자기 웬 퍼즐이야. 그녀는 고개를 들지 않고 말한다. 심심해서 재미로. 그가 말도 안 된다는 반응을 보이자, 그녀가 고개를 들고서 말한다. 부업거리야. 한 푼이라도 보태야지. 그는 코웃음 치며 말한다. 그딴 거 눈빠지게 해서 얼마 번다고. 그녀는 퍼즐 조각을 든 채 말한다. 우습게 보지 마. 그림 한 판 다 채우면 이만 원이야. 다섯 개만 하면 십만 원. 그는 대꾸 없이 아이들 방을 보며 거지새끼가 따로 없다고 생각한다. 하나는 튜브 옆에 엎어져 자고 있고 두나는 옷이 젖은 채로 멍하니 모니터를 보고 있다. 그의 얼굴은 불만스러웠지만 잠자코 화장실로 간다. 그는 집에 와도 편하게 쉴 곳이 없다고 생각한다. 피시방 의자에 앉기만 하면 순식간에 모든 걸 잊을 수 있는데. 현실은 비눗방울처럼 가볍게 떨어져 나가고 주변의 골치 아픈 일도, 집도, 아이도 사라져 버린다. 의식적으로 피시방 자리를 털고 일어날 때의 감정이 두려움이라는 걸 그는 최근에 알았다. 그는 변기에 앉아 오줌을 누며 억울하다는 생각을 한다. 어느새 눈 깜박할 사이에 세 아이의 아버지가 되었다는 사실이 믿기지 않는다. 그냥 요술처럼 방망이를 한 번 뚝딱할 때마다 아이가 튀어나왔다고 생각한다. 열아홉 살 때 공원 분수대에서 그녀와 눈을 맞춘 결과치고는……. 그는 그림판에 고개를 처박고 있는 그녀의 등을 납작하게 밟아 버리고 싶다고 생각한다. 청승맞다고도 생각한다. 지지리 궁상이라는 말

120

은 몰라도, 그 비슷한 분위기를 떠올린다. 퍼즐판을 처음의 상태로 헤쳐 풀어 버리고 싶다는 생각도 동시에 한다. 그는 그녀와 모르던 시절로 되돌리고 싶다는 생각을 한다. 우리는 서로 잘못 끼워진 퍼즐이 아닐까.

671

그녀가 검은 조각 하나를 그림판 위쪽 끝 부분에 채워 넣자 검은 사이프러스 나무가 바다 속 해초처럼 온전하게 나타난다. 어찌 보면 그것은 하수구를 막아 버린 머리카락 뭉치처럼 보이기도 한다. 그녀는 구부렸던 허리를 펴고 휴, 하며 길게 한숨 쉬듯 안도의 숨을 내쉰다. 전체 바탕은 어두운 푸른빛이 주조를 이룬다. 고흐의 '별과 달이 빛나는 밤'이라고 쓰여 있지만, 그녀가 볼 때는 '검은 사이프러스가 서 있는 밤하늘'이라는 제목이 더 어울린다. 빛나는 청백색이 휘모리장단처럼 회오리치고 희고 노란 조명을 켠 듯한 민들레 홀씨 같은 별들이 회오리 주변을 감돌고 있다. 아직 마을과 산 쪽 부분이 채워지지 않았지만 여기까지 오는 데 정말 죽을힘을 다했다. 하늘 부분을 할 때는, 정말 눈이 빙빙 돌아가는 것 같았다. 눈앞의 사물이 두세 개로 겹쳐 보였다. 그녀는 눈을 비비고 눈을 깜박거린다. 그녀는 일어서서 목운동을 하고 팔다리를 두드린다. 일주일에 세 개를 한다는 건 불가능이고 지금 형편으로는 한 개 완성하는 것도 힘겹다. 퍼즐 그림판을 가져온 지 벌써 6일째다. 내일까지 두 개라도 완성해서 사무실로 가지고 가야 겠다고 생각한다. 이제는 그림판만 봐도 멀미가 나고 퍼즐 조각만 봐도 토할 것 같다. 아이들 때문이라도 더 이상 못할 짓이다. 아이들한테 소리나 지르고, 맞춰 놓은 조각들 망칠까 봐 가까이 다가 오지도 못하게 하고. 그녀가 일어서는 기척이 들리자 아이들이 와락 다가든다. 세나는, 엄마, 엄마, 하며 그녀의 다리에 엉겨 붙는다. 우리 세나 참 착하네, 오빠랑 잘 놀고. 엄마 일하라고 찾지도 않고. 그녀는 세나의 입에 쪽쪽쪽, 뽀뽀를 한다. 하나, 두나의 머리도 쓸어 준다. 아이들이 놀던 방에는 먹다 남은 과자 부스러기와 새우깡 봉지가 스케치북 위에 크레용과 뒤섞여 있고, 튜브 안 뿌연 물위에 양파링 봉지가 알루미늄 같은 속을 벌린 채 떠 있다. 그녀는 아이들 점심을 챙기려 그림판과 조각들을 정돈해서 치운다. 장롱위 완성한 예수 그림판 위에 올려 둘까 하다, 곧 다시 해야 하니까 화장대 겸용 탁자 위에 올려 둔다. 좁은 공간에서는 완성된 퍼즐을 보관하는 것도 일이다. 세나의 눈에 잠이 들어 있어 그녀는 먼저 젖병에다 두유를 부어 세나에게 먹이고, 하나 두나에게는 아침에 먹던 계란찜에다 밥을 비벼 줘야겠다고 생각한다. 그녀는 냉장고에서 뚝배기를 꺼내 가스레인지에 데운다. 너무 차갑게 먹이면 배탈이 난다. 그녀도 간단하게 같이 한 술 떠야겠다며 김치랑 꺼내 상 위에 놓는데 이게 웬일, 화장대 위에 있던 퍼즐판이 뒤집혀 방바닥에 떨어져 있는 게 아닌가. 터진 노른자처럼 퍼즐 조각들이 방바닥에 풀어져 있었다. 순식간에 그녀의 눈이 뒤집어졌다. 화다

닥 그림판을 뒤집으니 배열이 엉망으로 뭉개져 있다. 이거 누가 그
랬어. 그녀의 목소리가 떨리면서 높아진다. 엉, 빨리 말 안 해. 하나
가 눈치를 보더니 두나가, 하면서 두나를 가리킨다. 그녀는 이성을
잃고서 두나의 몸을 흔들고 엉덩이를 정신없이 두들겨 팬다. 급기
야 하나도 울음을 터뜨리고 세나는 놀라서 자지러지게 운다. 방안
에는 세 아이의 울음소리가 떠나갈 듯 요란하다.

642

곰솥 뚜껑을 열고 국을 뜨는데 국자에 건져진 건 퍼즐 조각들이
다. 국물에도 굳어진 돼지기름처럼, 아니 석유 방울처럼 검은 퍼
즐 조각들이 둥둥 떠 있다. 그녀는 놀라기도 했지만 하필이면, 퍼
즐 조각인가 싶어 몹시 불쾌해져서 곰솥 냄비를 들어 하수구에 쏟
아 붓는다. 퍼즐 조각들이 하수도로 빨려들어 가는가 싶더니 수챗
구멍 바깥으로 물이 점점 차오르며 내려가지 않는다. 검은색 조각
들이, 어느새 알록달록한 퍼즐들이 되어 입구를 틀어막으며 빈틈
없이 쌓인다. 손으로 자꾸 긁어서 떠내는데도 조각들은 줄어들지
않고 물은 점점 차올라 집안을 가득 채운다. 어린이집 가방과 우
산과 옷들, 장롱이 떠오르고 그녀도 운동화처럼, 생활 집기처럼,
마치 수세미나 빗자루처럼 둥둥 떠 있다. 떠오르는 물체들 사이로
납작하게 눌린 사람 같은 퍼즐 조각들이 마치 진짜 작은 생명체처
럼 팔다리를 움직이며 쏠려 다닌다. 목 주위로 거미같이 엉겨 붙

는 조각들을 떼어내려 그녀는 다급하게 손을 놀리며 버둥거린다. 그녀는 숨이 막힌다. 그녀는 물밑으로 가라앉지 않으려고, 퍼즐에 먹히지 않으려고, 필사적으로 허우적거린다.

135

　비가 온다. 퍼즐 그림판만 한 창문으로 빗물이 떨어지는 게 보인다. 눅눅한 방안에 고소한 기름 냄새가 감돈다. 아이들의 기분 좋은 웅얼거림이 냄새와 섞인다. 방 한가운데 상 위에 프라이드와 양념치킨이 든 포장 박스와 양념 무가 펼쳐져 있다. 하나는 닭다리를 두 손으로 쥐고 야무지게 뜯고 있다. 하나의 입에는 땅콩 소스가 번져 있다. 체하지 않게 콜라 마셔 가며 먹어. 그녀가 콜라를 따라주자 하나는 벌컥벌컥 마시고는 술 마시듯 과장되게 캬아, 캬아, 거린다. 두나는 하나의 행동이 재밌다며 따라한다. 그는 맥주를 마시는 중에도 두나에게 뼈가 들어가지 않도록 살을 발라준다. 세나는 그녀의 무르팍에 앉아 그녀가 손으로 잘게 비벼서 주는 살코기를 받아먹는다. 그녀도 그가 따라 주는 맥주를 오랜만에 맘 편히 받아 마신다. 기분 좋게 건배를 하고는 티브이 화면에 눈길을 준다. 티브이에서는 연예인들이 나와 숨바꼭질 하며 서로의 등판에 붙은 번호판을 누가 먼저 떼느냐로 기 싸움을 벌이고 있다. 그는 티브이를 보면서 구김 없이 철딱서니 없게 웃는다. 아이들한테도 아빠가 아닌 형처럼 다정하고 장난스럽다. 집안에 있는 대부

124

분의 가구들은 결혼 전 그와 그녀가 쓰던 것들을 가져온 것이지만 24인치 티브이는 친구들이 돈을 모아서 해준 새 거였다.

요 며칠 그는 기분이 좋다. 퀵서비스 일이 꽤 짭짤하다며, 돈 많이 벌어 오겠다며 흰소리하는 그가 그녀의 눈에 밉지 않았다. 포만감으로 아이들도 더 이상 먹지 않고 상에서 물러난다. 상 위에는 뼈다귀와 양념 묻은 휴지와 기름 묻은 컵들이 지저분하다. 그녀가 물휴지로 아이들의 손과 입을 닦는다. 그가 상을 구석으로 물리고는 방에 벌렁 드러누워 세나를 가슴 위에 올린다. 세나를 들었다 놓았다 하자 세나는 까르륵거린다. 장난기가 발동한 그녀가 그의 발바닥을 간지럽히자 그가 발작하듯 웃음을 참으며 하지 마, 하지 마, 그런다.

어느새 세나는 누워 있는 그의 가슴께에 엎어져 잠이 들고, 그녀는 그의 허벅지를 베고 그녀의 양 다리를 하나와 두나가 하나씩 베고 누웠다. 재미있는 사슬뜨기처럼 얽혀 있다. 오늘만 같아라, 그녀는 만족한 미소를 지으며 배부르고 등 따습고, 식구들 무탈하고, 지금 이 순간만큼은 남부러울 게 없다고 생각한다.

704

그녀는 고흐의 검은 사이프러스 나무를 메우고 있다. 손은 빨라지는데 눈꺼풀이 자꾸만 내려온다. 깊은 밤 작은 방에 그와 하나와 두나가 배추처럼 포개져 잠들어 있다. 더울 텐데 세상모르고 잔다. 그는 어제부터 커피숍 알바 하러 나간다. 그녀는 당분간, 임시직이라고 위안한다. 그녀는 낮에 화낸 것을, 두나를 심하게 때린 것을 후회한다. 아이들도 방 안에서 얼마나 갑갑했을까. 그녀 뒤에 누워 있는 세나의 배 위에 그녀는 타월을 덮어준다. 세나의 목에 땀띠가 심하다. 그녀는 다시 상 위에 엎드리며 땀방울이 그림판에 떨어지지 않게 조심한다. 그녀는 퍼즐 조각을 들어 배경의 바탕색을 요리저리 맞춰 본다. 내가 좀 더 고생하면 되고 밤샘을 해서라도 끝을 내면 되겠지. 달 부분인 노란색 퍼즐 조각을 홈에 끼운다. 안 맞는다. 그녀는 다른 조각을 찾아 끼우고는 목의 통증 때문에 옆으로 슬쩍 눕는다. 조금만 눈을 감고 있어야겠다고 생각하는데 그녀는 스르르 잠이 들고 만다.

그녀가 눈을 떠 휴대폰을 보니 3시 15분이다. 그녀는 추스르고 일어나 냉동실에서 얼음을 꺼내 먹고 하나는 눈두덩 위에 올려 둔다. 그녀는 상 앞에 앉아 퍼즐 조각을 쥐고 빈곳을 메워 나간다. 간간이 새벽의 빈 도로를 자동차가 빠르게 스치며 지나가는 소리가 들리고 그녀는 뚫어지게 그림판을 보며 집중한다.

766

햇빛이 맑고 투명하다. 그녀는 옥상에서 길 아래 층층이 지붕 낮은 집들을 바라보며 어깨를 펴고 숨을 깊이 들이쉰다. 며칠을 방에 처박혀 있다 햇볕을 쬐니 뜨겁거나 말거나 온몸을 소독하

126

는 것 같아 개운하다. 더 날아갈 것 같은 건 그녀가 퍼즐 맞추기를 다 마쳤다는 사실 때문이다. 그녀는 춤추듯 빙글빙글 돌기만 했는데, 내심 더 하고 싶은 건, 해방이다, 해방이라며 소리를 지르고 싶다. 비록 세 개의 그림판 중 한 개는 손도 못 대었지만, 두 개라도 완전하게 끝을 낸 게 어딘가. 하찮은 일이지만 뭔가를 해낸 것 같은 성취감. 그녀는 혹사한 눈에도 눈꺼풀을 크게 열어 바깥 공기를 흘려 넣고, 뻣뻣한 두 팔을 벌려 습한 겨드랑이에도 바람이 들어가도록 한다. 보이지 않는 곰팡이에 그녀의 전신이 먹힌 것 같았는데, 보상받는 느낌이다. 그녀는 새삼스럽게 다닥다닥 붙은 집과 건물들의 지붕을 내려다보며 그녀가 서 있는 가운데를 중심으로 이 동네의 풍경이 하나의 그림판이고 집과 나무와 사람들이 위에 올려진 퍼즐 조각 같다는 생각을 한다. 마디마디 틈 없이 꽉 짜 맞추어진 세계. 그녀는 여기에 꼼짝없이 서 있어야만 할 것 같다. 콕 박힌 퍼즐 조각처럼 그녀도 하나의 조각이고 이웃한 퍼즐 조각들에 포위된 채 계속 그대로 있어야만 현실이라는 그림판이 빈틈없이 완성될 것 같았다. 문득 그녀가 그림 바깥으로 튕겨나가거나 증발한다면 여전히 이 세계는 이 빠진 그림판으로 남아 있게 될까, 아니면 다른 똑같은 퍼즐로 채워져 완성될까. 아니면 와르르 전체가 무너져 내리고 흩어져 형체도 없이 사라져 버릴까? 그녀는 새삼 그게 궁금해진다. 그녀는 발이 달린 퍼즐 조각이 되어 그림판 바깥으로 걸어 나가 사라져 버리는 상상을 한다. 아주 멀리 위에서 굽어보니 그림판은 구멍 난 채로, 아니 그 구멍조차도 금방 물의 흔적처럼 지워져 아무런 변화 없이, 눈 하나 깜짝하지 않고, 구름처럼 잘도 흘러간다. 그녀는 뭔가 억울한 생각이 든다.

그녀는 빨래가 가득 담긴 바구니를 건조대로 끌어당기는데 육포같이 납작하고 긴 게 시멘트 바닥에 붙어 있다. 바짝 마른 지렁이가 틀림없다. 지난번에 살려 준 지렁일까 짐작해 보지만 전혀 알 수가 없다. 지렁이는 너무나 특징이 없어 구별이 안 가게 똑같아 보이니까. 그녀는 다른 지렁이일 거라 믿으며 건조된 지렁이를 손으로 집어 지난번과 마찬가지로 파란 플라스틱 화분 흙 위에 얹는다. 흙과 섞이면 잘 썩어 흙이라도 될 수 있지. 흙이라도. 그녀는 마치 누가 듣기라도 하는 듯 속삭였다.

815

하나, 두나를 시댁에 맡길까 하다, 그녀는 아이들 모두 데리고 집을 나선다. 어차피 시댁 가는 거리나 그쪽으로 가는 거나 별 차이는 없었다. 해가 설핏 기울려고 한다. 그녀는 세나를 업고 퍼즐 그림판을 떨어지지 않게 잘 정돈해서 커다란 비닐봉지에 담아 들었다. 아이들 걸음걸이에 보조를 맞추며 천천히 걷는다. 저어기, 조금만 가면 돼. 뭐, 먹고 싶어. 나중에 집에 갈 때 맛있는 거 사 줄게. 엄마가 돈 벌었거든. 하나는 뭐? 그녀는 다정하게 묻는다. 하나는 아이스크림이라고 말한다. 얘개, 겨우 그거야? 두나는? 두나는 냉큼, 짜장면이라고 한다. 그러니 하나도, 탕수육, 탕수육이라고 성급하게 말한다. 그러자 세나가 시원찮은 발음으로 치킨, 하면서 대단한 의견을 말한 듯 끼어든다. 와, 엄마가 다 사 줄게. 아이들 얼굴이 환해진다. 치킨이든, 탕수육이든, 그녀도 맛난 게 먹고 싶다. 그녀의 입안에 침이 고인다. 내일은 근처 체육공원에 아이들을 데리고 나가 시원한 나무 그늘에 앉아 돗자리를 펴놓고 시간을 보내야겠다고 생각한다. 그녀는 불안정하게 걸어가는 두나의 작은 엉덩이와 가는 다리를 복잡한 시선으로 바라본다. 다 사랑스러운 아이들이다. 덜컥 임신이 될 때마다, 세 아이 다 지워 버릴까라는 생각을 한 번이라도 안 한 적이 없으니, 준비 없이 엄마가 된 탓이 크지만, 특히 두나한테 미안한 마음이 더 많다. 지우려고 병원까지 갔다가…… 결과적으로 만만찮은 낙태 비용이 두나를 살린 셈이다. 쓸데없는 기억은 삭제되어야 하는데 불쑥 비집고 나온다. 그녀는 끈적한 두나의 손을 잡으며 길 안쪽으로 끌어당긴다. 길가 담벼락에는 스티커나 구인 광고지가 어지럽게 붙어 있다. 가난한 동네라 그런지 유난히 집에서 하는 부업거리에 대한 광고가 많이 보인다. '그림 그리기 부업'이라는 좀 크게 휘갈긴 글자를 보자 그녀의 입가에 쓴웃음이 고인다. 언젠가 하나를 가졌을 때 카드의 빈 그림에 색칠 하는 일을 했는데 단순한 일이었지만 그것도 쉽지 않았다. 공들이지 않으면 예사로 선 밖으로 붓질이 번져 나갔다. 기억이 어렴풋하지만, 장당 70원이었던가? 열심히 해서 가져갔더니 이건 색이 번졌네, 불량이네 해서 다 빼고 정작 손에 남는 건 3400원이었던가, 그래도 이 퍼즐 일은 몫이 크고, 정확히 끼워 맞추기만 하면 되니까 불량으로 트집 잡힐 일은 없을 것이다.

컨테이너 철제 벽의 차가워 보이는 회색과 달리 블록 같은 구조물은 태양열을 받아 더 뜨겁게 느껴진다. 그녀는 사업장 안에 사람들이 많은 것 같아 들어가지 않고 출입구 마당에서 아이들과 기다린다. 잠시 후 50대와 60대로 보이는 아주머니 둘이 그녀와 똑같은 짐 보따리를 들고 나온다. 청년이 나오자 그녀는 기웃거리며 안으로 들어간다. 전의 그 깐깐해 보이던 남자가 아이 업은 그녀를 기억한다는 듯 모호하게 입가에 미소를 띤다. 그녀 곁에 딸린 두 아이들을 보며 남자는 경멸의 빛을 더 얹으며 말한다. 자, 봅시다. 그녀는 비닐봉지에서 그림판을 꺼내 그의 책상 위에 내민다. 그는 살피더니 왜, 두 개밖에 없냐고 말한다. 그녀는 뜯지 않은 퍼즐 박스를 내밀며 미안한 듯 두 개밖에 못했다고 말하면서, 두 개 값만 달라고 한다. 그는 어이없다는 표정을 지으며, 두 개 값이라니, 무슨 말이냐고 되묻는다. 그녀는 이해 못한 표정으로 두 개밖에 못했으니 두 개 값 사만 원과 보증금 오만 원, 더 이상 이 일을 할 수 없으니 가입비 이만 원을 돌려 달라고 말한다. 남자는 무시하는 표정으로, 그러나 예견된 일이라는 듯 그녀를 훑어보며 이 아줌마, 농담도 잘하네, 하면서, 곁에서 네모 박스를 챙기던 파마머리 여자에게 니가, 이 아줌마 알아듣게 설명 좀 해줘라 해놓고는 책상 위 그녀가 해온 물건을 들고 창고 쪽으로 가 버린다. 돌아가는 상황이 심상치 않음을 느끼며 그녀는 아이들을 사무실 벽에 딸린 대기용 의자에 앉게 한다.

여자가 파일에서 종이를 꺼내 그녀에게 약정, 동의, 위약이라는 딱딱한 말들을 말벌처럼 쏘아대는데, 무슨 말인지, 왜 이런 말을 들어야 하는지 이해를 못하는 그녀의 얼굴은 점점 벌게진다.

212

'가정에서 부업 하실 분 구합니다.'

쇼핑백 접기. 봉투 붙이기. 지퍼 달기. 양말 뒤집기. 속옷에 리본 달기. 인형 눈 붙이기.

큐빅 붙이기. 구슬 꿰기. 실밥 뜯기. 십자수. 퀼트. 펠트. 뜨개질. 매듭.

박스/상자 접기. 테이프 자르기. 스티커 부착.

볼펜 문구(단순 조립). 휴대폰 조립. 전선 까기

도라지/마늘/밤/은행 까기

854

그녀는 열이 끓어올라 골목길을 왔다 갔다 하다 도로 집으로 들어와 화장실에서 찬물을 뒤집어쓴다. 아이들도 그녀의 살벌한 분위기를 감지하고는 얌전히 있다. 그녀는 집으로 아이들을 몰고 어떻게 왔는지도 생각나지 않는다. 낮에 사무실에서 당한 상황은 도저히 이해할 수 없다. 여자는 종이 위의 글자 따위를 그녀의 눈앞에서 또박또박 짚어 보이며 그녀의 입장을 이해는 하지만 어쩔 수 없다는 태도로 선을 그으며 말했다. 계약 조항에도 나와 있지만 어디에도 가입비를 돌려 주는 데는 없으며, 보증금이란 것도 원래 대로 약속을 이행했을 때 반환하며, 약속한 날짜에 세 개의 퍼즐 판을 완성해 와야만 개당 이만 원씩 육만 원이 지급되는데, 이 사 항을 위반했기에, 오히려 우리가 위약금을 받아야 한다나, 하면서 그녀에게 덮어씌웠다. 그녀는 기가 차서 듣는 내내 입만 벌렸다. 약속이라니, 무슨 약속. 세상에 이런 법이 어딨어요, 내가 고생고생해 서 한 것들을 날로 먹겠다니, 내가 지금 무료봉사 한 거예요? 이게 말 이 돼요? 억울해서 눈물이 쏟아질 것 같았다. 그녀는 더 얕잡아 볼 까 봐 눈에 힘을 주어 억지로 눈물을 참았다. 그녀의 항변은 퍼즐 한 조각 움직일 수 없었다. 분명히 그들의 작태가 잘못된 것인데 도 그녀는 논리적으로 방어할 수 없었고, 이길 수 없었고, 교통사 고 시의 흔한 경우처럼 그녀가 분명 피해자인데도 오히려 가해자 가 된 듯한 이 비논리적 상황을 뚫고 나오기는 역부족이었다. 그 녀의 목소리가 흥분으로 높아지자 등에 업힌 세나가 먼저 울고 의 자에 불안하게 앉아 있던 아이들이 그녀의 몸에 매달리며 합창으 로 울었다. 사무실에는 아이들 울음소리만 가득했다. 급기야 사무 실 쪽의 남자 둘이 영업방해 죄로 고발하겠다며 아이들과 그녀를 바깥으로 밀쳐 냈다. 그들에게 밀리지 않으려 그녀는 온몸으로 뻗 대었지만, 바닥에 드러누워서라도 버티고 싶었지만, 그녀를 에워 싸며 미친 듯 울어대는 하나, 두나, 세나가 잘못될까 봐 물러 나와 야 했다. 이 사기꾼들, 내가 이대로 가만있을 것 같애, 절대로 내 돈은 못 떼먹어. 아이들과 짐짝처럼 쫓겨나면서 그녀는 발악하듯 있는 힘을 다해 말을 쏟아 내었다.

그녀는 심장이 터질 것 같다. 자신이 헐크가 되어 창고에 들어가서 만들어 온 퍼즐판들을 다 엎어 버리거나 불 지르는 장면이 진짜처럼 되살아나 거듭 그녀의 머릿속을 꽉 채운다. 시간이 지날수록 자신이 당했다는 사실만 그녀에게 또렷하게 인식된다. 미쳐 버릴 것 같았다.

967

돈 받으러 간 그는 전화도 없고 들어오지도 않는다. 몇 시간째 전화를 받지도 않는다. 그녀는 걱정도 되지만 그의 무심함에 약이 오른다. 점심때가 훨씬 지나 그녀의 폴더폰으로, 바로 가게로 왔어라는 그의 메시지가 날아온다. 그녀가 그에게 억울함을 호소하며 못 받은 돈을 받아 달라고 했을 때 그는 선뜻 그러겠다고 말하지 않았다. 오히려 그런 수법에 넘어간 그녀를 비난했다.

980

미친 개한테 물렸다 생각하고 잊어버리자라는 그의 말에 그녀는 그의 뺨을 후려치고 싶었다. 어떻게 저 말을 쉽게 뱉을 수 있는지, 그는 그녀의 마음을 전혀 이해 못한다고 생각한다. 너는 잊어버려,

나는 포기 못해. 어떻게 만든 돈인데. 거기 가서 밤을 새는 한이 있더라도 절대 안 물러날 거야. 거기 오는 사람들한테 다 떠벌릴 거야. 보증금, 가입비 다 받아낼 거야. 그는 그녀의 말에 한숨을 쉬더니, 한참을 머뭇거리다 되돌려 받지 않겠다는 포기 각서를 써 주고 왔다고 실토한다. 포기 각서라니? 아니 받지는 못할망정 각서라니? 그녀의 목소리가 녹슨 철제 난간처럼 위태롭다. 그는 그럴 수밖에 없었음을 말해 보려 하지만 이 상황에 말은 전혀 도움이 되지 않는다.

이 병신아, 내가 널 믿고 어떻게 세상을 살아. 그녀는 방바닥에 주저앉으며 그동안 누르고 눌렀던 울음을 터트린다. 그녀를 달래려던 그는 맹렬하게 화가 치밀어 오른다. 퍼즐 업체의 남자는 다른 사람을 죄인처럼 만드는 탁월한 능력을 갖고 있었다. 남자는 그를 아이 다루듯, 손안에 든 장난감 쥐듯 했다. 그도 어떡하다 그 지경까지 갔는지 사무실에서의 상황이 이해되지 않는데, 그녀는 더욱더 받아들이기 힘들 것이다. 그는 자신이 정말 병맛이라는 생각이 든다. 그는 그녀의 울음에 짜증이 난다. 그는 자신의 못난 짓을 감추려 그녀에게 더 심한 말을 해댄다. 그와 그녀는 생채기를 들추며 서로를 할퀸다.

991

밤늦도록 그녀는 잠들지 못한다. 벽에 기대어 한 곳만을 골똘히 바라보며 날이 밝을 때까지 나무관절인형처럼 앉아 있다.

999

그녀는 지갑에 남아 있는 돈을 탈탈 털어 아이들이 좋아하는 과자를 비닐봉지 가득 사 온다.

그녀는 상 위에 스낵 과자와 초코파이를 놓아두고 아이들 셋을 상 둘레에 얌전히 앉힌다. 하나, 두나에게 쮸쮸바를 물리고 세나에게는 젖병에 우유를 부어 주고 부드러운 빵을 쥐어 준다. 그녀는 작은 방의 아이들 놀던 고무튜브에다 물을 채워 넣는다. 큰 냄비로 여러 번 물을 담아 나른다. 물이 어느 정도 차 오르자 그녀는 큰방과 작은방 경계에 서서 아이들을 하나하나 내려다본다. 아이들의 까만 머리통만을 보며 일부러 눈을 마주치지 않으려고 한다. 다행히 아이들은 먹는 데와 만화영화에 마음을 빼앗긴다. 그녀는 늘 열려 있던 얇은 미닫이문을 닫으며 말한다. 엄마 피곤해서 물속에 앉아 있을 테니 방해하지 말고 너희들끼리 티브이 보면서 놀고 있어. 엄마가 됐다고 하면 그때 들어와. 그녀는 미닫이문 가운데의 물음표 같은 걸쇠를 구멍에 끼운다.

그녀는 책상 서랍에서 초록색 테이프를 꺼내 들고서 옷 입은 채로 가만히 튜브 욕조 안으로 들어가 앉는다. 물에 과자 부스러기 같은 부유물이 떠 있다. 퍼즐 조각들이 그녀를 옥죄던 얼마 전의 꿈이 떠오른다. 퍼즐을 기어코 맞추려고 애를 썼던 것이 먼 일처럼 느껴진다. 낱낱이 분해되어 떠도는 조각처럼 그녀 자신이 해체된 느낌이다. 그녀는 얼룩진 벽면의 모서리를 응시하며 스크린처럼 펼쳐지는 그녀의 미래를 본다. 돈의 가랑이 아래 짓눌려 모욕당하는 그녀의 모습이 정답처럼 보인다. 진저리치도록 뻔한 답에 그녀는 새로이 답을 쓸 용기를 잃어 버린다. 뻔하다는 건 어떻게 더 해볼 도리가 없다는 것. 그녀는 심호흡을 깊게 하고는 몸을 앞으로 기울여 둥글게 구부린다. 엎어진 태아의 자세로 그녀는 얼굴을 물에 묻는다. 머리까지 잠긴다. 그녀는 꼼짝하지 않는다. 그녀는 숨이 차오를 때까지 숫자를 세듯 속으로 되뇐다. 겨우 11만 원 때문에 그까짓 2만 원 때문에 고작 4만 원 때문에 기껏 5만 원 때문에 겨우 11만 원 때문에 고작 기껏…… 그녀는 숨이 차지만 아무리 숨이 막혀도 절대로 입을 벌리지 않으리라 이빨을 앙다문다. 점점 더 미친 듯 숨이 가빠 오지만 꼬옥 꼭 지퍼를 잠그듯 입술을 닫아걸고 머리를 물 위로 내밀지 않기 위해 필사적으로 몸을 아래로 처박는다. 정말 죽을 수 있을까를 실험하는 것처럼 그녀의 행위가 진지한 만큼 희극적이고 허술해 보인다. 좀 더 오래 자고 싶은 것뿐이라고, 깊게 자고 싶은 거라고. 깊은 잠을…… 그녀는 어두운 동굴 같은 데에 있다. 어디선가 퍼즐 조각들이 어지럽게 돌며 그녀 주위로 모인다. 한 치의 흐트러짐 없이 퍼즐들이 제 홈을 찾아 맞추어진다. 한가운데 관 모양으로 짜여진 커다란 퍼즐판 위에 그녀가 누워 있다. 몽롱하다. 숨이 막힌다. 그녀의 희미한 의식속으로 동굴 밖 어디선가 그녀의 이름을 부르는 소리가 들려온다.

엄마, 엄마. 그녀의 이름이 엄마였던가. 엄마, 엄마. 아이의 소리를
따라 동굴 안으로 빛 한줄기가 비친다. 잠 깨고 싶지 않은 의지와
달리 문득 빛이 만들어 내는 길을 따라 달려가고 싶다는 자각이
스친다. 그러자 그녀를 감싸고 있던 퍼즐판이 유리 조각처럼 산산
이 부서진다. 가쁜 호흡을 참지 못해 그녀는 다급하게 물 위로 고
개를 솟구친다. 그녀는 한꺼번에 숨을 몰아쉬며 생각한다. 실패다.
이번에는 테이프로 입과 코를 막아야겠다. 깊은 잠을 방해받지 않게.
엄마, 엄마! 하나가 문을 두드린다. 무의식적으로 그녀의 젖은 얼
굴이 문 쪽으로 돌아간다.

옛날 옛적 수족관에는

스타벅스나 커피빈으로 하지 않은 걸 정말로 후회했다. 간단하게 차나 마시고 헤어질 일을 오히려 크게 만들고 말았다. 입술을 빠져나온 담배 연기가 공중으로 흩어졌다. 먼지가 낀 듯 하늘이 뿌옇다. 아직 해가 지려면 멀었는데 하늘 한쪽이 먹다 버린 수박 속처럼 붉은 빛을 띠고 있었다. 아침에 인터넷으로 본, 멀리 오페라하우스가 있는 도시의 하늘은 온통 붉은빛이었다. 한 번도 본적이 없는 붉은 황사였다. 연막을 뿌린 듯 하늘을 덮고 있는 먼지는 아름답지만 불길한 기운이 느껴졌다. 지금 서서 바라보고 있는 하늘도 그곳의 기운이 전염되어 그런 건 아닐까. 나는 곧 부정한다. 그러기에는 너무 먼 거리다. 어처구니없는 생각을 하고 있다. 나는 가능한 시간을 끌며 천천히 담배를 태웠다.

감색 휘장을 걷으며 실내로 들어왔다. 창 쪽에 띄엄띄엄 손님들이 앉아 있었다. 그녀의 뒷모습은 주방장을 향했다. 광어들이 눈만 내놓고 모래찜질하듯 수족관 바닥에 엎드려 있었는데 한 놈이 색칠이 벗겨진 듯한 흰 빛깔의 배를 뒤집으며 비스듬하게 움직였다. 주방장은 칼을 세워 도마 위에서 생선살을 저며 하나하나 접시에 담아 냈다. 나는 그녀의 테이블로 돌아갔다.

어깨까지 내려오는 생머리를 한 손으로 모으고 전복죽을 떠먹는 그녀의 얼굴을 안 보는 척 자세히 뜯어보았다. 전체 선은 둥그레졌지만 눈은 커 보였다. 쌍꺼풀이 있었던가. 없었던 것 같은데. 확실히 분위기가 달라졌다. 그만큼 세월이 흐른 탓도 있지만 단단한 고집 같은 것이 아로새겨져 있었다. 그녀는 가방에서 체크무늬 스카프를 꺼내 머리를 하나로 묶었다. 그녀는 야무지게 한 숟갈씩 한 숟갈씩 죽을 떠먹었다. 나는 수저를 들고 죽을 떠먹어 보지만 밍밍하니 무슨 맛인지 모르겠다. 내가 한 번 떠먹고 수저를 놓자 그녀는 왜 맛이 없어? 하더니 내 앞의 그릇을 자기 앞으로 당겨 싹싹 긁어먹었다. 아가씨가 비어 있는 죽 그릇을 치우고는 음식을 차례차례로 날라 왔다. 바삭한 연근과 오징어튀김, 참기름 장이 놓인 마, 꽁치구이, 해조류무침, 샐러드, 두꺼운 계란말이 등 한

상 가득 차려놓았다. 그녀는 먼저 술과 술잔을 갖다 달라고 아가
씨에게 말했다. 그녀는 소주병을 따더니 술잔 하나를 내게 주었는
데 나는 아직 할 일이 남았다며 술을 거절했다. 그녀는 할 수 없다
는 듯 술병을 자기 잔에 기울였다. 나는 술병을 빼앗아 그녀의 잔
에 술을 따라 주었다.

그녀는 또 소주병을 기울여 자신의 술잔에 술을 따랐다. 벌써 두
잔째가. 모르는 사이에 술꾼이 다 되었군. 그녀는 뜬금없이 젓가락
이쁘지, 하며 자기가 사용하던 젓가락을 내 앞에 들어 보였다. 날
씬하고 길게 빠진 그녀의 젓가락은 붉은 고추색, 내 앞에 놓인 것
은 검정색이었다. 손잡이 부분에는 올림머리 장식용 빗을 꽂은 기
모노 입은 여자의 어깨와 목선이 찍혀 있었다. 그녀는 젓가락으
로 우아하게 새우튀김을 집어 초간장에 찍었다. 나는 젓가락질이
서툴다. 어릴 때 제대로 잡아 주는 사람이 없어 표준 방식에서 벗
어나 있다. 가운데손가락으로 젓가락을 받치고 엄지와 검지를 적
당한 각도로 벌려 반찬을 집었을 때 긴 삼각형 모양이 되어야 한
다. 그런데 종종 그 적당한 각도가 뭉개져 엑스 자가 되거나 일자
로 붙어 버리고는 했다. 내가 젓가락으로 마를 집어 소금 친 기름
장에 찍는 것을 보고 그녀는 장난스러운 미소를 지었다. 틀림없이
옛날에 같이 살던 때의 내 습관을 발견한 것이리라. 나는 짐짓 모
른 척하면서 어색한 젓가락질을 했다. 그녀는 내 젓가락질을 보
며 말했다. 어릴 때 엄마는 내가 젓가락질을 잘못하면 마구 화를 냈
어. 다른 건 몰라도 젓가락질은 습관이 되기 전에 바르게 익혀야 한다

고, 자기 손으로 내 손을 꼭 쥐고는 이렇게, 저렇게 반찬을 집었던 생각이 나. 언젠가는 혼자 하는 젓가락질이 힘들어 젓가락을 던져 버리고 포크를 달라고 떼를 썼다가 된통 혼난 적도 있었지. 아무튼 엄마는 젓가락질에 강박증이 있었던 것 같아. 간혹 드는 생각인데 젓가락질을 잘못하면 내가 커서 낙오자로 살지도 모른다는 우려를 하지 않았나 싶어. 아니면 가정교육의 잣대로 삼았는지도 모르지. 제대로 잘 자란 아이의 기준 같은 것으로. 과연 그랬는지는 모르겠지만, 그녀는 엄마의 노력 덕분에 젓가락질 하나는 아주 모범적으로 잘했다. 학의 긴 다리로 우아하게 논 위를 걷듯이. 지금도 그녀는 얼마나 세련되게 손가락을 놀리는가. 젓가락 한 짝과 또 다른 한 짝이 만나는 삼각의 정점에 새우가 있다. 젓가락과 함께 새우 꼬랑지까지 남김없이 그녀의 입 속으로 들어갔다. 입 안에서 바사삭 부서지는 소리가 났다. 그녀의 엄마라면 한때 나의 어머니이기도 했는데 그녀는 형편없는 내 젓가락질에도 아무런 제재를 가하지 않았다. 그때는 이미 내 몸에 배어 버려 어쩔 수가 없었는지도 모르고 아니면 그렇게 애쓸 만큼의 관심이 그녀에게 없었을 것이다. 두 모녀가 아버지를 따라 처음 파란색 철문을 밀고 우리 집에 들어왔을 때만 해도 그녀는 완벽하게 젓가락질을 잘하는 초등학교 3학년이었고 나는 4학년이었다. 어쨌든 우리는 이상한 조합의 가족이 되었다. 희한하게도 그녀는 부모나 남들 앞에서는 나를 스스럼없이 오빠라고 부르다가도 나와 단둘이 남게 되면 절대로 오빠라고 부르지 않았다.

테이블의 그릇들이 어느 정도 비워지자 아가씨가 접시에 담긴 모둠회를 가져왔다. 여기보다 방으로 가는 게 낫지 않을까, 하며 그녀는 나의 표정을 살폈다. 아가씨는 그러시겠어요? 그러면 룸으로 다 옮겨드릴까요? 하면서 나를 보았다. 아가씨는 인상 하나 찌푸리지 않고 여전히 미소를 띠고 있었다. 번거롭게 옮기기는 뭘, 그냥 이대로 괜찮아요. 아가씨는 고개를 까딱하더니 꼿꼿한 자세로 뒤돌아서 갔다. 그녀의 의도를 모르지는 않지만 우리 사이에 대단한 비밀 얘기란 건 없다. 듣지 않을 생각이다. 그녀는 나를 쏘아보더니 어깨를 으쓱했다. 청색 도기 접시에 가지런히 담긴 회는 선명하고 싱싱했다. 모둠회답게 생선살들은 조금씩 빛깔이 달랐다. 알로에 속살 같은 흰색과 연하게 분홍빛이 들어간 것과 약간 잿빛이 나는 것 등 세 가지 종류의 생선살을 저며 낸 것 같았다. 그녀의 눈빛이 반짝하고 빛났다. 그녀는 내 앞으로 다시 잔을 내밀며 건배를 해야 한다고 말했다. 술이 아니라면 물이라도. 아무래도 한 잔 받아야 할 것 같았다. 회를 보니까 술 없이는 넘기기가 힘들겠다. 그렇지만 서너 잔을 넘겨서는 안 된다. 서로 술잔을 부딪쳤다. 목젖을 넘어가는 알코올의 느낌이 쌉쌀했다.

예전에 우린, 동화 속 세상에서 살았었지.

비로소 나는 우리의 옛날을 긍정하는 듯한 말을 그녀에게 던졌다. 아무렇지 않은 듯 그녀의 마음을 떠보았다. 그녀는 미간을 찌푸렸다. 난 한 번도 동화 속에서 살았던 적이 없어. 어쩜 그리 태평하게 생각할 수 있는 거지? 동화 속 세상이라구? 그녀는 어이없다는 듯 웃었다. 갑자기 발가락이 가려웠다. 수치심을 느낄 때면 저절로 내 신체가 보이는 반응이었다. 나는 구두에서 발을 빼 테이블 밑에서 발가락을 꼼지락거렸다. 급기야 한쪽 발등에 다른 쪽 발바닥을 겹쳐 문질렀다. 그녀가 내보이는 가시들이 위태로웠다. 확실히 나와 그녀의 관점은 어긋나 있다.

전화를 끊고서야 얼결에 그녀와 만나기로 한 것을 후회했었다. 괜한 호기를 부렸다. 그녀의 침묵 같은 말줄임은 어린애 같은 목소리와 달리 거미줄처럼 감기는 데가 있었다. 수족관이 있는 찻집이면 좋겠는데……. 그녀의 말이 떨어지자마자 새빨간 입술이 어지럽게 아귀처럼 눈앞을 떠다녔다. 난데없는 영상을 털어 내려 시내 중심가의 커피숍들을 머릿속으로 다급하게 훑었다. 그러나 수많은 커피숍 중에 수족관이 있는 찻집이 어디에 있는지 생각나지도 않았지만 무시하려고 했었다. 되도록이면 사무실과는 떨어진 아무 커피숍이나 말하려는데 머릿속에서는 이곳 '해어(海魚)'의 수족관이 그려졌다.

그녀는 테이블에 얌전히 올려져 있던 왼손에서 하얀 망사 장갑을 벗겨 냈다. 숨이 막혀 답답하다는 듯. 검붉게 얼룩진 그녀의 왼손이 나를 올려다보았다. 그녀의 붉은 손이 내 기억의 지도를 더듬는다. 그런데 아프다.

그녀는 붉은 젓가락으로 분홍빛이 나는 회 한 점을 들어 조명에 이리저리 비춰 보고는 간장에 찍어 맛을 보았다. 문득 잊혀진 사실이 떠올랐다. 옛날에 그녀는 익히지 않은 회 같은 건 입에 대지도 않았었다. 어쩌다 아버지와 낚시 갔을 때도 그랬다. 아버지가 갓 잡아 올린 생선으로 얇게 포를 뜨면 곁에 있던 나와 어머니는 그걸 바로 초고추장에 찍어 먹었다. 우리가 아무리 맛나게 먹어도, 먹어보라고 권해도 그녀는 구경만 할 뿐 먹지 않았다. 세월이 무섭기는 하다. 그녀의 식성까지 바꾸어 놓은 걸 보면. 그녀 앞의 시간들이 곱게만 흘러가지는 않았으리라. 나는 젤리 같은 흰 살을 초고추장에 푹 담근다. 초고추장의 새콤함이 본래의 회 맛을 덮었다.

불쑥 전화해서 놀랐을 거야. 그녀는 오른손을 들어 이마 앞으로 흘러내리는 머리카락을 쓸어 올리며 나에게 눈길을 고정했다. 그냥 혼자 넘어가려다 뭔가 자축하는 기념식 같은 게 하고 싶었어. 나는 무슨 말인지 몰라 멀뚱한 표정을 지었다. 오늘이 무슨 날인지 몰라? 그녀는 눈을 동그랗게 뜨고는 정말 몰랐느냐고 되물었다. 난 그날을 한시도 잊은 적이 없는데……. 그녀는 믿을 수 없다는 듯 혼잣말로 중얼거렸다. 나는 당황했다. 그녀는 목소리를 낮추며 내 앞으로 고개를 내밀었다. 바로 오늘이, 15년째 되는 날이야. 축하할 일이잖아, 하고 씨익 웃었다. 당장 그녀 앞에 레드카드를 던지고 싶었다. 기억이라는 놈이 뛰쳐나오려고 발버둥을 쳤다. 버둥거리는 놈을 꽁꽁 묶어 서둘러 입구를 막아 버렸다. 이내 그녀의 얼굴이 어두워지더니 웃음기가 사라졌다.

그녀의 입가에 초고추장이 묻어 있었다. 나는 얼른 그녀의 약점을 잡아채듯 손짓으로 그녀의 입을 가리키며 닦으라는 시늉을 했다. 그녀는 가방에서 거울을 꺼내 자기의 얼굴을 비추더니, 칠칠맞기는, 자신에게 혀를 찼다. 그녀는 물수건으로 입을 닦고는 내게 술을 권했다. 내가 알아서 마실 테니 자꾸 권하지 마라. 그녀는 머쓱해하더니 술병을 돌려 자기 잔에 따랐다. 여전히 날 경계하는 거야? 만나자고 했을 때 거절하고 싶어 한다는 걸 알았어. 그치만 정말 오랜만이잖아. 이왕 만난 거 좀 풀지. 굳어 있는 걸 보니 불편해. 그녀는 술을 들이키고는 회를 한 점 집었다. 이 회색빛이 도는 고기는 뭐지. 씹으니까 꼬들꼬들하네.

예전에 그녀는 말이 많지 않았고 조용한 편이었다. 달라지지 않은 건 변성기를 거치지 않은 목소리뿐이었다. 그녀는 오랫동안 대화 상대에 굶주린 게 아닐까. 그녀의 눈빛에는 말하고 싶은 욕구가 지뢰처럼 박혀 있었다.

그 여자 마녀 말이야, 가끔 꿈에 나타나. 긴 머리를 풀고서 내 다리 내놔, 내 팔 내놔 하면서 마구 쫓아오지 않겠어? 그녀는 내 표정을 보면서 히히거리더니, 농담이야 농담. 놀라는 것 좀 봐. 하하. 그녀는 큰 소리로 웃었다. 나는 얼굴에 감정을 드러내지 않으려고 애썼다. 마녀가 카운터에 앉아 머리를 틀어 올리고 있고 나는 주방에서 설거지를 하고 있어. 마녀는 새빨간 립스틱 칠을 한 입술로 껌을 씹다가 나한테 고함을 질렀는데 그때마다 입 속에서 붉은 혀가 길게 뻗어 나와. 그 여자는 나한테 흥분해서 뭐라 뭐라고 소리치기는 하는데 나한테는 정작 아무 소리도 안 들리는 거야. 아무튼 그 여자는 다양하게 꼴을 바꿔 나오는데 항상 같은 장소야. 수족관이 있던 다방. 나는 묵묵히 술잔을 털어 넣었다. 끌려 오지 않으려 뒷걸음질 쳤지만 결국 금붕어가 꼬리를 흔들던 수족관 앞으로 붙잡혀 오고 말았다. 유달리 수초가 많았던 수족관 유리를 통해 카운터의 마녀를 보고는 했다. 맨눈으로 볼 때보다 마녀의 모습은 일그러져 있었다. 금붕어를 먹어 치우는 기괴한 물고기처럼 수초들 사이로 마녀의 붉은 입술만 입을 쩍쩍 벌리며 떠다니는 것 같았다. 다방 이름이 '연인'이었는데 마녀와는 어울리지 않았다. 마녀는 자신이 지은 이름의 간판이 입구에 걸리자 매우 만족스러운 얼굴로 올려다보고는 했다.

지금 내 앞에 앉아 있는, 윤희라 불리던 애, 윤희의 엄마는 우리 집에 들어온 지 몇 년 안 돼 어이없는 의료 사고로 죽었다. 새벽에 복통을 호소하던 그녀는 응급실에 실려 간 지 사흘 만에 영안실로 들어갔다. 오갈 데가 없던 그녀의 딸은 계속 우리 집에서 살았다. 그 후 아버지는 자기보다 여덟 살이나 많은 여자와 살림을 합쳤는데, 그때 마녀는 쉰이 넘은 나이였다. 더 기묘한 가족 구성원이 되었다. 나중에 윤희와 나는 새로 들어온 여자를 누가 먼저랄 것도 없이 마녀라 지칭했다. 이상하게도 아버지는 그녀 앞에서는 순순하게 말 잘 듣는 아이가 되었다. 마녀는 나의 행동을 부풀려 일러바쳤고 아버지는 내가 사춘기의 삐뚤어진 반항기를 보내고 있다고 생각했다. 너희들 엄마에게 좀 더 다정하게 굴어라. 그러던 어느 날부터 아버지는 행방불명이 되어 도통 소식을 알 수 없게 되었다. 마녀는 기다렸다는 듯 파란대문집을 팔아 치웠고 우리는 다방

한구석 창고 같은 방으로 쫓겨났다.

그녀는 생강절임 한쪽을 입에 넣고는 또 술병을 기울였다. 그녀는 아가씨, 라고 크게 불렀다. '시원'으로 하나 갖다 줘요. 죄송하지만 '시원'은 없는데요. 아가씨는 미안해했다. 그럼 '처음처럼'은? 아, 그걸로 갖다 드릴까요? 예, 알겠습니다. 아가씨가 물러났다가 술병에 물방울이 맺힌 '처음처럼'을 그녀에게 건넸다. 그녀는 뚜껑을 돌려 따고는 혼자 부어 마셨다. 내가 부어 주려고 했더니 거절을 한다. 나, 우습지. 맛의 차이는 잘 모르겠고 그날 기분에 따라 마음 가는 대로 마셔. 소주 회사에서 이름 하나는 멋지게 지었잖아. 요 이름으로 하루를 마무리하는 것도 괜찮거든. 하이트, 카스, 라거, 이런 것들은 아무것도 연상이 안 돼. 처음에는 거품이 좋아 맥주를 마셨는데 자꾸 살이 쪄서. 소주병 잡고 나 혼자 주절주절하면 막힌 게 뚫리는 것도 같거든. 나도 '처음처럼'을 내 잔에 따랐다. 연분홍빛이 도는 살한 점을 소스에 찍지 않고 그냥 입에 넣었다. 아무것도 더하지 않은 본래의 맛이 느껴졌다. 그녀의 붉은 손이 자주 술병으로 갔다. 그녀의 얼굴도 붉어졌다. 그녀는 검정색 카디건을 벗어 가방 위에 얹었다. 술 마시는 속도가 빨라지는 것 같아 걱정된다. 아직 안주도 많이 있고 좀 천천히 마셔. 그녀는 내 얼굴을 똑바로 바라보았다. 오랜만에 오빠 보니까 기분도 좋고 옛날에 같이 살던 때가 새록새록 떠오르네. 여기 물 좀 주세요. 그녀는 아가씨를 향해 소리쳤다. 걱정하지 마. 아직 몇 잔 마시지도 않았는데. 기분 좋은 날엔 술이 잘 받아. 혹 나중에 탈나면 그건 오빠 책임이야. 난 분명 커피숍이라고 그랬어, 원래 술 마실 생각은 없었다구. 그녀는 오빠라는 말을 자연스럽게 뱉었다. 나는 아무 말 하지 않고 그녀의 허물 벗겨진 왼손, 익은 고구마 같은 손을 내려다보았다. 다행히 손가락 모양이나 기능에는 이상이 없었지만 한동안 그녀는 고통을 받았다.

그녀는 주방 일을 도맡아 했었다. 다방 식구들의 식사와 빨래 같은 것은 다 그녀 몫이었다. 그래도 마녀는 커피와 차는 자기가 직접 끓였다. 마녀니까 차에다 무슨 이상한 약을 탈지도 모를 일이었다. 윤희는 마녀가 사람들을 조정하기 위해 지하실에서 괴상한 약초를 달여 커피에 탔을 거라고 내게 소곤거렸다. 그녀는 다방 언니들과 한방에서 생활하고 나는 웬 험상궂은 양아치 새끼와 잘 때가 많았다. 다방에는 소위 '티켓을 끊는' 2명의 '언니'가 있었는데 몇 개월마다 아가씨들이 물갈이되기도 했었다. 양아치는 아가씨들을 감시하고 족치는 역할을 했다. 나중에는 그 역할이 내게로 떨어졌다. 마녀의 말을 듣지 않으면 즉시 모진 매질이 날아왔다. 지하창고에서 물 한 모금 없이 갇힌 적도 있었다. 돌아오리라고 믿었던 아버지는 끝내 돌아오지 않았다. 마녀는 어떻게든 아가씨들을 쥐어짜서 돈을 긁어모았다. 그녀는 마녀임에 틀림없었다. 사람들을 거대한 기름 팬에 돌려 기름을 짜 모으는 전설 속의 마녀. 윤희는 점점 마녀 눈치를 보며 주눅 들어갔다. 윤희의 손이 붉게 변한 걸 마녀는 실수인 양 했지만 그건 다분히 의도적이었다. 두 명의 언니 중 하나가 아파서 드러눕게 되자 마녀는 눈이 벌게져서는 그 벌충을 윤희에게 강요했다. 대신 커피만 갖다 주고 오는데 뭐가 문제냐는 것이었다. 눈 가리고 아웅이지, 단순한 차 심부름이 아니란 건 다 알고 있었다. 전에 없이 윤희가 강하게 반발하자 마녀의 눈에서 파랗게 불이 일었다. 미성년자를 내보내면 당장 경찰에 신고하겠다고 말하자마자 내 아구통이 돌아갔다. 마녀의 손찌검은 매웠다. 양아치가 한 번 더 나를 갈겼던가. 그날 마녀는 뭔가에 걸려 넘어지는 척 쇼를 하며 주전자의 펄펄 끓는 물을 윤희의 손등에다 쏟아 부었다. 지금은 옷에 가려져서 그렇지 윤희의 한쪽 다리도 분홍색이다. 맨살이었던 그녀의 손이 제일 피해를 많이 보았다. 마녀는 보란 듯이 나와 윤희, 우리 둘에게 고통을 주는 방식을 택했다. 그 후 윤희는 한 박자 느린 듯한 행동이 잦아지고 말수가 더 적어졌다. 가급적 마녀의 눈에 띄고 싶지 않아 했다. 나는 도망치려다가도 행여 아버지가 돌아올까 봐 마음을 바꾼 적도 있었다. 날이 갈수록 아버지의 실종에는 마녀가 개입되어 있을 거라는 의심이 커져만 갔다. 윤희는 한 번의 도피가 실패하자 단념하고 숨죽인 듯 살았다. 또 마땅히 갈 곳도 없었다.

담배 생각이 나서 자리에서 일어나 화장실로 왔다. 화장실 거울에 비친 얼굴에는 서른을 넘긴 이력이 고스란히 드러났다. 약간의 피로와 권태, 속을 쉽게 내보일 것 같지 않은 딱딱한 껍데기 같은 것. 그녀도 나처럼 여전히 혼자 사는 것 같았다. 무얼 하는지, 어떻게 살고 있는지 묻고 싶지는 않았다. 문득 한 생각이 스쳐 갔다. 전화번호를 알고 연락까지 해왔다면 그녀는 나의 근황을 다 파악하고 있는 게 아닐까. 내가 하는 일이며 사무실이 어디며 어떻게 생활하고 있는지를. 그럴 거라는 확신이 들었다. 담배를 재떨이에 비벼 끄고 테이블로 돌아왔다. 그녀는 멍하니 수족관을 바라보고 있었다.

자리에 앉자마자 전화번호는 어떻게 알았냐며 그녀에게 다짜고짜 물었다. 풋, 입으로 바람 빠진 소리를 내면서 그녀는 태연하게 말했다. 관심의 끈만 놓지 않는다면 다 아는 수가 있지. 왜 기분 나빠? 오빠의 모든 걸 알고 있는 것 같아서? 나는 내 잔에 술을 따랐다. 그녀도 남은 술을 다 비우더니 내게 잔을 내밀었다. 그녀는 한 모금 마시고는 술잔을 골똘히 쳐다보며 말했다. 걱정하지 마, 다시는 오빠한테 전화할 일 없을 테니까. 이번이 처음이자 마지막이야. 그녀는 내게로 눈길을 돌렸다. 곧 여기를 떠날 거야. 여기 이 도시가 아니라, 이 나라를 뜰 거야. 그동안 너무 한 곳에서만 붙박이로 살아 지겹기도 해. 배낭 메고 지도를 펼쳐 가며 내가 알지 못하는 구석구석들을 자유롭게 돌아다닐 거야. 요즘 쏟아지는 여행기들을 보니까 못할 것도 없겠더라구. 돈 떨어지면 일도 해가면서. 마음에 드는 곳이 있으면 몇 달이나 일 년 이상을 그곳에서 머물 수도 있겠지.

나는 고개를 끄덕이며 회 한 점을 입에 넣었다. 그녀는 남은 잔을 털어 넣고는 술병을 기울였다. 벌써 바닥이네. 아가씨, 여기 '참이슬' 하나 더! 내 앞에 앉은 저애는 술의 세계를 유랑할 셈인가 보다. 잠시 후 아가씨가 '참이슬'을 가지고 왔다. 아, 얼굴에 열이 나네. 미안한데 차가운 물수건도 부탁해요. 그녀는 거침없이 뚜껑을 따더니 내 잔에도 따르고 자기 잔에도 따랐다. 그녀는 한 모금 마시고는 긴 젓가락으로 계란말이를 집어 올리다가 떨어뜨렸다. 처음보다 그녀의 젓가락질이 흐트러져 있었다. 내공 18단의 젓가락 기술이 흔들리다니. 그래놓고는 그녀도 웃었다. 아가씨가 가져온 수건으로 그녀는 뺨을 두드리고 목에다 갖다 대었다. 그녀는 공을 들여 다시 젓가락질을 했다. 그동안 재미있게 산 건 아니지만 나름대로 열심히 살았어. 중졸 학력으론 할 만한 게 없더라구, 그래서 검정고시도 치고 낮에는 사무실 경리도 보면서 방송통신대도 다니고. 짧았지만 사랑에 빠져 허우적거려 보기도 하고. 오빠는 나보다 더 재미없게 살았을 것 같은데. 나는 슬며시 웃고 말았다. 그녀의 말이 틀린 건 아니다. 무미하게 살았다. 특별히 남한테 기대 같은 걸 품지도 않았고 곁에 두지도 않았다. 항상 적당한 거리를 두면서 관계를 이어왔으니까. 남의 일에 끼어들지 말자는 게 내 처세술이 되어 버렸다. 방황을 하다 군대를 갔고 검정고시를 쳤고 대학을 졸업했다. 그나마 그녀나 나나 그 시골구석에서 도시로 나와 독립할 수 있었던 건 다방을 처분한 돈을 나눠 가졌기 때문에 가능한 일이었다. 술 때문인가. 예상치 못하게, 마음가짐과 다르게, 조였던 나사못 하나가 빠져 버렸다. 빠진 나사못은 녹이 슬고 삭았다. 나사못이 빠져 나간 흔적을 들여다보며 나는 내게 재미난 동화를 들려준다.

비 오던, 아니 안개 낀 밤이었나? 그냥 예전에 읽었던 동화책의 한 페이지를 펼치는 것뿐이다. 자, 들어봐. 말 그대로 어느 날이었다. 기왕이면 비가 으슬으슬 뿌리는 새벽이었다고 해두자. 아니 아니, 비보다는 안개가 낫겠다. 다시, 짙은 안개가 깔리던 새벽이었다. 대낮에 히스테리와 광기로 포악을 떨던 마녀는 요사스럽게 울긋불긋 장식을 한 자신의 방에서 자고 있었다. 그날따라 다방에는 소년과 소녀 외에는 아무도 없었다. 늘 지옥문 앞의 개처럼 지키던 양아치도 없었고 언니들도 없었다. 아마 마약 밀거래 소문 때문에 잠시의 눈속임으로 소강상태에 들어갔는지도 몰랐다. 아무튼 남매는 살금살금 마녀의 방으로 들어와 먼저 그녀가 깊이 잠들었는지 확인했다. 마녀의 숨소리가 자갈돌 구르는 것처럼 가팔랐다. 아, 이런 얘기는 재미없다. 그만두자.

술잔을 든 채 나도 모르게 고개를 흔들었다. 내 생각의 실마리를 잡아챈 걸까. 그녀는 뜬금없이 처음 듣는 멜로디를 낮게 흥얼거렸다. 아이는 숲속에서~~ 마녀를 끓는 물에 집어넣고 도망쳐 왔네~~ 아이들의 뼈만 모은다는~~ 기억을 지운다는~~ 독초를 키우는~~ 으스스한 탕약을 만드는~~ 못된 마녀를. 아이 같은 목소리로 이상한 구절을 읊어대는데 묘하게 어울리면서도 음산한 기운을 불러일으켰다. 이 아이는 자꾸만 나를 마녀의 진창 속으로 끌고 간다. 빠져나오려고 하면 할수록. 아슬아슬한 줄타기에 침이 마른다. 애초에 만남을 거절했어야만 했다.

이제 그만 일어나자. 약속이 있어 가봐야 돼. 아직 술이 남았는데 이거 다 비울 때까지 조금만 더 있어. 빨리 마셔버릴게, 조금만. 그녀는 애원조다. 내 팔까지 잡았다. 그녀의 눈이 처음과 다르게 풀려 있었다. 그래 이제 다신 볼일 없을 테니까……, 속말을 삼키며 나는 마음을 고쳐먹었다. 접시 위의 빛나던 회도 풀이 죽어 있었다. 그녀는 술을 한 모금 마시고 숨죽은 샐러드를 젓가락으로 뒤적였다. 그녀는 샐러드 속 옥수수 알갱이를 젓가락으로 콕콕 찔렀다.

너 나한테 뺨 한 대만 맞아. 그녀는 갑자기 고개를 쳐들고는 내 오른뺨을 후려쳤다. 나는 놀라 그녀를 보았다. 뭐하는 짓이야? 뭐 때문에 그러는지 정말 몰라. 오랫동안 날 잊고 산 죄! 마녀를 묻었을 때 너도 같이 묻었어야 했는데…… 그러지 못해 힘들었어……. 그녀는 또 남은 잔을 털어 넣었다. 그녀는 잔을 테이블에 놓더니 내 앞에다 손을 펼쳐 보였다. 이 손 말이야, 남들이 보기엔 흉할지 몰라도 이 손에는 너에 대한 추억이 각인되어 있어. 각인! 병원은 고사하고 그 정도 상처에는 감자를 갈아 붙이면 된다고 마녀가 고약하게 굴었을 때 너는 이렇게 말했지. 염증이 심해지면 일도 할 수 없을 텐데, 그래도 괜찮겠느냐고, 불편한 건 오히려 어머니가 아니냐고. 너는 평소에 쓰지도 않던 어머니라는 말을 써가며 대들었어. 마녀는 이맛살을 찌푸리더니 하는 수 없이 너에게 약값을 던져 주었지. 아마 그 순간에 마녀는 자기의 치졸한 복수극을 후회했을 거야. 너는 약국으로 달려가 화상 연고와 붕대, 소염제 등을 사가지고 와서 내 상처를 보듬어 주었어. 다 아물 때까지 네가 얼마나 신경 써줬는지 너 기억 안 나? 상처에 물이 들어가지 못하게 고무장갑도 씌워주고, 설거지 같은 것도 니가 대신 해주기도 했어. 물론 마녀가 못마땅해했지만……. 난 이 손을 하찮게 생각한 적 없어. 멀쩡한 오른손보다 난 이 손이 더없이 소중해. 그녀의 목소리에서 억눌렸던 분노가 느껴졌다. 나는 잠자코 그녀의 목소리가 차분하게 가라앉기를 기다렸다. 그녀는 기어이 술병의 바닥을 보고야 말겠다는 듯 또 한 잔을 부어 마셨다. 말리고 싶었지만 그녀의 단단한 고집이 그녀를 무너지지 않게 하리라는 믿음이 들었다. 그녀는 자리에서 일어나 약간 비틀거리다가 자세를 바로잡고는 화장실로 향했다.

먹다 남은 회 몇 점과 뜯겨진 꽁치구이와 젓가락 자국이 남은 반찬들. 풍성했던 우리의 식탁은 얼룩이 묻은 채로 빛을 잃고 초라해졌다. 담배 생각이 간절했지만 참았다. 그녀의 마음을 짐작은 했지만 이 정도일 줄은 몰랐다. 난 마녀와 더불어 그와 관련된 일은 깡그리 잊기를 원했고 그렇게 했다. 내게서 윤희를 매정하게 끊어낸 이유이기도 하다. 과거가 기억의 틈을 비집고 들어올라치면 그것은 내게 일어나지 않은 먼 나라의 동화라고 속삭였다. 그건 동화야, 지어낸 얘기에 불과하다구! 최면은 효과가 있었다. 그러므로 수족관이 있던 다방은 내게 현실 속 공간이 아니었다. 그녀도 그러리라 믿었는데. 15년? 우리들의 공소시효? 우스운 일이다. 법적으로는 아무런 문제가 없다. 그녀는 마음으로 공소시효라는 금을 그어놓고 한 해 한 해 지워 나갔는지는 몰라도 다 부질없는 짓이었다. 공모는 완벽했다. 그날 깊이 잠들어 있던 마녀에게 다가가 소년은 나일론 끈으로 있는 힘을 다해 그녀의 목을 졸랐다. 힘센 마녀니까 몹시 주의를 기울여야 했다. 소녀는 마녀가 반항하지 않도록 그녀의 허벅지 위에 깔고 앉아 눌렀다. 마지막으로 마녀는 눈을 치뜨고서 자신을 죽이려는 자가 누군지 똑똑히 보았다. 소년은 18살, 소녀는 17살, 충분히 뒷수습을 할 수 있는 나이였다. 소년과 소녀는 숨이 끊겨 널브러진 마녀를 포대자루에 넣고 동여맸다. 마녀를 옮기는 게 문제였다. 그들은 수레로 움직일까 하다 아무래도 남의 눈에 안 띄려면 업는 게 좋겠다고 결론을 내렸다. 그들은 지하실에 있던 삽과 곡괭이를 챙겼다. 밖으로 나가기 전 소년은 주방의 항아리 안에서 굵은 소금을 한 주먹 꺼내 비닐에 담아 바지주머니에 넣었다. 문밖은 깊은 어둠과 안개로 일 미터 앞도 보이지 않았다. 정말 신이 도우신 거다. 소년은 만일 신이 있다면 신도 마녀가 죽기를 바랐을 거라는 생각을 했다. 소년은 자루를 둘러메고 소녀는 삽과 곡괭이를 들고 손전등을 비추며 앞장서서 길을 찾았다. 누가 뒤쫓아 오지 않을까 온 감각을 곤두세웠다. 어둠 속에서도 길을 찾아내는 탁월한 능력이 있다는 걸 소녀는 생애 처음 자신에게서 발견했다. 가까이 보이는 앞산인데도, 멀지 않은 산길을 걷는데도 많은 인내와 체력을 요했다. 그들은 서로 도와 가며 자루를 업었다가 들었다가 궁굴리다가 어렵사리 목적지에 다다랐다. 그들은 샛길에서 좀 들어간 나무들 사이의 움푹한 곳의 흙을 정신없이 팠다. 소녀는 곡괭이질을 소년은 삽질을 했다. 구덩이가 파였을 때 그들은 자루를 밀어 넣었다. 흙으로 덮기 전 소년은 주머니에서 비닐을 꺼내 자루 위에다 소금을 뿌렸다. 소년은 그래야만 완벽한 마무리라 생각했고 안심이 되었다. 흙이 덮이고 마녀는 지상에서 완전히 사라졌다.

156

그녀는 다시 테이블 앞에 앉았다. 정신 차리려고 그랬는지 머리카락과 얼굴에는 물의 흔적이 남아 있었다. 그녀는 흔들리는 눈빛으로 나를 보다가 고개를 떨어뜨렸다. 갑자기 그녀는 고개를 들어 술병을 보더니, 두 잔 정도 되겠네, 하고는 물 컵에다 술을 들이부었다. 나는 그녀의 붉은 손을 잡았다. 이제 그만 하지. 많이 취한 것 같은데. 순간 그녀는 굳은 채 정지 상태로 있다가 내 손을 치우더니 술을 물처럼 마셨다. 다 마셨다. 그녀는 만족스러운 얼굴이 되어 컵을 소리 나게 놓으며 혀로 입술을 닦았다. 남겨 두는 건 내 취향이 아니라서. 이제 그만 일어나자. 기다려 줘서 고마워. 그녀는 벗어둔 카디건과 장갑을 챙기면서 가방을 들었다. 수족관 앞에서 유도화가 그려진 감색 유니폼을 입은 주방장이 우리를 보며 싱긋이 웃었다. 내가 계산대 앞으로 가자 아가씨가 테이블에 놓인 계산서를 들고 뒤따라왔다.

감색 휘장을 걷으며 바깥으로 나오자 매캐한 먼지 냄새 같은 게 코끝으로 스며들었다. 벌써 해가 져서 어둑어둑했다. 하늘에는 낮이 사라지기 전의 붉은빛이 속이 뒤집어진 붉은 내장처럼 아까보다 더 짙게 퍼져 있었다. 그녀는 내게 손을 내밀어 악수를 청했다. 나는 그녀의 왼손을 조금 세게 쥐었다. 그녀의 손에서 열기가 전해졌다.

그거 알아? 왜 내가 수족관이 있는 다방을 찾았는지. 나는 가만히 그녀를 내려다보았다. 그곳을 떠나올 때 수족관 수초 아래 네가 준 실반지를 묻어 두었거든. 기억나? 그 반지? 그동안 까마득히 잊고 있었는데 어렴풋이 기억이 났다. 내 이니셜을 새겼던 것 같았다. 나는 고개를 끄덕였다. 그녀는 입술을 힘주어 깨물었다. 그때는 꼭 그래야 할 것 같았어. 그래야만 다시 돌아올 것 같은, 변하지 않은…… 아, 모르겠어. 그런데 그게 자꾸만……. 그 다방은 벌써 없어졌다는 것도 알아. 예전에 한 번 가본 적이 있었거든. 수족관이 있는 찻집에서 너를 만나면 수초 속에 숨겨 둔 반지를 되찾을지도 모른다는 희망을 가졌어. 부질없는 짓이지만…….

그녀는 자조하듯 웃더니 하얀 망사 장갑을 꼈다. 돌아서서 몇 발자국 옮기는데 휘청거렸다. 내가 어깨를 부축하려 하자 그녀는 매몰차게 거절했다. 그녀는 도로가로 나가서 마구 손을 흔들더니 택시를 불러 세웠다. 내가 택시 문을 열어 주자 그녀는 차 뒷좌석에 몸을 구겨 넣었다. 쓸쓸한 그녀의 눈빛이 창밖의 나를 올려다보았다. 그녀의 모습이 이제 마지막일 것이다. 그녀가 무얼 하는지 어디 사는지 끝내 묻지 않았다. 그녀는 여전히 동화 속에서 사는 듯이 보였다. 하지만 동화의 세계는 어른들에게 맞지 않다. 택시가 떠나고 나자 그 자리에 머리를 묶었던 그녀의 체크무늬 스카프가 떨어져 있었다. 나는 돌아서려다 차바퀴에 짓밟힐 그녀의 스카프가 못내 걸려 도로에 떨어진 스카프를 주워들었다. 어떻게 할까 망설였다.

옛날에 내 진짜 엄마는 초상집에 다녀온 아버지를 집안으로 들이기 전에 세워 놓고 왕소금을 뿌렸다. 부정 타는 일을 막기 위해 엄마는 대문 귀퉁이에 항상 소금을 뿌려 두었다. 엄마는 소금을 굳게 믿었다. 지금도 나는 우리의 공모가 드러나지 않은 건 소금을 뿌렸기 때문이라 믿고 있다. 어쩌면 유전이란 건 핏줄로만 전해지는 게 아닌 것 같다. 관습이나 버릇, 어떤 생각들이 후손에게 어떤 식으로든 남겨진다. 마녀가 사라지자 경찰은 주변의 증언으로 돈 문제로 시비가 붙었던 양아치에게 혐의를 두고 수사를 했지만, 끝내 증거를 찾지 못하고 유야무야되었다. 누가 봐도 우리는 말 잘 듣는 덜 자란 아이들이었다. 아무도 우리를 의심하지 않았다. 법적으로 성인이 되자마자 마녀가 남겨 놓은 것들을 처분하고 시골구석을 탈출했다. 그녀와 헤어지면서 우리의 비밀은 죽을 때까지 묻어 두기로 약속했었다. 아니 다 틀렸다. 수족관 속에 반지는 원래부터 없었다.

그녀가 외국에 간다는 말은 거짓일지도 모른다. 그녀는 어느 구석에 몸을 숨기고 여전히 나를 지켜보고 있을 것만 같다. 나는 주머니에 넣으려던 체크 스카프를 길가의 쓰레기통에 집어넣었다. 순간 아침에 본 모니터 속의 붉은 황사가 안개처럼 나를 뒤덮으며 오싹할 정도의 한기가 몰려왔다. 갑자기 와들와들 몸이 떨렸다.

그린그레이

갑자기 소화전 벨이 울었다. 그것은 복도 끝 어디선가 다급하게 신경질적으로 쇠접시를 두드려 댔다. 문을 열고 복도로 나갔다. 내다보는 사람들은 없었다. 307호에서 안경 낀 남자만 고개를 반쯤 내밀고 어정쩡하게 바깥에 몸을 걸치고 있었다. 땡땡땡땡. 남자는 양손으로 귀를 막고 천장을 이리저리 올려다보았다. 301에서 308호, 계단 아래까지 조용했다. 타는 듯한 열기도, 이상한 냄새도 나지 않았다. 빨간 소화기는 양쪽 끝에 얌전히 놓여 있었다.

귀청을 울리던 요란한 소리는 시작처럼 갑자기 뚝, 하고 멎어 버렸다. 비상벨은 한 번씩 막혔던 말문이 터지듯 오작동을 했다. 지난번에도, 지지난번에도 벨은 뜬금없이 울었다.

길게 뻗은 복도는 어슴푸레하다. 문 옆에 기대둔 자전거의 연두색 바구니 안에 빨강, 파랑색 빗금이 쳐진 항공봉투가 접혀져 들어 있다. 나는 봉투를 집어 올린다. 앞뒤로 겉봉을 살펴보지만 발신자는 없고 수신자란에만 내 이름이 뚜렷하게 인쇄 글씨로 박혀 있다. 우체국 소인도 찍혀 있지 않다. 내용물을 꺼내어 펼친다. A4 용지 한가운데에 검은색 가위의 양날이 날카롭게 입을 벌리고 있다. 돌산에 널브러진 시체의 살갗을 찢던 검은 새의 부리가 날아와 박혀 있는 듯하다. 다시 한 번 봉투의 앞뒤를 돌려보며 발신인의 흔적을 찾는다. 장난치고는 섬뜩하다. 경고나 엄포를 놓을 때 이런 가위 그림을 사용하지 않나. 내게 경고의 의미를 날린 거란 말인가. 누가 이런 짓을 한 걸까? 나는 고개를 두리번거리며 복도를 살펴본다. 이상한 기미 같은 건 없다. 내게 이런 걸 보낼 만한 사람이 쉽게 떠오르지 않는다. 별 거 아닐 거야. 불안감을 떨치고 준이 오기 전 마음의 준비를 해야겠다고 생각한다. 종이를 구겨 현관 안의 우산꽂이통에 버린다. 그런데 개운치 않은 뒷맛을 남긴다. 버렸던 종이를 끄집어내 가지런히 네 번을 접어 신발장 안 서랍에 둔다.

올 때가 되었다. 어깨를 구부정하게 구부리고서 신발을 질질 끌며 나타날 것이다. 아니 실제로 그런 모습이 아닌데도 머릿속에서는 이상하게 그런 이미지로 남아 있다.

'좀늦겠습니다빛속에먼지가떠다녀요'

휴대폰에서 경쾌한 짧은 음이 들리며 메시지가 뜬다. 빛 속에 먼지? 먼지 때문에 늦는다는 말로 들리는군. 나는 휴대폰 속의 문자를 보며 긴장을 조금 늦춘다.

두렵다.

나는 거실 바닥에 앉아 허리를 꼿꼿이 세워 거울을 마주본다. 양 발을 마름모꼴로 모으고 팔을 최대한 앞으로 뻗는다. 상체를 한껏 낮춰 바닥에 단단히 붙였다 뗀다. 후후, 숨을 내쉬며 등을 곧게 편다. 앞과 양옆, 마주보는 벽면 거울 속의 내가 나를 바라본다. 오른쪽 왼쪽 얼굴선이 한 사람의 얼굴이 아닌 것처럼 다르다. 얼굴의 좌우 균형이 맞지 않고 왼쪽 뺨이 더 얇아 보인다. 두 개의 눈동자도 각기 다른 곳을 보고 있는 것 같다. 한 번 두 번, 거듭 눈을 깜박인다. 여전히 눈동자는 서로 다른 말을 하고 있는 듯하다. 몸의 방향을 살짝 비틀자 뒷모습이 잡힌다. 뒤에도 얼굴이 있다. 뒷모습만의 표정이 있다.

커피머신에 콜롬비아 산 커피 가루를 2스푼 넣고 코드를 꽂는다. 물이 끓고 커피 냄새가 실내에 퍼진다. 전기밥솥에서 밥 익어가는 냄새와 섞인다. 싱크대 위 찬장 문을 열고서 납작한 상자를 꺼낸다. 대기업의 로고가 그려진 선물용 세트 박스다. 스팸 세 개와 포도씨유 두 개가 들어 있다. 이 년 전 가을 첫 대면 때 준이 내밀고 간 것이다. 선물이란 게 준의 태도처럼 어설프고 무뚝뚝하게 느껴진다. 준이 두고 간 뒤 처음으로 선물상자를 꺼내 본다. 여기 있는 걸로 요리를 해야겠다. 딱히 요리랄 것도 없다. 납작하게 썰어 프라이팬에 기름을 둘러 굽기만 하면 된다. 스팸 하나를 꺼낸다. 그런데 개봉 부분이 난감하다. 요즘 흔히 나오는 원터치 캔이 아니라 깡통따개로 돌려 따야 하는 것이다. 이런, 언제 나온 것이기에. 유효 기간이 있을 텐데. 캔을 살펴보지만 어떤 숫자도 보이지 않는다. 나무젓가락과 마른 행주를 넣어놓은 서랍을 뒤진다. 다행히 일회용 접시 밑에 와인 스크루와 깡통따개의 기능이 함께 있는 오프너가 있다. 은색의 날을 직사각형의 캔 표면에 대고 매듭 같은 손잡이를 돌리니 양철 조각이 분홍 속살을 내보이며 종잇장처럼 벌어진다. 뾰죽뾰죽한 양철 면이 꽤 날카롭다. 완전히 뚜껑을 분리해 속을 싱크대 모서리에 두들겨서 빼놓는다. 찐득한 기름 젤리가 손에 묻는다. 손가락을 입에 넣어 본다. 이 맛과 냄새는, 어쩔 수 없이 친근하다.

깻잎장아찌, 두부완자, 콩조림, 김, 계란말이가 식탁에 차려진다. 빨간색이 있으면 상차림이 더 조화로울 것 같다. 준은 찌개나 국을 좋아하지 않는다고 했다. 밥을 담기 전 스팸을 굽기로 하고 분홍색 덩어리를 칼로 얇게 자른다. 그런데, 손이 가늘게 떨린다. 손가락 끝에서 전해지는 이 두려움은 뭔가. 고약한 냄새처럼 배어 있는 두려움의 정체는. 나는 깊이 숨을 들이마셨다 내뱉는다.

내려진 커피를 머그컵에 따라 마시려는데 커피 잔이 흔들린다.

잔이 흔들리니 커피도 흔들린다. 미세한 파동. 커피 잔 형태의 동그란 암갈색 액체가 어릴 때 들여다보던 우물의 수면 같다. 음산한 얼굴로 나를 빨아들일 것 같던 어둠. 나는 잔을 흔들어 우물을 지운다. 커피의 뜨거운 액체가 목으로 넘어간다. 준은 UFO처럼 찾아왔었다. 난데없이 스윽 전혀 다른 공간으로 스며들듯이. 나는 어떻게 받아들여야 할지 당혹스러웠다. 언젠가 한 번은 부닥칠 일이라고 생각했지만 미처 준비가 되어 있지 않았던 것이다. 그때는 별 말 없이 앉아 있다만 갔다. 눈길을 피하다가 간혹 내가 다른 쪽으로 관심을 돌릴 때 그가 나를 뚫어지게 쳐다본다는 걸 느낄 수 있었다. 삼 년 전 장례식 때 망자의 영정 앞에 앉아 있던 그를 보았다. 하얀 국화꽃이 놓인 배경 앞에서도 햇빛 한 번 쐬지 않은 것 같은 하얀 목덜미가 눈에 먼저 들어왔다. 대번에 그가 준이란 걸 알았다. 내게 부음을 전했던 이모가 울먹이며 나를 반겼다. 나는 이모의 양손을 잡아 주고는 얼마 되지 않은 문상객들을 지나쳐 영정 앞에서 호흡을 가다듬고 향을 꺼냈다. 날을 세운 준의 눈초리를 등 뒤로 느꼈다. 영정 앞에서 소리 놓아 울고 싶었는데 막상 대하니 가슴만 답답하고 목이 막힌 듯 아무것도 내려놓을 수가 없었다. 이렇게 갈걸. 당신의 인생이 그래서 얼마나 달라졌냐고, 의미 있어졌냐고 묻고 싶었다.

커피 잔을 들고 거실 마루 쪽의 벽거울 앞에 가서 선다. 어긋나 있다. 거울이 아니라 내가.

마침내 준이 왔다. 문을 열자 그의 한쪽 어깨에서 차가운 바람이 묻어 들어온다. 바람에서 쇠 냄새가 난다. 녹슨 쇠를 만졌을 때 손에서 맡아지는 그런 쇠 비린내. 그의 동공이 나를, 내 얼굴이라 생각되는 부분을 먼저 훔쳐본다. 아주 짧게 방전되듯 찌릿, 그의 푸른 눈이 나를 찌른다. 현관에 내민 발을 보니 하늘색 운동화를 단정하게 신고 있다. 새벽에 꾼 꿈의 한 토막. 어느 산, 아니면 공원의 풀밭에, 그것도 어슴푸레 빛이 잦아드는 세시 이후쯤, 나는 누워 있고 깜박 잠이 든다. 그 잠도 편안하지 않고 어딘가 불안하고 불편하다. 한 줄기 바람. 잎들이 떨어지고 또 휘리릭 바람. 나는 눈을 뜨고 부스스 일어나 의아한 눈으로 주위를 둘러본다. 여기가 어딜까. 나는 바지의 검불을 털며 일어난다. 옆에 놓아둔 검은 가방을 들고 낮게 지붕이 잇대어진 마을 속으로, 좁은 골목길을 절뚝이며 내려간다. 춥다. 은근히 추운데 풀밭에 두고 온 버버리코트에 생각이 미쳤지만 가지러 갈 수는 없다. 왜 내 걸음이 정상적이지 못할까 발을 내려다보니 내가 남의 것인 듯한 흰 운동화를 끈이 느슨한 채로 구겨 신고 있었다.

준은 들어가도 되냐는 듯 빤히 나를 내려다보며 장승처럼 서 있다 안으로 들어선다. 그는 처음인 것처럼 다소 횅한 실내를 주의 깊게 살폈다. 그는 좌우로 부착된 거울 벽 앞에 서서 거울에 비친 자신의 모습을 본다. 거울에 그의 뒤로, 어찌 할까 하며 난감한 기색으로 서 있는 내 모습도 잡힌다. 생각난 듯, 밥, 밥 먹자. 손 씻고 와, 라고 내뱉는 내 목소리가 잠겼다 어색하게 풀려나온다. 나는 가스대 앞으로 가서 프라이팬을 올려 기름을 두른다. 팬 위에 직사각으로 썰어진 스팸 몇 조각을 올린다. 그래도 떠먹을 국물이 필요하다 생각하며 시금칫국도 데운다. 팬이 달아오르며 스팸의 니글니글 독특한 향이 실내를 감싼다. 기름 냄새를 맡으니 긴장된 마음에 틈이 생긴다.

준은 식탁을 보더니 한쪽 눈썹을 찡긋 올린다. 그린, 그레이. 그의 차가운 듯 촉촉한 눈동자에 묘한 감정의 빛이 일렁인다. 앉아. 국을 떠서 준 앞에 놓는다. 접시에 담은 구운 스팸을 식탁에 놓으며, 이거 지난번에 네가 가져온 선물세트에서 꺼낸 거야. 나는 섬유 유연제를 뿌리듯 말한다. 그는 희미하게 고개를 끄덕인다. 나는 밥을 몇 숟갈 덜어 국에 만다. 아주 작게 음식물 씹는 소리만 난다. 침묵. 우리의 기묘한 식사가 이루어진다. 준은 한 숟갈 떠먹고는 더 이상 국을 먹지 않는다. 어색한데 이 침묵을 깨트릴 만한 적당한 말이 떠오르지 않는다. 어떻게 된 게 처음보다 더 굳어 있다. 그때는 밥을 먹지 않았지. 그런데 국물을 먹지 않는다는 말이 어쩌다 나온 거지. 편하지 않는 상대와 밥을 먹는 게 이렇게 힘든 건지 몰랐다. 준도 내색을 않듯 그와 나는 끝까지 모르는 척 연극을 하는 게 나을지 모른다. 그는 스팸 한 조각을 밥 위에 얹어 두고 천천히 베어 먹고 있다. 그의 얼굴빛이 유난히 희어서 시리다. 나는 아래로 눈을 돌려 아무렇지 않은 듯 말을 꺼낸다. 이 깻잎조림 먹어 봐. 친구가 얼마 전 산골 호수 근처로 옮겨 갔는데 거기 밭에서 따온 거야. 그리고 농담처럼 덧붙인다. 깨끗한 공기와 흙 냄새가 날 거야. 그는 피식 웃더니 깻잎 한 장을 집어 먹는다. 짤 텐데, 밥과 같이 먹지. 나는 애한테 어르듯 말한다. 그의 빗금 같은 웃음이 마음 한켠에 자잘하게 잔금을 긋는다.

오른쪽 거울 속에 우리의 식탁이 오롯이 들어가 있다. 관객석에서 무대 위를 올려다보듯 거울은 우리를 보고 있다. 차가운 정물. 그 서늘함에 눈길을 돌려 다시 식탁을 본다. 손도 대지 않은 계란말이를 가리키며, 이것도, 하고 손을 내밀다 그의 젓가락 쥔 손과 맞닿는다. 그는 흠칫 놀라고는 움직임을 멈춘다. 호흡도 티 나게 거칠어진다. 그의 과한 행동에 내가 더 놀란다. 그는 젓가락을, 누르고 있던 깻잎에서 떼고는 나를 똑바로 본다. 접촉이 싫어요. 나는 당황한다. 그는 밥을 뜨려다 젓가락을 내려놓고는 가볍게 한숨을 쉬며 양손으로 세수하듯 얼굴을 한 번 쓸어내린다. 미안해요. 예민하게 굴어서. 그는 평정을 찾고는 말갛게 나를 본다. 나는 젓가락을 식탁에 소리 나게 놓는다. 그는 밥 먹을 생각이 달아났는지 일어서서 왔다 갔다 하다 다시 의자에 앉는다. 먹다 만 밥 위에 이빨 자국으로 도려진 붉은 스팸 조각이 얹혀 있다. 마치 당신이 찔러요, 아파요 하고 말하는 듯하다. 전, 육체가 두려워요. 버거워요. 그의 말에 나는 더듬거리며 말한다. ……두려워하는 ……육체라는 게 뭔데? 내가, 내 육체가 깨지는 거. 그는 몸이라고 말하지 않았다. 육체와 몸은 엄연히 다르다. 육체라는 말은 살아 있는 느낌이 아니다. 그는 자신에 대해 빈정거리듯 말을 잇는다. 누구라도 닿는 게 싫어요. 그는 조소하듯 말한다. 그리 놀랄 건 없어요. 원래 나란 놈이 그렇게 생겨먹은걸요. 그의 말이 손톱 밑 가시로 박힌다. 넌 눈부신 피부색과는 다르게 세상을 까맣게 칠하고 있구나. 한 여자가, 나와 너, 두 인생을 망쳐 놓았어. 지독한 이기주의자. 나는 속으로 저주를 퍼붓는다.

그는 일어나 거울 앞으로 간다. 그는 왼쪽에서 오른쪽으로 훑어 보고는, 처음부터 이 방의 거울이 마음에 들었다고 얘기한다. 거울에다 자기 얼굴을 바짝 갖다 대고 손가락으로 자기 눈꺼풀을 아래위로 크게 벌리기도 한다. 이 피부, 이 눈동자 다 맘에 들었어요. 남들과 틀리다는 거. 다른 게 아니라 틀린 거죠. 그런데 이 머리카락은 맘에 안 들어요. 검은색이 아니라 밝은 금색이나 부드러운 갈색이었으면 더 나다웠을 텐데. 풋, 검은색은 너무 무거워요. 그래도 염색은 한 번도 해본 적이 없어요. 그건 위장이죠. 속이는 거. 뭐, 지금의 부조화도 괜찮아요.

그는 무대 위에서 자신의 목소리를 의식하며 모놀로그를 뱉는 배우 같다.

두 개의 더듬이를 갖고 싶어요. 하나는 위, 또 하나는 아래를 향한 그런 더듬이. 그는 두 손을 머리 위에다 둥글게 갖다 대고는 더듬이처럼 까딱거린다. 그러다 곤충처럼 팔짝팔짝 뛰어서 내 맞은편 식탁 앞 의자에 앉는다. 거룩하게 식사를 다시 해볼까? 내가 남긴 밥 버리겠죠? 그럴 거면 내 입에다 버려야지. 버리는 건 죄라고 했죠. 그분이. 그는 내 눈을 피하며 젓가락을 든다. 식탁 위의 온기는 다 사라졌다. 내가 반찬을 레인지에 데우려니 그가 괜찮다며 꾸역꾸역,

그러나 서두르지 않고 입에다 밥을 밀어 넣는다. 그의 목울대가 꿀럭꿀럭 오르내린다. 창백한 목젖. 가여운 목젖, 어리석은 목젖. 나는 울림 없는 메아리가 되어 속으로 쓴물을 삼킨다.

처음 방문 때는 네, 아니요라는 대답만 짧게 하고 말없이 커피만 마셨었다. 30분 남짓의 시간이었다. 지금은 작정한 듯 자기표현을 많이 한다. 그는 남은 스팸 한 조각을 마저 집어먹는다.

반찬 그릇들을 대충 정리하고 머그잔에다 커피를 내온다. 향이 둘 사이에 머문다. 그는 커피 잔을 양손으로 거머쥐며 커피를 한 모금 두 모금 홀짝인다. 준의 긴 속눈썹이 깜박인다. 어떻게 살았는지 궁금해요. 그의 느닷없는 질문에 너는?이라고 당황하며 되묻는다. 얘기랄 것도 없죠. 흰 상자 같은 한 여자와 조용히 갈등하며 살았죠. 상자? 나의 물음에 그는 끊어서 또박또박 말한다. 꽉 닫힌 사각형처럼 출구 없이 반듯하게. 저 스팸 통조림처럼. 그는 도마 위의 빈 캔을 가리키며 입술을 벌리지 않고 웃는다.

그의 상황을 안다. 아주 잘 이해한다. 여자는 자기 신념에 철저하게 몰입했었다. 여자는 딱딱한 고체 같았다. 여자를 떠올리면 우물의 수면이 먼저 보였다.

우물, 그래 그 집은 깊고 어두운 우물 같았어. 수도가 있었지만 마당 한쪽에는 메우지 않은 이끼 낀 우물이 그대로 있었다. 불쑥불쑥 내 안에서 소용돌이치며 시커멓게 맴도는 물결. 두 여자의 격정적인 실랑이. 제발 죽게 내버려 둬. 어린 여자는 우물 벽을 꽉 잡고 떨어지지 않으려 하고 다른 여자는 악착같이 한 여자를 떼어

내려 기를 쓴다. 놔, 놔. 허리에 매달린 여자보다 힘이 빠진 여자는 뒤의 여자한테 몸뚱이를 잡힌 채 바닥으로 나뒹군다. 두 여자의 숨이 가쁘다. 잡혔던 소녀는 돌아서서 자기보다 나이든 여자의 몸을 할퀴고 때린다. 죽어, 죽어, 너도 죽어. 평생 저주할 거야. 소녀는 쓰러지며 바닥에 누워 소리 높여 운다. 여자는 우물 벽에 기대 눈을 감고 있다. 결코 흔들리지 않던 여자, 내 어머니라는 사람. 나는 두 눈을 질끈 감았다 뜨지만 한밤의 허깨비 같은 장면이 눈앞에서 쉬이 떨어지지 않는다. 사레들린 듯 기침이 터져 나온다. 나는 급하게 식탁 위의 물병을 들어 물을 마신다.

그래, 우물은 여전히 있겠지. 그에게 묻는다. 준은 삼 년 전 어머니가 죽고 나서 메웠다고 말한다. 지독히도 기~인 생명력이다. 그렇게나 오래도록 버티다니. 내가 대꾸하자, 그는, 어머니가요? 하며 의문을 단다. 아아니, 우물이. 나는 먼지를 털어내듯 답한다. 자, 네 얘기를 해봐. 어떻게 살았니? 그는 막막한 바다를 보는 것 같다. 한동안 말이 없다. 딱히 이렇다 할 얘기는…… .

얼마 전까지 고랭지 배추밭에서 일했어요. ……충격이었죠. 어머니의 죽음도, 내게 유서처럼 남긴 편지도. 그는 고개를 들어 나를 주의 깊게 쏘아본다. 어머니의 마지막 문장이 뭐였는지 알아요? 그래도 나는 후회하지 않는다, 였어요. 그러고는 자신의 종교를 보기 좋게 배반했죠. 우물에 풍덩. 우습지 않나요? 그의 얼굴은 희극적이다. 어머니를 흔든 건 뭐였을까요. 아직도 그게 궁금해요. 어머니의 거울에 금이 좌악. 세월과 마찰을 일으킨 걸까요. 시간이 병균처럼 뿌리를 갉아먹은 걸까요? 그의 눈길과 얽힌다.

우연히 강원도 산골 깊숙이 들어갔다가 눌러앉아 버렸어요. 처음 그 경작지를 봤을 때 참 인상적이었어요. 층층이 끝없이 펼쳐진, 옅은 커피가루 색 땅이, 개마고원처럼. 훗, 개마고원을 보진 못했지만, 개마고원이 이럴 거라 생각했죠. 황량하면서 아름다웠어요. 그러다 순식간에 안개가 뒤덮이며 비를 뿌리기도 했지요. 기후가 수시로 변했어요. 그러다 반짝 햇빛이 비치기도 하고. 꼭대기에서 보면 고동색 땅이 거대한 소라고둥처럼 나선형으로 감아 올라간 모양이었죠. 경사가 아슬하기도 하고. 경사지 옆으로 난 좁은 길도. 처음 간 게 5월 말이었는데 챙이 긴 모자를 깊숙이 눌러쓴 남자 여자들이 팀을 이루어 아주 연하고 작은 배추 모종을 구멍구멍 엎드려 심고 있었어요. 위에서 내려다보면 개미군단이 여왕에게 바칠 먹이를 찾아 모으는 것 같았어요. 그리고 남자들이 서서 호스로 된 긴 분무기로 돌아다니며 방금 심은 모종 위에 물을 뿌려댔어요. 거기엔 일시적으로 일을 찾아 떠도는 뜨내기 남자들이 있었죠. 거대한 파란색 저수조 옆에는 막사 같은 허름한 숙소도 드문드문 서 있고. 보자마자 이곳에 머물러야겠다고 생각했어요. 정상엔 하얀 풍차 같은 작은 전망대가 있고, 그것의 좌우로 풍력기들의 거대한 날개가 한적하게 돌아가고요. 전망대에서 보면 산, 산, 산. 산의 주름들만 보였어요. 하루 종일 땅을 보며 엎드려 있을 때가 많았지요. 고된 노동을 베개 삼아 밭을 관리하고 배추가 자라나는 걸 지켜보았죠. 어둑어둑해지면 일꾼들이 여러 대의 봉고차로 나눠 타고 구불구불 아슬아슬 멀리 고원 아래의 마을로 돌아나가죠. 그러기를 반복하다 보면 어느새 흑갈색 땅이 짙은 초록색으로 덮여요.

얼굴이 그을리는 것도 기분 좋았어요. 그곳에 갇혀서 뉴스도 듣지 않고 세상일과 멀리 있으니 점차 편해지더군요. 나를 못 견디게 했던 것들, 어머니가 꽂은 칼날이 조금 무뎌지더군요. 그러면서도 생각했어요. 장례식장에서 처음 본 당신을.

그렇게 일 년 반을 보냈더니 나중엔 초록색 배추들이 징그럽게 느껴지더군요. 눈에 보이는 건, 초록, 초록의 시퍼런 빛. 떠나야 될 때라고 느낀 거죠. 밤에 막사 밖에서 위를 올려다보면 풍력기의 하얀 날개가 내게 뭔가 말을 하려는 것 같다고 느꼈지요. 누군가가 길고 하얀 팔을 벌려, 오라고, 어서 오라고 손짓하는 것도 같았어요. 그는 길게 말을 내뱉고는 후아, 하고 한숨을 쉰다. 그러고는 식은 커피 한 모금을 마신다. 나는 짧게 숨을 토한다.

준은 일어나 의자를 들고 거울 쪽으로 간다. 하나 둘 셋 넷 다섯 여섯 일곱 걸음. 중앙에 의자를 부린다. 의자의 등받이를 그의 가슴 쪽으로 해 두발을 벌려 앉으며 내게 등을 보인다. 그래도 그의 얼굴은 거울에 되비쳐 식탁 앞에 앉아 있는 나를 보고 있다. 뭐하자는 건가.

그는 의자를 말처럼 따각거리며 움직인다. 다닥, 다닥, 다닥. 의자 다리와 바닥이 부딪는 소리. 이윽고 의자의 움직임을 멈추고 그는 뻣뻣한 자세로 기계처럼 말한다. 난 배추벌레. 그는 의자에서 일어나 바닥에 엎드려 오그렸다 폈다 느리게 물결 같은 동작을 한다. 그는 동작을 멈추고 일어나 앉아 갑자기 휘파람 소리를 낸다. 새소리 같다. 나는 딱새. 슈욱, 그는 날개를 폈다가 오므리며 양 손으로 부리 모양을 만들어 쪼아대려 공격하는 자세를 취한다. 그는 다시 바닥에 누워 머리를 움츠렸다가 눈치를 보며 주위를 살핀다. 난 잡아먹히지 않으려는 배추벌레. 그는 반복적으로 휘파람 소리를 내며 새가 되었다가 배추벌레가 되었다가 숨바꼭질을 한다.

뭐하자는 건가. 나는 그를 의심한다.

당신, 당신 나빠. 애벌레처럼 몸을 꿈틀댄다. 나는 나는 배가 불러요. 이 뱃속을 비워 내고 싶어요. 버리고 싶어요. 가벼워지고 싶어요. 풍선처럼 부푼 배, 풍선처럼 빵 터져 버렸으면 좋겠어요. 제발 나를 버리게 해줘요. 그는 두 손을 모아 입에다 부리 모양을 만들어 새의 몸짓을 한다. 안 된다. 얘야. 생명은 귀한 거란다. 네가 힘들면 내 입에다 토해 내렴. 내가 맡으마. 내가 다 받아 낼게. 아, 아, 내 안에다 토해 내렴, 아가야. 새는 두 손을 벌려 입을 크게 한다. 애벌레가 입속으로 들어가는 시늉을 한다. 그 입이 나를 찔러요. 콕콕콕. 차라리 나를 다 받아 먹어요. 그가 몸을 크게 뒤튼다. 아아, 아, 아아 아아, 아.

쟤는 뭐하는 건가…….

그런데, 그런데 말이다, 너를 보는 내 눈이 젖어 있다. 안에서 말의 조각들이 거센 물결이 되어 휘돈다.

엄마, 어머니. 27년 만에 불러보네. 당신 지금 차가운 땅 속에 있는 거야, 아니면 뜨거운 화염 속에. ……당신 징글징글해. 도망칠 수밖에 없었어. 아니 당신은 엄마도 아니야. 나를 괴롭힌 악마. 그

잘나빠진 당신의 신앙. 얼마나 나를 짓이기고 싶었는지 정말 몰랐던 거야? 아니 모른 척했겠지. 무시하는 게 더 편했을 테니까. 태어나는 생명만 소중하고 죽어가는 난, 난 보이지 않았어? 그린, 그레이. 너를 이 세상에서 처음, 최초로 보았을 때 넌 정말 이상했어. 그린그레이. 네 낯선 유리알 같은 눈동자가 끔찍하게 현실을 깨우쳐 줬어. 넌 어쩌다 내 속 깊이 들어온 거니. 난 도무지 이해할 수 없었어. 넌 머리통만 새카만 이상한, 축축한 벌레. 그래 괴상망측한 투명한 애벌레. 넌 내 뱃속을 빵 찢고 나왔어. 인정하고 싶지 않았어. 그렇게 널 버리려고 했는데, 없애려고 했는데 우스꽝스러운 믿음에 사로잡힌 이상한 여자가 나를 망쳐 버렸어. 굶어서 뱃속을 바짝 말리려 했는데, 내 의지와 상관없이, 무관하게, 내 의지와는 거꾸로. 왜 그리 허기가 지던지. 그래, 허기. 허기 때문에 꼬박꼬박 꾸역꾸역, 허겁지겁 먹었어. 배를 말려야 하는데, 납작하게 우그러뜨려야 하는데, 얇게 만들어야 하는데 난 참지 못하고 먹어 버렸어. 그러곤 울면서 배를 두드렸어. 넌, 용케 피해 다니더군. 양수 속에 잘도 숨어 있더군. 퍽퍽퍽, 배치는 소리를 둥, 두둥, 북치는 소리로 들은 거겠지. 새벽 망루에서 두드리는 널 깨우는 고독한 북소리. 그렇지 않았다면 넌, 스스로 숨을 놓았겠지. 애벌레도 스스로 선택을 해서 나가지 않기도 한다던데. 애벌레의 자살, 너도 들어봤겠지. 탯줄로 몸을 칭칭 감아 죽기도 한다던데. 넌 아무일 없었다는 듯 잘도 나오더라. 그러고 보면 넌 정말 뻔뻔한 거야.

난 무서웠어. 미치도록 두려웠어. 더 더 못 견딜 건 혐오. 그 이상하게 뒤틀린 여자로부터, 그린그레이, 도무지 좋아할 수 없는 너로부터 도망쳐야 했어. 다시 악몽을 꾸고 싶지 않았어. 그들 곁에선 내내 나쁜 꿈을 꾸게 될 거란 걸 잘 알았으니까. 숨어야 해. 다신 나타나지 않을 거야. 절대로. 내 몸이 거칠게 흔들린다. 나도 모르게 흡, 흡, 신음이 터져 나온다.

그는 여전히 거울 앞에서 사물화되고 있다. 이윽고, 그는 꿈틀꿈틀 대다 의자의 움직임을 멈추고 죽은 듯 축 늘어진다.

준의 얼굴이 땀으로 젖어 있다. 힘없이 일어서더니 욕실로 간다. 미처 다 맺지 못한 말이 끈끈하다. 나는 마음을 추스르려 단전에 힘을 모으고 천천히 호흡을 한다. 그는 땀을 씻고 내 앞에 와 앉는다. 물 좀 주세요. 컵에 물을 따라 주자 그의 크고 긴 손이 컵을 쥔다. 그의 호수물빛 같은 눈이 물을 먹는다. 그레이그린, 차갑게 침착해진 눈빛이 나와 마주치자 눈길을 아래로 떨어뜨린다. 무슨 말을 해야 할까. 무슨 말을 할 수 있을까. 준은 다 알고 있다. 준이 고개를 들며 얘기한다. 원망하지 않을래요. 잘못 끼워진 단추죠.

무슨 말이라도 꺼내야 할 것 같은데 쉽게 입밖으로 나오지 않는다. 나는 일어나 신발장에 넣어 두었던 종이를 가져와 내민다. 나는 무슨 생각으로 이것을 준에게 펼쳐 보이려는 걸까. 준은 검은 가위 그림을 보며, 왜 이런 걸 내게, 하는 표정이다. 누군가가 내게 유쾌하지 않은 것을 보냈더라. 나는 구겨진 봉투를 펴서 앞뒤를 돌려가며 보여준다. 그는 종이에 박힌 내 이름에 시선이 꽂혀 있다.

이름이군요. 이름. 그는 신기한 구슬이라도 발견한 듯 이름 석 자를 입 안에서 굴려 소리 낸다. 나는 종이를 가리키며 뭘 의미하는 것 같아?라고 물어보자 그는 언뜻 보면 가위지만…… 여기다 낙서해도 돼요? 그가 되묻는다. 해도 된다고 하니까 그는 점퍼 안주머니에서 볼펜을 꺼내 날과 손잡이 중간 부분에 동그랗게 작은 원을 몇 겹 둘러쳐 그리고는, 이러면 새잖아요, 이건 눈이고. 검은 새. 날개를 몸에다 붙이고 옆으로 비행하는. 여기 날개 밑에 숨겨진 발이 있어요. 그는 일직선으로 뻗은 발을 그린다. 그는 점을 한 번 찍더니 볼펜을 내려놓는다. 누구라도 그림에서 가위나 새를 떠올리게 되는가 보다. 그러고 보니 날이 벌어진 만큼 손잡이가 벌어져 있지 않다. 그럼 좋은 뜻일까, 나쁜 뜻일까? 그는 고개를 한번 갸웃하더니, 받아들이는 마음에 따라 다르겠죠. 그는 아리송하게 웃는다. 한결 여유 있어 보인다. 무서우세요? 나는 고개를 흔들며 아니, 누군가가 별 뜻 없이 장난을 한 걸 거야. 지속적으로 보내 온다면 어떤 메시지를 담고 있는 걸 테고. 재미없다. 나는 식탁 위의 종이를 걷어 쓰레기통에 버리려는데 그가 자기한테 달라고 한다. 그는 항공봉투에 구겨진 종이를 펴서 넣고는 반으로 접어 안주머니에 집어넣는다.

여기로 오면서 뭘 봤는지 알아요?

먼지?

먼지는 맞는데 그냥 먼지가 아니에요.

…….

자동차에 치인 사람 위의 먼지.

…….

어떤 남잔데 40대 같았어요. 보도블럭 위를 걸어가는데 갑자기 뒤에서 기분 나쁜 소리가 들렸어요. 고개를 돌려 보니 사람이 붕 떴다가 아스팔트 위에 떨어지더군요. 길 가던 사람들이 모여들었고 누군가 119를 부르고 경찰을 불렀어요. 난 가까이 가지 않고 일 미터쯤 구경꾼들 뒤에서 보았는데, 아, 완전히 둘러싼 게 아니라 볼 수 있게끔 터 있었어요. 남자는 완전히 의식을 잃은 것 같았어요. 그런데 빛이, 햇빛이 그 남자 얼굴 쪽으로 머리 쪽으로 한 줄기 직선으로 비치는 거예요, 투명한 금빛으로. 순간 사람이 다쳤다는 생각은 사라지고 남자가 황홀하게 떠 있는 느낌을 받았어요. 그 금빛 줄기 안에서 먼지들이 초파리처럼 아주 작은 날개를 달고서 남자의 머리 위를 빙글빙글 돌았어요. 아주 신기하게도. 어쩌면 먼지가 아닐 수도 있어요. ……먼지를 보고 있는데 자연스레 어떤 순간과 겹쳐지더군요. 어릴 때 어머니를 따라 들어간 장소가 떠올랐어요. 조용하고 천장이 높고 적당히 어두웠어요. 길게 여러 줄로 놓인 나무의자들은 텅 비어 있고 그곳엔 어머니와 나 외엔 아무도 없었어요. 침 넘기는 소리가 울릴 만큼 고요한 공간이었어요. 어머니는 홀로 중앙 제단 앞에 무릎을 꿇고 커다란 십자가를 향해 두 손을 모은 채 올려다보고 있었어요. 제단 앞으로 정갈하게 빛이 떨어져 내리고. 십자가 뒤로 빛이 들어오는 네모난 구멍이 군데군데 있었는데, 중얼중얼 기도문을 외우던 어머니 머리 위로 빛이 길처럼 뻗어 있었어요. 어린 눈에 그게 무척 신기하고 무섭기도 신비롭기도 했어요. 그 머리 위에도 똑같은 빛의 초파리들이 날개를 달고 빙

178

글빙글 맴을 돌고 있었던 장면이 순식간에 머릿속으로 점프한 거예요. ……한동안, 경찰이 와서 사람들 사이를 흐뜨려 놓을 때까지 내가 서 있는 곳을, 현재를 잊어버린 거예요.

그는 방금 꿈에서 깨어난 표정으로 얘기를 마친다.

내 머릿속에서도 어머니 주위를 맴돌던 빛무리가 떠다닌다. 어지럽다. 목이 마르다. 나는 커피머신의 유리주전자를 들고 와 준과 내 앞의 빈 잔에 커피를 따른다. 그는 커피 대신 물을 먼저 마신다.

이어 그는 내게 잘 알지 않느냐는 표정으로 말한다. 어머니는 폐쇄적이었어요. 교인들과도 잘 어울리지 않고. 뒤에서 쑤군덕거리는 소리를 애써 무시한 거겠죠. 나는 고개를 한 번 끄덕인다.

나는 힘겹게 입을 연다. 너를 처음 보았을 때, 그러나 낯설지 않은 얼굴이라고 생각하면서, 내가 상상하던 모습과 크게 다르지 않다는 걸 알았어. 방명록에 이름 없이 주소를 남기고 오면서 이제는 너를 피할 수 없다는 걸 예감했지. 한 번은 만나야 한다는 걸. 네가 언제고 불시에 나타나리란 것을. 너와의 대면을 상상하면 내내 불안하고 두려웠어. ……이상하긴 했어. 장례식장 분위기가. 찬송가 소리도 들리지 않고 그들 의식대로라면 좀 시끄러울 법도 한데. ……어울리지 않게 향불도 그렇고.

어머니가 거부했어요. 유서에다. 다만 내 손으로 두 개의 향을 꼭 피워 달라고만 했죠. 준의 말에 두 개의 향? 하고는 입을 다문다. 그도 나도 아무 말도 하지 않는다. 한동안.

그의 목젖으로 침 넘어가는 소리가 들린다. 그는 말한다.

당신을 해치고 싶었어요. 목을 조르는 상상을 많이 했죠. 하지만 배추밭에서 시간을 죽이는 동안 이런 저런 생각이 모이면서 하나로 정리가 되더군요. 당신도 피해자일 거라고. 그럴 수밖에 없었을 거라고. 후후, 첫 방문 때 스팸 세트를 들고 오다니. 지금 생각하니 우습네. 그때는 심각했는데. 어머니에 대한 기억을 콱 박아 주고 싶었나 봐요. 고통을 주고 싶었어요. 어머니가 없는 빈 집에 스팸 세트가 남겨져 있었죠. 늘 있었어요. 어머니는 동네 시장에는 잘 가지 않았죠. 마트에 가서 묶음으로 사왔는데 간단하게 해 먹을 수 있는 걸 주로 사 왔어요. 아마 스팸 같은 통조림은 아무리 놓아 두어도 썩지 않아서 변하지 않아서 좋아한 건가 싶었어요. 그래서 집에 있는 걸 보란 듯 들고 온 거예요. 꽤 깊은 뜻이 담겼죠. 그러고는 처음으로 소리 내어 웃는다. 그레이 그린 네 눈동자에 눈물이 맺혔다 사라진다. 너는 비어져 나온 눈물을 손으로 슬쩍 닦는구나.

나는 여기, 거울벽이 있는 이 공간에다 어머니의 환영을 불러들이려 한다.

이것은 나만의 내밀한 영역이라 저기 의자에 앉아 있는 준은 보면서도 보지 못할 것이다. 보더라도 그저 나 혼자 요가를 하고 있다고 생각할 것이고, 그저 단순한, 절제된 동작으로만 보일 것이다. 어쩌면 그는 내 동작이 지루해 잠이 들지도 모른다. 저 봐, 그는 하품을 하고 있다. 오랫동안 무겁게 짓누르던 말을 쏟아 낸 탓일까. 비워진 병처럼 한쪽 벽에 머리를 기댄다.

마루 가운데에 앉아 거울을 마주본다. 여러 개로 나누어진 내가 거울을 지켜본다. 가슴을 곧게 펴고 무릎을 꿇고 앉아 숨을 천천히 고르게 내쉰다. 자, 어머니 준비되었나요. 양손을 나란히 뻗어 바닥을 짚고 몸을 구부려 디귿자로 만든다. 틈을 두었다가 팔과 다리를 쭉 펴서 들어 올리며 위로 들린 ㅅ 자 모양이 된다. 호흡. 나와요 나와요 어서요. 당신은 그대로 서서 지켜보기만 하면 돼. 오른발을 일직선으로 곧게 위로 뻗는다. 좌우로 양팔을 벌린다. 정지. 다시 발을 내려 천천히 같은 동작을 반복한다. 그래도 안 나타난다. 어디 숨었어요, 빨리 나와요.

나는 자세를 바꾸기로 한다. 무릎을 꿇고 앉아서 손과 팔꿈치를 삼각형이 되게 해서 바닥에 댄다. 정수리를 바닥에 대고 엉덩이를 들어 발을 힘차게 들어올린다. 거울을 향해 내가 거꾸로 서 있다. 발이 공중에 떠 있다. 몸 전체에 힘을 나누며 균형을 유지한다. 피가 얼굴로 몰린다. 어머니, 어머니, 어머니.

마침내 거울 속에 어머니가 서 있다. 연기처럼 흐릿한 형체다. 그런데도 단정하게 다물린 입과 감정이 드러나지 않는 눈이 지극히 그녀답다. 그녀는 아래를 향하고 나는 위를 올려다본다. 어긋나 있다. 그녀가 말을 해서는 안 된다. 금기다.   저기 저 애가 가엽지 않아   당신 딸의 아들   당신 아들이 아니라 손자가 되나   내가 마리아라도 되는 줄 알았어?   처녀의 몸에 성령으로 잉태한   내가 짓이겨졌는데도   이것도 신의 뜻이라며   두 마리

의 노랑머리 괴물이 장갑차처럼 나를 덮친 것도   내 자궁을 더럽
힌 것도   뱃속의 저 애도· 다 신의 뜻이라며 헉헉 숨이 차네 그래
서 수술도 못 받게 내 배를 부풀려 키운 거야?   나는 혐오 속에서
말라가고 있었는데   그것도 신의 뜻이었나   바보 멍청이   다
른 집 엄마한텐 지극히 상식적인 일이 왜 당신한텐 그리도 어려웠는
지   그런 태도가 나를 더 절망케   헉헉 내 얼굴이 발개 어지러워
당신도 물구나무를 서   그녀가 홀쩍 몸을 돌려 물구나무를 선다.
이제 눈높이가 맞네   진작 이랬더라면   당신의 눈을 이렇게 가까
이서 보기는 처음이야   그런데 방금 깨달았어   닮았다   나와
많이   거울에 두 개의 상이   나란히 나무처럼   서 있네   숨이
차 더 이상은 버티지……

나는 균형을 잃고 아래로 무너진다. 바닥에 널브러져 천장을 본
다. 어지럽다. 일어나 앉는다.

어머니는 없다.

거울 속에 준이 있다. 준의 상체가 테이블로 쏠려 엎어져 있다.
나는 거울로 다가가 거울 속의 그를 만진다. 머리를 받치고 있는
한 손을 슬며시 빼주며 그의 손을 잡는다. 잠결에도 그의 손이 살
짝 긴장한다. 나는 더욱 손을 꼭 쥔다. 괜찮아, 차츰 아프지 않을
거야. 찌르지 않을게. 그의 무거워 보이는 머리카락도 살며시 이
마 위로 걷어 올려준다. 준과 식탁이 공중으로 떠 빙글빙글 돌아
간다.

182

여전히 그는 살풋 줄고 있다.

땡땡땡땡. 갑자기 바깥에서 쇠접시를 마구 두드려 댄다. 완벽한 정적을 일시에 깨버린다. 틀림없이 오작동일 것이다. 경보기 소리에 그는 놀라 깬다. 땡땡땡땡. 그린그레이, 그의 눈에 긴장이 고인다. 두 장의 A4 용지 같은 부엌 창으로 빛이 쏟아져 들어온다. 거울의 한쪽 구석에 부엌창으로 들어온 한 줄기 빛이 잡힌다. 상이 비친다. 도마 위 스팸 캔의 뾰족뾰족한 날에 빛이 날카롭게 서 있다. 빛 안에 먼지가 초파리처럼 떠돈다.

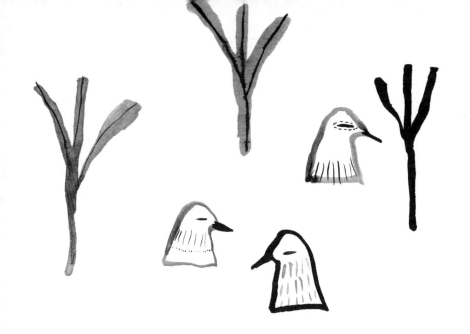

너라는 책

그는 이상하게 잠이 안 왔다. 깍지를 낀 손가락들이 저릿해 왔다. 피곤해서 잠에 곯아떨어질 시간이었다. 해는 높이 떠 방안에 쳐진 초록색 실내 장막으로 빛이 엷게 비쳐 들고 있었다. 잠의 자락을 붙들려 할수록 잠은 저만치 달아나 버렸다. 그는 억지로 감고 있던 눈을 뜨고는 장막을 걷고서 환한 빛 아래 자기의 머리를 받치고 있던 열 손가락을 살펴보았다. 그러다가 선반 위의 소쿠리에서 돋보기를 꺼

내 손가락의 지문을 하나하나 확대해서 보았다. 잎맥처럼 가는 선들
이 도드라져 보였다. 무늬가 비슷한 듯하면서 다 달랐다. 나무의 나
이테같이 완벽한 동그라미 무늬는 열 손가락 중 세 개였다. 다른 건
동심원이 닫혀 있지 않고 흘려져 있었다. 한 손의 검지로 다른 쪽 손
가락의 동그란 나이테를 만져보았다. 손톱을 세워 가느다란 선을 따
라 빙글빙글 돌려 보았다. 갑자기 자신이 미로에 갇힌 개미가 된 것
같았다. 그러자 그녀의 냄새가 끊기고 개미는 방향감각을 잃어버린
다. 오로지 후각에만 의존하던 개미는 당황하고 같은 자리에서만 여
러 번 맴을 돈다. 냄새가 사라지자 바깥으로 나가는 길이 닫혀 버린
다. 그는 '이상하게' 잠이 안 오는 게 아니란 걸 또렷하게 알고 있었
지만 그 말로 자신을 속였다. 심장이 쿡쿡 쑤셔 왔다. 그는 구급상자
에서 두통약을 꺼내 입안에 넣었다. 물 없이 타이레놀을 꾹꾹 씹었
다. 가슴께의 통증이 가라앉기라도 하듯 꾹꾹.

문장을 읽어나가는데 한 단락에서 불꽃이 잘게 일어나며 스르
륵 영상이 펼쳐진다. 이어지는 다음 문단이 물감 퍼지듯 뭉개지
며 눈에 들어오지 않는다. 물 없이 타이레놀을 씹었다라는 말에 과
거의 시간이 내 눈앞으로 휘리릭 끌어 올려져 순식간에 펼쳐진다.
물 없이 수면제를 한 알씩 입 속으로 넣어 꾹꾹 씹어 대던 내가 겹
쳐져 살아난다. 손바닥 위에 알약들을 올려놓고 새알 초콜릿을 집
어먹듯 그렇게 먹었다. 스틸녹스인가, 자낙스인가, 한 12알쯤 그랬
나. 엄마의 화장대 서랍에는 언제나 수면제 약통이 있었다. 그때

왜 그랬냐고 묻는다면 그냥 심심해서라고 말하고 싶다. 약을 먹으면 어떻게 되는지 실험해 보고 싶기도 했다. 눈이 안 떠지는 그 다음의 세계는 어떤 걸까 궁금했다. 그런데 아무런 일도 일어나지 않았다. 하루 반나절가량 지나자 저절로 눈이 떠졌다. 구토와 머리가 아픈 것 외에는 말짱했다.

심심해서 할 만한 일? 심심하다는 말은 세상에 대해, 나에 대해 더 이상 기대할 게 없었다는 말과 같았다. 손목 그어 보기? 의자 밟고 올라가서 목매달아 보기? 물을 가득 채운 욕조에 머리까지 담그고 숨 쉬지 않기? 다 제 몸을 학대하는 일이었다. 지금 생각해 보면 꽤나 심각한 치기 어린 행동이었지만 실제로 죽으려던 건 아니었다고 확신한다. 가령 off 다이얼의 위치를 10에 둬야 하는데 8이나 9에 두고 슬쩍 비겁하게 비켜 나갔었다. 수면제만 해도 고작 12알이 아니라 한 주먹 정도는 먹어 줘야 게임이 끝나리라는 것을 직감적으로 느꼈지만 그러지 않았다. 그때는 겁도 없이 죽음을 흉내 내었다.

읽던 페이지로 돌아간다. 소설 속의 '그'가 말하는 '그녀'가 누굴까? 심지어 그를 개미로 만들고 심장을 아프게 한 그녀라는 존재는? 머리카락을 한 올 뽑아 개미처럼 박힌 글자 위에 놓는다. 길 잃은 개미에게 나의 냄새를 흩뿌린다. 그러면 그가 내게로 길을 찾아 나오리라. 그녀가 누구든 책 속의 그녀가 나라고 믿는다.

언젠가,

저 사람 꼭 상추샐러드 같지 않니? 촬영 현장을 어깨 너머로 구경하던 나를 금이 스치듯 지나가며 말했다. 내가 그를 주목하고 있다는 걸 눈치 챈 걸까. 나는 속으로 큭, 하고 웃었다. 기집애, 표현하고는. 웃기는 했지만 사실 금이 말한 뜻을 제대로 알아차리지는 못했다. 상추샐러드처럼 신선하다는 말인지, 샐러드에 어울리지 않는 촌스러운 재료라는 건지, 소스에 절여져 숨이 죽었다는 건지, 종잡을 수 없었다. 건너편 카메라 옆에 있는 그를 다시 한 번 바라보았다. 그는 팔짱을 낀 채 귀밑까지 오는 머리를 비스듬히 하고서 무릎에 놓인 시나리오를 들여다보고 있었다. 이따금 팔짱을 풀고서 이마로 내려오는 머리카락을 한 손으로 쓸어올리며 석연치 않은 얼굴로 감독을 올려다보았다. 나는 다시 한 번 큭, 하고 웃었다. 금의 표현은 옳았다. 어떤 의미에서는 신선하다는 것도, 촌스러운 것도, 어딘가 숨이 죽은 듯한 것도 다 아우르고 있다는 뜻으로 상추샐러드라는 말이 들어맞았다.

금이 말했다. 사람들 사이에는 여러 개의 문이 놓여 있어. 하나가 열렸다 싶으면 또 하나의 닫힌 문이 나타나지. 그래서 늘 닫혀 있는 거야. 확실한 건 아무것도 없어. 그럴 것이라는 이미지의 그림자 놀이에 불과해. 언제든 허물어질 수 있는 가짜 믿음 위에서 서로 관계를 맺고 이어가는 거야. 금은 늘 시니컬하게 문어(文語)적으로 말을 했다. 사람들은 금을 재수 없어 했다. 금은 잘 웃지 않았다. 나도 세상에 대해서 다 안다는 듯 못마땅한 얼굴로 찌푸리고 다녔으니 주위 사람들이 나를 금과 같이 재수 없어 했을 것이다.

내가 유일하게 '그'라고 지칭하던 그 남자를 만난 것은 금이 스태프로 일하던 영화 현장에서였다. 감독의 카메라 뒤에서 묵묵히 작업 과정을 지켜보고 있던 그를 보았을 때, 난데없이 아홉 마리의 백조가 날개를 접으며 날아와 앉는 것이었다. 나는 속으로 어, 어, 하며 놀라 눈을 한 번 감았다 떴을 뿐인데, 목이 긴 흰 새들은 사라지고 없었다. 참 별일이었다. 내 시력이 좋지 않아 눈앞에 흰 물체가 어른거린 걸 새로 잘못 본 건가. 내 눈이 착시를 일으킨 거라면 하필 백조일까. 사실 아홉 마리인지는 정확히 알 수 없었지만 그냥 아홉 마리라고 느껴 버렸다. 그와의 첫 대면에서 흰 새의 환영을 보았다면 분명 좋은 징조라고 믿었다. 그에게 호기심이 생겼다. 그래서 일상의 눈으로 보는 것보다 조리개를 활짝 열어 확대경으로 정밀하게 그를 들여다보고 싶어졌다. 돋보기로 그를 보고 싶다는 참을 수 없는 욕망. 일상의 내 눈은 믿을 게 못 되었다. 여행자의 허리춤에 매달린 나이프나 숟가락, 깡통따개처럼, 내 시야의 옆구리에는 돋보기나 현미경, 망원경 따위가 보이지 않게 얌전히 안전지갑 속에 들어가 있었다. 그의 지도에 펼쳐진 암호를 풀고 싶었다. '그' 때문에 내게는 오랫동안 묵혀 둔, 잠자고 있던 돋보기를 사용해 보고 싶어진 것이다. 예전에 돋보기를 가까운 사람들에게 들이댔다가 겉과 완전히 다르게 드러나는 그들의 내면을 보고서 차라리 안 보는 게 나아, 하고 실망감에 고개 흔들고는 돋보기를 아예 깊이 처박아 두었었다. 다시 보려면 용기가 필요했다. 초정밀 조리개를 깊숙이 사용하고 나면 몸에 열이 오르고 몹시 아팠다. 감각 안쪽의 초정밀 조리개를 닫고 일상의 눈으로만 산다면 그렇게 머리가 혼란스러울 것도 복잡할 것도 없었다. 눈에 보이는 건 단순하고 분명했다. 내면의 지도는 사람에 따라 손금보다 훨씬 복잡하고 깊었다.

돋보기로 들여다본 그의 지도는 이러했다.

사방이 고요하다. 우주 공간 같은 고요함. 플래시 불빛이 비치자 마르고 우툴두툴한 암석이 나타난다. 어디선가 쿨럭이는 기침소리. 수로가 X자로 흐르고, 키 큰 나무들이 울창한 숲에서 흰 염소가 풀을 찾고 있다. 염소는 더 깊이 숲으로 들어간다. 길을 잃는다. 숲속의 염소는 들판의 염소보다 고독하다. 고운 풀을 찾기란 하늘의 별따기. 염소는 풀 대신 나무껍질을 씹는다. 고개를 들어 먼 데를 바라보는 염소의 눈은 맑고 고집스럽고 때론 날카롭다. 그런데 머리에 난 뿔이 두 개가 아니고 외뿔이다. 염소는 홀로다. 낭떠러지 아래로 굼벵이가 기차를 타고 간다. 절벽 끝 수도원에서 젊은 수사가 보드를 타고서 미끄러져 내려오고* 늙은 수사는 길을 가다 풀숲에 떨어진 여자의 발찌를 줍는다. 아스팔트 위로 빨간 도꼬마리가 줄지어 달려온다. 고원에는 검은 미나리아재비가 피어 있다.

그의 지도는 다른 사람들과 달랐다. 드문 풍경이지만 어딘가 나와 닮은 데가 있었다. 엉뚱하고 비논리적이었다. 신기했다. 나는 그에게 빠져 버렸다.

펼쳐져 있던 책으로 다시 돌아온다. 페이지를 건너뛴다. 퍼져 있던 글자가 오톨도톨 탄력을 받으며 긴장한다. 흩어졌던 글자들이 반듯하게 각을 이루며 조리개의 초점 앞으로 모인다. 나는 그의 글을 다시 읽는다.

민아의 발가락은 못생겼다. 그녀의 발은 전혀 귀여운 맛이 없었다. 닭발처럼 살 없는 발인데다 길이가 고르지 않았다. 두 번째, 세 번째 발가락이 유난히 길어 샌들을 신으면 두 개의 발가락이 유독 불거져 나왔다. 그녀는 튀어나온 발가락을 감추려 일부러 구부리는 게 습관이 된 탓인지 두 개의 발가락이 기형적으로 움츠러들어 있었다. 그녀도 자신의 발이 밉게 생겼다며 남 앞에 내보이는 걸 싫어했다. 여름에도 그녀는 양말을 꼭 챙겨 신었다. 엄지와 검지발가락의 길이 차이가 많이 날수록 부모 중 한 명이 빨리 먼저 죽는다는 말을 그녀는 들었다고 했다. 발가락의 길이가 고르게 가지런하면 부모가 사이좋게 비슷하게 살다가 죽는다나. 참, 어이가 없어서. 그녀는 그 말도 안 되는 속설을 믿고 있는 눈치였다. 그녀는 단정적으로 말했다. 나, 아버지가 일찍 돌아가셨잖아. 그 순간 분명히 그녀는 양말 속에 있는 두 개의 긴 발가락을 곤충의 더듬이처럼 꼼지락거렸을 것이다.

읽는 순간 발에 신경이 쓰여 나도 모르게 발가락을 꼼지락거렸다. 민아의 말도 안 되는 속설은 내가 그에게 했던 말이기도 했다. 내 발가락이 앙상한 닭발이고 아버지는 내가 중학교 때 죽었다. 새벽에 오줌 누다가 갑자기 쓰러졌다. 종이처럼 스르륵. 응급실에 실려 갔지만 아버지는 눈을 뜨지 않았다. 의사는 과도한 스트레스로 인한 과로사라고 엄마한테 말했다. 믿기지 않았지만 그렇게 한 방에 훅, 갈 수 있다는 걸 그때 깨달았다. 인생이 별 거 아니란 것도. 엄마의 신경이 날카로워져 안정제를 복용하게 되고, 그러다 불면이 되고 수면제를 먹게 된 게 그즈음이었다. 아버지의 갑작스러운 죽음 이후 시간이 흘러도 엄마의 신경이 무뎌질 수 없는 데에는 엄마를 형수님이라 불렀던 작은아버지의 역할이 컸다. 만만치 않았던 엄마도 작은아버지의 라이벌은 되지 못했다. 작은아버지 하면 계략이 떠오르고 음습하고 끈적끈적한 거미줄 같은 미로가 보인다. 친절하고 믿음직스럽던 태도가 딱딱하게 경계심으로 굳어지는 데에는 그리 오랜 시간이 필요치 않았다. '손바닥 뒤집듯이'라는 말도 그때 실감했다. 작은아버지는 보통의 눈으로는 잘 읽히지 않았다.

작은아버지의 지도는 어두운 동굴 안에 하수도가 흐르고 거기에는 번들거리는 콜타르 같은 액체가 고여 있었다. 거미줄과 찢긴 비닐들이 천장과 바닥에 어지럽게 널려 있고 벽에는 눈동자들이 박쥐처럼 붙어 눈알을 이리저리 뒤룩거렸다. 탁한 배경 속에 찍혀 있는 눈동자는 더 기괴하게 눈에 띄었다. 작은아버지의 지도는 무서웠다. 부드러운 미소 뒤에 이런 내면이 숨어 있으리라고는 상상하지 못했다. 그래서 충격이 더 컸었다. 금의 말대로 언제든 뒤집어질 수 있는 이미지의 그림자 놀이였다.

발가락에 대한 묘사를 보다 편치 않았던 내 가족사로까지 번져 버렸다.

소설이 기억으로 들어가게 하는 문이라면 내게 있어서는 맞는 말이다. 특히 그의 소설들이. 나는 78쪽에서 읽기를 멈추었다.

흔히 죽음을 완결, 마침표라 말들 하지만 그는 죽음을 또 다른 시작이라고 보았다. 모습을 바꾸는 것일 뿐 마침표는 없다 했다. 피이, 그거 윤회라는 말을 다르게 말한 거잖아요. 대단한 자기만의 철학이라도 있는 줄 알았네. 난 일부러 그를 자극했다. 내가 말하는 건 일반적으로 생각하는 윤회와는 달라. 어떻게 다른데요? 가령……, 그는 뭔가 설명을 하려다, 그만두자, 하고는 다른 데로 화제를 돌렸다. 내가 그보다 어렸지만 그가 나를 철없는 동생 대하듯 하는 게 기분 나빴다. 난, 당신의 지도를 다 들여다봤다구요. 무시하지 말아요. 지도? 내 지도? 그게 뭐니? 요것 봐라 하는 듯 그의 눈이 반짝였다.

그해는 유난히도 금의 작업 현장에 많이도 갔었다. 금이 '그가 나타났다'고 정보를 주면 산보하듯 그를 관찰하러 갔었다. 그와의 연애는 그렇게 시작되었다.

노트북의 파일을 열어 미루어 두었던 일을 시작한다. 공주가 몰래 성에 갇혀 쐐기풀로 뜨개질을 하는 장면이다. 독풀에 짙은 초록색을, 찔린 공주의 손가락에 붉은색을 터치한다. 마지막, 아홉 벌의 조끼를 백조들에게 던지는 장면까지 내처 채색을 한다. 얼마 전 엄마에게 다녀왔다. 무거운 짐을 내려놓은 엄마는 여기 있을 때보다 거기서 더 행복해 보였다. 생뚱맞게 그의 소설책을 들고

가 엄마 앞에서 낭송까지 했었다. 이 장면은 르누아르의 그림들 속에 나오는 여인들처럼 부드럽고 따스한 이미지로 남을 것 같다.

한 여인이 침대 위에 앉아 뜨개질을 하고 있다. 여인의 맞은편 침대는 비어 있다. 날이 좋아 해바라기라도 나갔는지 침대 주인은 보이지 않는다. 여인은 내가 들어오는 줄도 모르고 부지런히 대바늘을 쥐고 실을 감아올린다. 머리카락이 세기는 했지만 노인이라 하기에는 아직 젊고 곱다. 나는 살며시 다가가 여인의 어깨를 치며, 엄마, 하고 놀래킨다. 아이고, 깜짝이야, 여인은 고개 들어 나를 올려다본다. 너 왔구나, 하고 엄마가 미소 짓기까지 아주 잠깐 쉼표가 찍힌다. 자기만의 세계에 몰두해 있다 얼결에 현실로 돌아온, 그럴 때의 약간 멍한 표정의 쉼표. 나는 엄마의 눈앞에다 종이 가방을 흔든다. 엄마는 가방을 열고 분홍 실타래를 꺼내든다. 색깔이 이쁘네, 진달래 빛깔보다 연한 게. 원단 가게를 한 엄마는 색깔에 예민하다. 엄마가 지난번에 분홍 실이 있었으면 좋겠다고 그랬잖아. 내가 그랬었나. 이제 이런 거 안 사와도 돼. 완성된 거 풀어서 쓰면 돼. 다 되었다고, 끝냈다라고 만족한 뒤 처음부터 다시 뜨는 것도 재미나다. 그 느낌이 매번 다르거든. 뜨는 것보다 순조롭게 풀리는 걸 보는 게 더 재밌더라. 엄마는 상상 속에서 자기가 다 뜬 스웨터를 누군가에게 매번 던져주는지도 모른다. 엄마는 궁에서 쫓겨나 쐐기풀로 옷을 짰던 공주가 아니었을까. 오빠 백조의 저주를 풀기 위해 묵언수행하며 열심히 뜨개질만 하는……. 그녀는 몇 마리의 백조에게 옷날개를 달아줬을까. 엄마를 보며 조심스럽게 말한다. 나,

용주 봤다. 누구? 엄마는 언뜻 못 알아듣는다. 작은집 용주. 엄마의 얼굴이 갑자기 현실적으로 살아난다. 그래, 두 다리 뻗고 잘 산다디? 엄만, 걔가 무슨 잘못이야. 지애비가 그런걸. 엄마의 음성이 노기를 띤다. 근본 없는 것들, 입에 올리지도 마라. 엄마는 더 듣고 싶어 하지 않는다. 나도 갑자기 왜 이 얘기를 꺼냈는지 모르겠다. 그것도 몇 년 전 우연히 공항에서 부닥친 일인데.

사촌 용주와도 닫힌 문을 사이에 두고 그림자놀이를 했었다.

금이 조감독으로 영화 촬영팀과 캐나다로 떠날 때 나는 배웅 겸 공항으로 갔었다. 몇 달 동안 만나지 못한 참이었다. 사람들 속에 섞여 있는데 누가 나에게 아는 척을 했다. 처음에는 못 알아봤지만 사촌 용주였다. 한눈에 봐도 부유한 집안의 윤기가 돌았다. 작은아버지의 사업이 날로 번창하고 있다는 것은 소문으로 알고 있었다. 작은아버지도 뭣도 아닌 그 작자는 나의 저주와 다르게 잘 먹고 잘 살고 있었다.

형수님, 걱정 없이 살 수 있도록 충분한 생활비와 뒤를 돌봐 드릴 테니 괜히 회사 일에 나서서 간섭하지 마시고 저한테 맡기시지요. 작은아버지의 말은 깍듯했지만 어조는 차가웠다. 아버지 밑에서 부사장 격으로 일해 왔으니 회사 사정을 훤히 알고 있는 작은아버지의 힘이 커질 수밖에 없었다. 아버지의 갑작스러운 죽음으로 충격 속에 빠져 있던 엄마는 내 앞에서 마음 놓고 울 틈도 없었다. 네 아버지가 어떻게 일궈 놓은 공장인데 이제 겨우 자리를 잡아 놓으니 그걸 가로채려고 해. 어림없지. 엄마는 분연히 털고 일어나 자신의 권리를 찾으려 했으나 번번이 작은아버지의 방해로 물거품이 되었다. 공장 관리자들은 이미 작은아버지 편이었고 공장의 모든 권리를 자기 앞으로 돌려놓은 상태였다. 작은아버지와 싸우다 지친 엄마는 내 앞에서 마지막으로 펑펑 울었다. 억울하고 분하다며 가슴을 쳤다. 그놈을 회사로 끌어들이는 게 아니었는데. 어쩜 네 아버지 있을 때와 없을 때가 이렇게 달라지니. 정말 사람들 무섭더라. 그렇게 내 앞에서 싹싹하게 굴던 사람들이 어떻게 하루아침에 안면을 바꾸고 모른 척할 수 있니. 나 이제 어떻게 사니, 이제 우리 어떻게 산다니. 엄마는 방바닥을 치며 통곡을 했다. 작은아버지가 약속했던 생활비를 일 년 남짓 보내주고는 딱 끊어 버렸다. 형님의 피붙이인 나와 엄마를 완전히 버린 거였다. 형님의 그림자를 본다는 건 동생으로서 꺼림칙했을 터. 자신의 완전한 알리바이를 위해 우리를 깊은 산 속에 내다 버린 셈이었다. 사촌은 어떻게 지내느냐고 물었던 것 같다. 너 예전에 만화 주인공들 잘 그렸잖아, 아직도 그리니? 내게 뜬금없는 질문을 하기도 했다. 자기는 보스턴으로 돌아가는 길이라 했다. 내가 누려야 할 것들을 얘가 누리고 있다는 생각이 들었다. 무구한 얼굴로 아는 척하는 데에 더 화가 났다. 선한 얼굴이 오히려 뻔뻔하게 느껴졌다. 자기는 아무것도 모른다는 듯한 자연스러움. 우리의 관계가 왜 갑자기 절연되었는지 한 번이라도 깊이 생각해 봤다면 저런 표정을 짓지는 못하겠지. 사촌의 구두가 눈에 들어왔다. 한눈에 봐도 세련된 명품이었다. 나는 아무렇지 않은 얼굴로 부드러운 가죽구두의 앞코를 지그시 밟아 눌렀다.

엄마는 다시 뜨개질로 돌아가 있다. 책 읽어줄까? 엄마도 처녀 땐 소설 좋아했다며. 엄마는 피식 웃는다. 그러렴. 분위기 살려서 읽어, 안 그러면 안 들으란다. 음음, 나는 목소리를 가다듬으며 집에서 서너 군데 체크해 둔 페이지를 살핀다.

　스르륵, 잠결에 문 열리는 기척이 느껴졌다. 분명 어머니였다. 어머니가 문을 열고 나가는 게 틀림없었다. 나는 숨죽여 어머니의 동정을 살폈다. 도대체 이 밤중에 어딜 가는 걸까. 마당에는 달빛이 가득했다. 어머니의 흰옷에 달빛이 미끄러졌다. 어머니는 대문 밖을 나서서 새로 난 큰길을 따라 올라가다 산길로 들어섰다. 어머니의 걸음은 공기의 저항을 받지 않는 듯 춤사위처럼 가벼웠다. 어머니는 아버지의 무덤 쪽으로 가고 있었다. 오늘이, 아니 지금이 새벽이니까 어제가 아버지의 49재였다. 무덤 앞에 다다르자 어머니는 먼저 무덤을 향해 두 번 큰절을 하고는 돌아앉았다. 멍하니 앉아 있던 어머니는 손수건을 펼치더니 담배를 꺼내 물었다. 담배를 피다니. 이런 모습은 처음이었다. 어머니가 담배 핀다는 걸 상상할 수 없었던지라 내게는 충격이었다. 나의 조급함과는 달리 어머니의 담뱃불은 천천히 타들어갔다. 이윽고 어머니는 일어서더니 천천히 무덤을 돌았다. 한 바퀴, 두 바퀴…… 어머니의 걸음걸이는 어느덧 일정한 리듬을 타고 있었다. 걸음에서 춤으로 건너뛰고 있었다. 처음에는 손수건을 들어 올리며 펼쳤다 오므렸다 하더니 점점 어깨가 흔들리고 허리 다리가 흐느적거렸다. 어디선가 본 살풀이 춤 비슷하게 보였지만 꼭 그런 것도 아니었다. 절도 있게 움직이는 게 아니고 어머니의 내부에서 흘러나오는 듯한 리듬에 따라 흐르는 것이었다. 바람에 따라 흔들리는 억새풀처럼 자연스러웠다. 달은 환하고, 달빛을 반사하는 하얀 그림자의 몸짓에는 흰 새가 길을 잃고 무심코 날아들었다가 언제라도 곧 날아갈 것 같은 아슬함이 있었다. 지금 생각해 보면 그때 아버지의 무덤가에서 어머니가 춤을 추던 장면이 실제로 있었던 일인지 꿈속에서 겪었던 일인지 혼란스럽다. 그 장면이 너무 선명해서 꿈의 기억이 현실 속으로 들어온 게 아닐까, 생각해 볼 따름이다. 어머니의 춤은 묘해서 아버지의 마지막 길을 배웅한 것 같기도 하고, 아버지의 오랜 병 수발에서 벗어나게 된, 아버지로부터 자유롭게 된 해방의 표현 같기도 했다. 그 새벽 이후 내게 아침밥을 지어주고는, 어머니는 다시 집으로 돌아오지 않았다. 무겁게 짓누르던 바위덩어리가 한순간에 얼음처럼 녹아버린 반작용으로 어머니의 몸이 허깨비처럼 가벼워져 바람에 날려간 것이라고, 지금 어른이 되어서 생각해 본다.

이제야 어머니를 이해할 수 있을 것 같았다.

엄마는 뜨개질 하던 손을 멈추고서 가볍게 한숨을 쉰다. 슬픈 이야기네. 이 작가가 촌스럽게 많이 진지해. 그래서 어떻게 되었니? 좀 더 읽어 봐. 엄마에게 읽어준 책은 그가 쓴 5권의 소설 중 가장 처음에 발표된 작품이다. 첫 소설집을 발표한 이후 잇달아 매년 한 권씩의 장편을 출간했었다. 2년 전까지만 해도 왕성한 창작욕을 불태웠었다. 독자들과의 팬 사인회도 마련되고 권위 있는 문학상의 후보자로 지목되기도 했었다.

대부분의 연애가 그러하듯 그와의 데이트도 남다르지 않았다. 함께 커피도 마시고 술집도 가고 옛 왕의 정원도 거닐어 보고 그의 방도 자연스럽게 드나들게 되고.

그와 만날수록 그의 많은 부분을 차지하고 싶었다. 아니, 전부이고 싶었다. 처음 보았을 때처럼 더 이상 그에게서 백조의 환영은 보이지 않았다.

현미경으로 그를 본 적이 있다. 관계가 깊어질수록 현미경으로 보고 싶은 유혹을 떨칠 수 없었다. 현미경으로 본다는 건 중독성, 집착을 의미한다. 체세포 하나하나까지 손바닥 안에 쥐고서 들여다보겠다는 과도한 욕망. 표피, 진피, 땀샘, 기름샘, 염색체, DNA, 냄새, 혈액. 그의 전부를 체화하고픈 드라큘라의 슬픈 자화상 같은 것. 하루치의 에너지, 36.4도의 체온, 호흡, 심장박동, 눈 깜박임, 속눈썹의 떨림, 딸꾹질, 수억만 마리의 박테리아, 죽은 세포로 메워진 홈, 막, 층, 벽. 그럼에도 불구하고, 끊을 수 없는 무지막지한 탐식.

그와의 관계가 파탄이 났다면 그건 순전히 내가 그에게 너무 밀착하려 했다는 점이다. 죽음에 몰두하던, 죽음 앞에서도 구걸 않던 내가 말이다. 그라는 문을 열심히 두드렸고, 열렸다 싶으면 내 앞에 또 다른 문이 나타났다.

캐릭터 디자이너라는 명함을 타인에게 건넬 때 기분이 좋다. 이런 사람이라고 단적으로 드러날 때의 그 단순 명쾌함이 좋다. 나를 가리키는 다른 어떤 말보다 든든한 울타리가 되어 주기 때문이다. 정작 캐릭터 개발의 수요는 많지 않지만 나만의 인물들로 노트는 가득하다. 요즘은 학습만화 일이 쏠쏠하다. 일은 꾸준히 들어온다. 펜터치나 데생, 채색, 심지어 스토리텔링까지 무한변신이 가능하다. 마지막 자살 소동 이후 화실 문하생으로 들어가 한눈팔지 않고 성실히 공부해 왔다. 집에서 혼자 할 수 있는 일이란 것도 마음에 든다. 엄마가 '숲속공동체'로 들어가기 전 내 몫으로 남겨 준 것도 있고, 큰돈은 아니지만 내 밥벌이를 한다는 데 만족한다. 엄마는 언제부터 거기로 들어가려고 마음먹었을까. 거기는 일종의 요양원 같은 데지만, 아픈 사람만 가는 곳이 아니라 성한 사람도 원한다면 입주할 수 있었다. 노인들이 대부분이지만 아직 노인이라 부를 수 없는 사람들도 제법 있었다. 텃밭도 가꾸고 가벼운 운동도 하고 개인 취미 활동도 자유롭게 할 수 있는 보다 진화한 실버 마을이라고 보면 된다. 엄마는 그곳에서 수면제 없이도 잠을 잘 잘 수 있게 되었다고 했다. 그동안 나는 얼마나 많이 엄마의 속을 썩였나. 철없는 딸의 여러 번의 자살 시도. 포목 가게가 안정된 뒤에도 엄마가 깊이 잠을 이룰 수 없었던 것은 나의 못 미더운 설부른 행동이 크게 작용했을 것이다. 궤도 이탈하려는 딸을 지켜보는 엄마의 심정은 어땠을까. 그와 결별하고 진짜로 자살한 적이 있었다. 진짜 자살이란 그동안의 행위가 가짜였다는 게 아니라 혹시 운 좋게라도 다시 눈을 뜨고 싶은 단 1%의 욕구도 없었다는 말이다. 눈을 떴을 때 맨 처음 내 망막 속에 잡힌 건 빛이 사라져 버린 슬픈 눈이었다. 혼미한 중에도 그게 엄마의 눈이란 걸, 엄마의 눈동자일 수밖에 없단 걸 본능적으로 알았다. 내 의식이 돌아오자 엄마의 눈은 얼마나 놀라운 기쁨으로 빛났나. 처음으로 엄마한테 큰 잘못을 저질렀다는 것을 깨달았다. 나는 엄마의 품에 안겨 이 제는 다시 자살 소동 같은 건 벌이지 않으리라 결심했었다.

여행 떠날까?

그는 자신의 머리에 손베개를 한 채 말했다. 우리는 나란히 누워서 천장을 올려다보고 있었다. 다리를 들어 발바닥을 벽에 붙이고서. 어디로 갈 거야. 내가 말하자 그가 나른하게 대답했다. 그리스. 그러자는 뜻으로 그의 발을 내 발로 톡톡 건드렸다. 그와 난 종종 상상으로 먼 나라로 여행을 갔다. 그리스인 조르바도 시인 사포도 그 때문에 알게 되었다. 나라와 장소와 지리적 여건과 관계없이 머릿속에서 그려지는 대로 자유롭게 말했다. 즉 사실적 공간이 필요한 게 아니었다.

아테네 어느 대로의 횡단보도 앞에서 붉은 토마토를 들고서 붉은 신호등이 바뀌기를 기다리고 있어. 마침 피망 같은 붉은 자동차가 지나가네.

검은 독수리가 날아다니는 절벽의 나뭇가지에 매달려 에게 해의 아찔한 바닷빛을 내려다보고 있지.

아크로폴리스 언덕에 완전한 달이 뜨고, 유니콘 한 마리가 파르테논 신전 기둥 뒤에서 요요하게 울고 있어. 델피 계곡의 어두운 올리브 숲에는 눈발이 흩날리네.

주로 이런 식이었다. 우리는 되는 대로 문장을 말하며 그곳의 이름을 넣어서 놀이를 했다. 그가 신화적이라면 나는 즉물적이었다.

옆으로 몸을 돌려 불완전해서 아름다운 그의 프로필을 가만히 훔쳐보다 그의 쇄골 위에 입술을 묻었다. 미세한 불안이 감지된다. 그의 파란 힘줄이 두드러지며 따뜻한 맥박이 느껴진다. 그 순간 그의 피에 혀를 대어보고 싶어졌다. 순간 흡혈귀를 이해했다. 잘근, 그의 살갗을 깨물었다. 피가 배어났다. 그는 불시에 기습당한 자의 표정이 되어 신경질적으로 나를 뿌리쳤다. 깎지 않은 그의 긴 발톱 하나가 내 발의 살을 찔렀다. 그의 피는 생각만큼 달지 않았다. 녹슨 쇠 맛이 났다.

그의 소설 「결핍」에서의 한 장면이다. 마치 그가 관점을 달리해 나의 입장에서 쓴 듯한 글들. 똑같은 자세로 그와 누워 있었던 기억도 난다. 사실이 아니지만 읽다 보면 실제로 그의 피를 흡혈한 것만 같은 착각을 한다. 강렬한 기시감이 든다.

그가 정리하자고, 우리의 관계를 끝내자고 했을 때 그를 만난 날로부터 762일의 시간이 흘러 있었다. 나는 계속 그의 옆에서 머물고 싶었는데, 만지고 싶었는데, 보고 싶었는데, 목소리를 듣고 싶었는데, 그는 내 희망이 되는 걸 거절했다. 그는 내 욕망에 대해, 기대에 대해 미련에 대해 담담했다. 피하고 싶어 했다. 버리고자 했다. 숨고 싶어 했다. 난 말이야, 누군가의 희망이니 하는 말들이

역겨워. 그럴 주제도 못 되고, 그러고 싶지도 않지만 그런 버거운 말을 넌 어떻게 힘 안 들이고 쉽게 내뱉니. 누구한테 바라지 말고 너 자신의 힘으로 네 안에 불을 켜. 누구도 네게 그런 걸 해줄 수 없어. 참으로 냉정했다. 빈말이라도 아쉽지만 우리의 인연이 여기까진 것 같다고, 널 잊지 못할 거라고 말해 주었다면 쉽게 그를 잊었을지도 몰랐다. 나를 버리려는 그 앞에서 쿨하지도, 자존심을 챙기지도 못하고서 나를 진창에 내다꽂았다. 지금 생각해 봐도 내 모습은 얼굴 찌푸려지는 '진상'이었다. 떠나는 남자의 바짓가랑이를 잡는다고 마음이 돌아서지 않는다는 걸 알면서도 그랬다. 그는 나보다 한참 어른인 척했지만 그때는, 아직은, 자존심과 오기로 자신의 불안과 실패와 좌절을 숨기려 했던 풋내 나는 청년이었다. 지금이라면 그도 나도 그런 식으로 헤어지지는 않았을 것이다. 모르겠다. 일어나지 않은 일을 어찌 알랴. 나는 고개를 가로젓는다.

그에게서 빌린 기억에 남는 책은 주로 프랑스 작가의 소설이었다. 그래서일까, 소설에 대한 인상은 피크닉 바구니에 담긴 크루아상으로 남아 있다. 시큼한 와인 맛도 곁들여. 관계 맺기는 상대의 어떤 것들을, 기호나 느낌이나 생각을 나눠 가지면서부터 진짜 시작되는 게 아닐까.

불현듯 생각이 나 컴퓨터 앞에서 일어난다. 등 뒤의 책꽂이로 손을 뻗는다. 어렵지 않게 흰 표지의 책을 빼든다. 책의 한가운데에 한 남자의 뒷모습이 연붉은 담채화로 스케치되어 있다. 주머니에 양손을 찌르고 막 한 걸음을 떼려 하고 있다. 그의 뒤를 희미한 그림자가 따른다. 파스칼 키냐르의 「은밀한 생」. 언젠가 그에게서 빌리고 미처 돌려 주지 못했다. 어쩌면 돌려 주고 싶지 않은 무의식의 징표로 내게 남겨진 것인지도 모른다. 표지를 넘기고 첫 장을 펼쳐 처음 단락의 첫 문장을 읽는다.

모든 강물은 끊임없이 바다로 휩쓸려 들어간다. 나의 삶은 침묵으로 흘러든다. 연기가 하늘로 빨려들듯 모든 나이는 과거로 흡수된다.

페이지를 건성건성 넘긴다. 군데군데 그어진 밑줄들이 많고 연필로 쓰인 그의 친근한 필체도 눈에 띈다. 98쪽과 99쪽 사이에 책갈피가 꽂혀 있다. 내가 꽂아 둔 것일 텐데 기억나지 않는다. 역시 그가 친 밑줄이 있다.

오직 사랑의 비밀만이 여섯 개 감옥의 철문, 즉 주관성, 섹스, 시간, 공간, 수면 그리고 죽음, 이런 것들의 문을 반쯤 혹은 활짝 열어 젖힌다.

마침표 뒤에 별표가 그려져 있다. 이해 못하겠는, 혹은 공감한 내용이라는 나의 표시. 페이지들을 열어 게걸스레 그의 흔적을 더듬는다. 이미 흘러가 버린, 먼 시간인데 그와의 시간이 문을 열고 달려 나온다.

우리는 매일 저녁 바닷가로 내려갔다.

우리는 거기서 바다의 바람과 파도 소리와 함께하는 저녁 식사를 사랑했다.

식사 전에 포도주를 마시면서, 수평선에서, 희미한 곳의 윤곽 위로 바닷빛이 바래져 가는 것을 쳐다보고는 했다.

그제야 아름다움 속에서, 우리는 저녁 식사를 했다.

수평선. 멀어서 아름다운, 그러나 손닿을 수 없는……

그한테는 현미경보다 망원경을 갖다 댔어야 했다. 하지만 망원경은 현재보다는 과거를 보는 렌즈 같다. 현미경이 강렬한 현재라면, 잔혹한 현실이라면, 이미 지나간 것, 손닿을 수 없는 곳에 망원경의 시선은 붙들려 있다. 그래서 망원경으로 보는 풍경은 아름답다.

습관적으로 그의 소설을 찾는다. 다섯 번째 출간된 검은 표지의 책. 눈 감은 여자의 얼굴이 표지를 거의 다 차지하고 있다. 아래에는 하얀 띠지가 둘러져 있다. D 문학상 수상작. 삶과 죽음의 경계에 선…… 소설 미학의…… 낯간지러운 최고의 상찬이 담겨 있다. 책날개 면에는 고개를 약간 들어 위를 보고 있는 그의 옆얼굴이 조금은 쓸쓸하게 나와 있다. 이 책은 그의 유작이 되었다. 이례적으로 고인에게 문학상이 수여되었다. 그의 작품이 후보작으로 올라 심사위원들의 심사 진행 중에 그의 사고 소식이 있었다. 그의 어머니가 그 대신 수상했다는 걸 신문으로 보았다. 갑작스러운 그의 죽음과 출판사의 전략이 맞아떨어져 그의 책들은 많은 판매부수를 올렸다.

백조를 떠올리면 꼭 그의 죽음과 연결이 된다. 그는 미국에서 열리는 제3세계 작가 포럼에 초대되어 참석차 갔다가 돌아오는 길에 비행기 사고로 죽었다. 몇 명의 국내 작가도 동행했지만 어쩐 일인지 그 사람만 하루 먼저 돌아오다 사고를 당했다. 오래전 그가 탑승했던 회사의 비행기에는 날개를 펼친 긴 목을 가진 흰 새가 그려져 있었다. 처음 그를 보았을 때 날개를 접으며 내려앉던 백조들 중 한 마리가 그를 등에 태우고 멀리 시간이 저주를 걸 수 없는 곳으로 데려갔다는 생각을 한다. 그때는 몰랐지만 백조의 환영이 그의 죽음을 예시해 준 게 아닐까 하는 이상한 생각도 해 보았다.

그는 나와 헤어지고 한참 뒤, 몇 년이 지나서 소설가로 이름을 알렸다. 선배 영화감독의 조력자로, 혹은 이것저것 닥치는 대로 일하면서도 소설의 끈을 놓지는 않았었다. 그는 나와 만나던 시점에도 여전히 소설을 쓰고 있었다. 그렇다고 습작품을 내게 읽어 보라고 보여준 적은 없었다.

그의 책을 읽다 보면 이건 내 얘기가 아닐까 하는 생각이 들 때가 있다. 군데군데 지난 시간의 흔적들이 느껴지기 때문이다. 두 번째 소설책에 나왔던 발가락 얘기도 묘하게 허구와 사실 사이의 경계에 있었다. 그게 꼭 내 얘기라고 고집할 수는 없다. 나일 수도 있고 아닐 수도 있지만, 어쨌든 읽을 때는 꼭 내 얘기처럼 들린다.

거기서 내 목소리를 듣는 건 나도 어쩔 수 없다. 그게 독자의 고유한 권리라면 말이다.

죽음이 끝이 아니라 새로운 시작이라고 한 그의 말이 지금은 이해가 된다. 그는 비록 죽었어도 독자들이 책을 펼치는 순간 그는 새롭게 숨을 쉬며 살아난다. 그는 여러 인물로 거듭 살아 있는 것이다. 어쩌면 그는 이런 걸 염두에 두고 말하지 않았을까.

오랜 시간 돋보기를 잊고 지냈다. 아마 오래도록 사용하지 않아서 퇴화되었을 것이다. 그와 헤어진 뒤로 돋보기나 현미경 따위를 아무에게도 들이대지 않았다. 차마 들여다 볼 용기가 없었다. 생의 뜨거움에 데여 봤다면 그건 함부로 사용해서는 안 되는 거였다.

책상 서랍에서 체온계를 꺼내 입에 문다. 내 안의, 에너지의 온도, 살아 있음의 확인. 잠시 후 입 안의 체온계를 꺼내 눈금을 본다. 36.7도. 체온계를 그의 책 중간 지점 170쪽과 171쪽 사이에 책갈피처럼 꽂아 두고 책을 덮는다. 한순간의 틈새 같은 시간을 잡아둔다. 체온계를 꺼내 은색 기둥을 본다. 36.4. 그의 온도 36.4도.

체온계가 놓였던 페이지를 읽는다. 좋아하는 장면이라 이미 여러 번 읽은 것이기도 하다.

마침내 그녀의 눈길이 나와 마주쳤다. 바라던 바였지만 막상 부딪치니 오히려 당황한 건 나였다. 그녀는 창가 쪽 좌석에서 일어나 뒤편의 내가 앉아 있는 자리로 건너왔다. 윗, 그녀는 다가와 자신의 집게손가락을 내 입술에 갖다 대고는 주위를 두리번거렸다. 어쩌다가 이제사 나타났어요. 그녀는 내 귀를 잡아당기며 낮게 속삭였다. 그녀의 동작은 마치 왜 나를 알아보지 못하는 거예요, 하고 나무라는 것 같았다. 나는 엉뚱하게도 사과향의 샴푸를 쓰시지요? 하고 물었다. 틀렸어요, 로즈마린데요. 그녀는 자신의 머리카락을 손가락에 살짝 감아쥐고서 흠흠 하며 확인하듯 냄새를 맡았다. 그 모습이 그럴 수 없이 사랑스러웠다. 순간 나도 모르게 고개 숙여 그녀의 머리카락에 입을 맞췄다. 그녀는 나의 돌발적인 행동에도 놀라지 않고 머쓱해하는 내 눈을 깊게 들여다보았다. 갑자기 그녀는 자리에서 일어나 내 왼팔을 잡아끌었다. 빨리요, 서둘러요. 출발하려면 아직 10분이나 남았어요. 그녀는 나를 재촉해 W시로 가는 시외버스에서 내리게 했다. 그녀는 화장실을 찾는 듯했으나 공중화장실 앞에는 많은 사람들로 붐볐다. 그녀는 탐색자의 눈빛이 되어 재빠르게 주위를 훑었다. 그녀는 뭔가를 발견한 듯 휴게소 뒤편으로 나를 이끌었다. 그 행동은 매우 날렵했다. 어리둥절했던, 긴가민가했던 나는 서두르는 그녀의 의도를 그제야 확신할 수 있었다. 휴게소 뒤편은 야산이었지만 일반인들이 나다닐 수 없게 약 5미터 바깥으로 철책이 쳐져 있었다. 사랑의 장소를 찾기 위해 그녀와 나는 동물적 감각으로 방향을 쫓았다. 철책 가까이에 시멘트로 지은 초소 같은 게 보였다. 우리는 그리로 달려갔다. 예상대로 빈 곳이었다. 그건 초소도 아니고, 삼면이 벽인 직사각형의 ⊔ 모양으로 앞쪽은 산을 향해 트여 있었다. 면적이 협소해서 대여섯 명 정도의 사람이 들어서면 꽉 찰 그런 공간이었다. 시간이 없었다. 나는 그녀를 그 안으로 밀어붙였다. 우리는 서로의 입술

208

을 미친 듯이 빨아들였다. 내부가 폭발하는 것 같았다. 벨트의 이음 쇠를 풀었다. 시간에 쫓기지만 지나치게 서둘러서 사랑의 행위를 망치고 싶지는 않았다. 그럴수록 마음만은 리듬을 타듯 균형을 잡아 천천히 천천히. 마침내 나는 그녀에게로 들어가는 문을 열었다. 부드럽게 지느러미를 흔들며 헤엄쳐 들어가듯.

잠이 쏟아진다. 몽롱하다. 졸음으로 무거워진 눈을 감으며 그의 펼쳐진 얼굴 위에 내 얼굴을 묻는다.

* 190쪽: 영화 「위대한 침묵」의 한 장면을 떠올렸다.

포옹

　얼룩덜룩 지저분해진 자신의 농구화가 그의 눈에 들어왔다. 발목을 묶은 끈 하나가 느슨하게 늘어져 옆 사람의 검정 에나멜 구두에 짓눌려 있었다. 발을 뺄까 하다 그냥 내버려두었다. 발가락 하나 움직이고 싶지 않았다. 발이 무척 무겁게 느껴졌다. 그대로 주저앉고 싶었지만 손잡이에 몸을 실어 버텼다. 밖에는 비가 내리고 차창은 부옇게 흐려져 있었다. 승객들의 표정은 무언가에 화난 듯 굳게 입을 다물거나 시멘트벽처럼 무심했다. 이제 겨우 산 하나를 타 넘고 있었다. 앞으로 몇 개의 산굽이를 더 돌아야 할지 몰랐다. 어디를 가나 다를 게 없는 처지지만 밥과 잠자리만 주어진다면 거기서 견뎌 볼 작정이었다.

주위를 둘러보았지만 쉬이 자리가 날 것 같지 않았다. 차가 출발할 무렵 허리 굽은 노인네한테 자리를 양보한 것이 후회가 되었다. 지금은 그가 노인보다 더 늙어 곱아 버린 기분이었다. 살날보다 살아 버린 날들이 훨씬 많은, 육신의 껍데기만 걸친 채 숨통만 헐떡거리는, 당장 저승의 문턱을 밟는다 해도 도무지 아까울 게 없는 그런 늙은이. 곰팡이처럼 돋아나는 생각을 털어내려는 듯 그는 고개를 흔들었다. 그러고는 손잡이를 쥔 손에 더욱 힘을 줘 자꾸만 가라앉으려는 몸을 바로 세웠다.

산골짜기로 가는 버스치고는 사람들이 많은 편이었다. 명절이 코앞으로 다가왔기 때문일까? 하지만 이상하게도 승객들의 표정에서 귀향길의 들뜬 활기는 찾아볼 수 없었다. 그에게는 돌아갈 고향도, 반겨 줄 친지도 없었다. 발이 머무는 데가 곧 그의 집이자 일터였다. 곧 겨울이 닥칠 것이고 일감이 없어 손을 놀리는 날이 많아질 터였다. 이미 그의 몸은 건강하다고 말할 수 없을지도 몰랐다. 허파에는 돌가루가 잔뜩 박혀 시커멓게 굳어 가고 있다고 느꼈다. 그러나 그런 기분 나쁜 느낌이 들었을 뿐 병원에 가서 제대로 검사받은 적은 없었다. 가끔 숨이 가쁜 것 외에는 그럭저럭 견딜 만했다. 그는 손잡이를 쥐었던 손을 풀어 가만히 손가락을 부채처럼 쫙 펴 보았다. 손의 크기에 비해 지나치게 힘줄이 솟아 있다. 뭉툭한 손마디와 부러진 엄지손톱. 그는 주먹을 쥐었다 펴고는 손잡이에 다시 손을 얹었다. 그동안 허투루 살았다고는 할 수 없지만 손가락 사이로 빠지는 모래처럼, 비명 한 번 내지르지 못하고 이리저리 떠밀려 살아 왔다.

그는 점퍼 안주머니에 손을 넣어 담뱃갑을 만지작거렸다. 허파 깊숙이 담배 연기를 빨아들이고 싶었지만 그는 주머니에 넣었던 손을 거두어 창을 문질렀다. 물에 젖어 번들거리는 나무들이 또렷하게 다가왔고, 물기를 머금고 가지에 매달린 둥근 나뭇잎들이 주미의 젖은 파마 머리와 닮았다. 그의 입안에 쓴맛이 감돌았다. 그녀는 그에게 왔을 때처럼 달랑 가방 하나만 들고서 떠났다. 감은 머리를 채 말리지도 못하고서……. 떠난 지 벌써 반년이 다 되어 간다. 고향이 '간곡'이라 했던가? 첩첩이 산이라 지도에도 나와 있지 않은 아주 조그만 마을이라며 그녀는 그런 깡촌에서 태어난 것이 미안한 일인 양 웃었다. 그녀는 자신을 꽉 붙들어 주기를 바랐을 것이다. 알면서 모른 척한 것은 비겁한 일이다. 그러나 세상의 우산을 같이 쓴다 한들 달라질 게 있을까. 그의 앞길은 별로 나아질 게 없어 보였다.

운전석 앞 유리창의 와이퍼가 삐뚤한 호를 그리며 부자연스럽게 움직였다. 운전석 가까이에 있는 그에게는 유리면에 마찰되는 고무가 턱턱, 삐각삐각 소리를 내는 것처럼 들려왔다. 그는 제 심장의 박동이 와이퍼의 파동에 따라 덜거덕거리며 불규칙하게 움직인다고 느꼈다. 턱턱, 턱턱. 심장 뛰는 소리가 귓속을 울린다.

턱, 턱턱, 턱, 흐릿한 길 저편으로 검은 점 하나가 보인다. 점차 가까워지면서 점은 커지더니 한 아이로 변한다. 사내아이가 달려오고 있다. 헉헉, 아이는 그의 눈앞으로 달려오다 멈춘다. 달려드는 버스를 피하지도 않고 아이는 가만히 있다. 이윽고 버스의 전면 창을 덮을 듯이 아이의 얼굴만 커지며 와이퍼와 함께 흔들린다. 그러나 아이의 눈동자만은, 그의 눈을 빨아들일 듯 바라보는 아이의 눈만은 흔들리지 않고 그의 눈을 쏘아본다. 아이의 검은 눈동자에는 원망의 빛이 서려 있다. 그는 저 눈빛을 잘 알고 있었다. 턱턱, 턱턱. 아이는 자주 달리기를 했다. 학교 운동장이나 골목길, 도로 어디서나 달렸다. 달리다 보니 아이의 꿈은 어느새 달리기 선수가 되어 있었다. 달리기라면 자신이 있었다. 운동회 날, 총소리에 맞춰 저절로 발이 튕기듯 내달릴 때면 아무것도 생각나지 않았고 하얗게 달려드는 길과 발만이 세상의 중심이었다. 그 순간만큼은 보육원의 아이도, 작고 내성적인 아이도 아니었다. 아이 속에 숨겨진 다른 아이가 튀어나와 앞으로 앞으로 내달리고 있었다. 결승점의 테이프가 몸에 닿기까지 바람을 가르며 달릴 때만큼 순수한 느낌을 가진 적이 있었던가. 운동회가 끝나고 아이들이 엄마나 할머니 손을 잡고 교문 밖으로 사라지자 들뜨고 어수선한 열기가 싸늘하게 식어 가던 운동장. 찢어진 만국기가 발에 밟히던 휑뎅그렁한 운동장 한켠에서 완전히 어둠에 잠길 때까지 모래알을 헤아리며 오래도록 웅크리고 있던 아이……. 기이하게 커져 버린 얼굴이 창에서 멀어진다. 그의 눈앞이 부옇게 흐려졌다 밝아진다. 그는 눈을 깜박이며 두리번거렸다. 보이는 건 구부러진 길밖에 없다.

빗줄기는 아까보다 더욱 굵어져 세차게 유리창에 부딪히고 있었다. 비는 무엇을 바라 제 몸을 날려 저리 마구잡이로 깨어지는 걸까. 항상 다치는 쪽은 자신이었다. 자신만을 술래로 남겨 둔 채 세상은 어딘가에 숨어서 그를 놀려 대고 있었다. 그가 포대기에 감겨져 생년월일을 적은 쪽지와 함께 보육원에 버려졌을 때부터 숨바꼭질은 이미 시작되었다. 머리카락 보일라, 꼭꼭 숨어라. 어디어디 숨었니? 부모도, 달리기를 잘하던 아이도, 그리고 순정이도…….

아, 순정이는 어디에 숨었을까? 단발머리에 까만 눈동자, 추위에 살이 터서 유난히 발갛던 볼. 두 살 아래인 순정은 친누이 이상이었어. 그 애가 일학년이던 어느 날이었지, 그 애가 학교에 가지 않겠다고 막무가내로 고집을 부렸어. 싫어 안 가! 더럽다고, 냄새 난다고 아이들이 날 놀린단 말야. 난 순정의 손을 잡고 보육원 뒤꼍의 햇볕이 잘 드는 처마 밑에 앉혀 놓고 대야에 물을 받아 그 애의 얼굴을 씻기고 엉긴 머리칼에 빗질을 해 주었지. 그 애는 나른한 고양이처럼 순해져서는 감았던 눈을 반짝 뜨고는 내 입술에 얼른 자신의 입술을 갖다 댔지. 이담에 커서 오빠한테 시집갈래.

시집갈래, 갈래…… 갈래. 자근자근 그의 귓가에 순정의 속삭임이 여운을 끌며 쏟아진다. 생생하다. 그의 끊어진 기억 속에서도 이 장면만큼은 수면을 차고 튀어오르는 물고기처럼 언제든 선명하게 되살아났다. 얼마 후 순정은 외국으로 입양되어 그의 곁을 훌쩍 날아가 버렸다. 그가 유일하게 자신을 거세게 표현한 적이 있다면, 자신도 데려가 달라고, 자신을 받아 달라고 자동차의 닫힌 문 앞에 그의 몸을 공처럼 거푸 내던졌을 때일 것이다. 보모가 그를 억지로 떼어놓자 차는 미련 없이 떠났고, 눈물을 매단 채 멀어져 가던 순정의 모습이 마지막이었다. 그때 벌써 그의 심장은 찢겨 망가져 버렸다.

빗방울이 창살처럼 꽂히며 그의 흐려진 눈앞으로 다시 들어왔다. 버스 안은 몇 개의 정거장을 지나서인지 처음보다는 헐렁해져 있었다. 엄마 품에 얼굴을 묻고 잠들어 있는 아기. 생후 한 두어 달 되었을까. 뱃속의 아이처럼 몸을 웅크려 주먹을 꼬옥 쥐고 있다. 손에는 무얼 쥐고 있는 걸까. 안간힘을 쓰며 지워져 가는 태내의 기억을 붙들고 있는 건 아닌지. 세상 밖으로 떨어져 나온 걸 두려워하며. 그럴 수만 있다면 그는 아기가 되어, 아주 작은 씨앗이 되어, 저 얼굴 모르는 여자의 자궁 속으로 들어가 비릿한 탯줄을 힘차게 빨고 싶었다. 단단하게 뿌리내려, 떨어지지 않으리라. 영원히. 그는 무엇에 홀린 듯 아기를 내려다보았다. 그는 얼른 시선을 돌렸다. 짐 보퉁이를 양손으로 꽉 그러안은 채 잠이 든 늙수그레한 여자의 고단한 얼굴. 그녀의 거친 손마디에 끼워진 금가락지가 무척 닳아 광택을 잃어 버렸다. 눈을 감고 있는 맨 뒷좌석의 모자 쓴 사내. 의자의 손잡이를 잡고 선 채 눈을 감고 있는 그의 옆 남자. 모두 잠의 덫에 걸린 생물들 같았다. 차 안에는 무거운 침묵이 흐르고 시간은 어느 한 시점에서 멈춘 것 같았다. 그러나 그의 내부에서는 이미 흘러간 시간들이 거슬러 소용돌이치고 있었다.

갑자기, 울음소리가 끊어질 듯 신음처럼 들려왔다. 그는 얼른 아기 쪽을 돌아보았다. 그러나 아기는 여자의 품에 조용히 안겨 있을 뿐이었다. 그는 다른 좌석 쪽으로도 시선을 돌렸지만 울음의 기미 같은 건 없었다. 그저 조용했다. 그는 자신의 귀가 이상해졌다고 느꼈다. 낮게 가라앉은 하늘은 여전히 빗줄기를 거칠게 뿌려댔다. 비가 쉽게 눅어질 것 같지 않았다. 비의 창살 안. 비의 감옥. 버스는 갇혔다. 나는 갇혀 버렸다? 그는 자칫 소리 내어 말할 뻔했다. 아니다, 달리 생각하면. 그는 바깥으로 새어나오려는 말길을 닫고 혀로 입천장을 핥으며 창밖을 바라보았다. 빗물이 길과 나무들 깊숙이 스며 번지고, 창의 저편과 이편의 경계는 지워져 있었다. 물 먹은 나무들과 잠 먹은 승객들. 나무는 잠을 먹고 승객들은 물을 먹고. 빗물로 하나가 되는, 창밖이 곧 창 안이 되는.

차창으로 곡지터널이라는 표지판이 스쳐 지나가자마자 버스는, 그는, 깊은 어둠 속으로 빨려들어갔다. 바퀴 굴러가는 소리가 터널 벽면으로 부서지며 귓가로 달겨들었다. 와르릉 와르르. 좁은 진공 상태의 공간에 바윗덩어리가 깨어져 나간다. 돌조각들이 튄다. 돌비늘이 내 눈 앞으로. 그는 따가운 듯 눈을 감는다. 그의 손이 떨리고 있다. 굴착기에 의해 내 몸은 심하게 흔들리고, 머리가 아닌 대가리가 덜덜덜. 부서져라 부서져라 내 살들아, 뼈들아, 눈물아 이 자식아. 촉수 낮은 조명 탓에 눈이 침침해 오고, 무덤.

그는 땅 속 작업장을 '내 무덤'이라 불렀다. 다른 곳에서 느낄 수 없었던 편안함을 그곳에서 느꼈기 때문이다. 그는 자신이 죽어서 땅 속에 눕혀지면 그러리라는 느낌이 들었다. 세상의 끈을 놓아 버린 자의 편안함, 그 완전한 고립이 좋았다. 그가 입을 꽉 다물고 돌을 부술 때 그의 몸에서 모락모락 피어나는 근원을 알 수 없는 열기를 느꼈다. 그건 미열 같은 것으로 은근하면서 끈질겼다. 돌의 결을 찾아 정을 박아 놓고 해머로 돌덩이를 내리칠 때 그것은 내 머리를 쨍 하고 가르는 기분이야. 그때만은 통쾌해. 억눌린 기분이 해방되는 느낌이지. 으흐흐흐.

버스가 터널을 빠져나오고 잠시 빛이 들어온다 싶더니 곧이어 다른 터널 하나가 나타났다. 버스는 다시 터널 속으로 기어들어갔다. 터널 끝에 무엇이 보이는가. 하얀 깃발이, 나부낀다. 아아니 그건 깃발이 아니다. 하얀 옷깃. 여자의 블라우스다. 눈앞에서 블라우스 자락의 단추 하나가 툭 떨어진다. 기억 하나가 열린다. 만희. 그녀의 블라우스 앞섶이 벌어지며 젖무덤이 드러난다. 그녀의 얼굴은 까무잡잡한데 블라우스 자락 사이로 보이는 속살은 하얗게 빛이 난다. 에이, 갑자기 이게 왜 떨어지지. 그녀는 채워진 단추마저 끌러 블라우스를 벗어젖히더니 무릎으로 기어서 바느질통을 화장대 문갑에서 꺼내 온다. 그녀가 몸을 구부리자 브래지어를 하지 않은 두 개의 젖가슴이 아래로 늘어지며 출렁인다. 나는 연신 침을 삼킨다. 침 넘어가는 소리가 너무 크지 않을까 조바심하며 방 안을 들여다본다. 마루에 엉거주춤 걸터앉아 문틈 사이에 홀려 있는 내가 보인다. 바깥은 사람 소리 하나 들리지 않는 고요한 한낮 정오. 대낮의 햇빛이 수돗가가 있는 조그만 마당을 가득 채운다. 시멘트 마당에 고무나무 그림자가 살짝 일렁인다. 그녀는 실 끝에 몇 번 침을 적시더니 단번에 바늘귀에 실을 꿴다. 한쪽 소매가 뒤집어진 블라우스를 들고 단추 구멍에 바늘을 꽂는다. 여자의 콧등에 땀이 반짝인다. 여자는 실을 끌어올리다 갑자기 문 쪽으로 시선을 주더니 야릇한 미소를 짓는다. 나는 놀라 멈칫했지만 눈을 떼지 않는다. 여자는 바느질거리를 내려놓고는 하늘색 주름치마 밑으로 손을 넣더니 팬티를 벗어 구석으로 던진다. 여자는 문을 향해 무릎을 세워 다리를 벌리고는 다시 블라우스의 바늘귀를 잡는다. 아, 아찔한 현기증이 내 몸을 덮친다. 여자의 다리 사이, 끝이 보이지 않는 어두운 터널이다. 터질 것 같은 내 아랫도리를 움켜쥐고 공동화장실로 달려간다. 그 어둡고 습하고 역한 반 평의 공간에서 만희의 끝을 알 수 없는 어둡고 습한 터널을 상상하며 내 욕망을 배설한다.

몇 번이나 되씹어 본 거지만 그는 온몸의 피가 빠져나가는 듯했던 순간을 떠올리며, 그때 만희가 유혹했을 때 문을 열고 들어가 그 여자의 몸속으로 들어가야 했던 건 아니었을까, 되물었다. 뭐가 두려웠나. 단순히 열일곱 살의 고지식함이라고만 말할 수는 없었다. 그의 주변에는 여자 경험이 있는 그와 같은 또래의 아이들도 많았다. 잡지나 주변의 떠도는 축축한 이야기들을 통해 그도 여자에 대해 알 만큼 알았고 호기심도 많았다. 하지만 그를 향해,

이래도 안 넘어 올래, 그를 시험하는 듯한 만희의 노골적인 행위는 그를 겁먹게 해 그녀에게 다가갈 수 없게 만들었다. 차마 쏟아 놓을 수 없었던 욕망의 찌꺼기가 그늘처럼 그의 눈빛에 고여 있었다. 평소에 드러내지 않았지만 그의 마음을 그 여자 만희가 본능적으로 눈치를 챘을 것이다. 그런데도 만희는 더 이상 방문을 열어 두지 않았다. 아무 일도 없었다는 듯 무심한 얼굴이었다.

만희는 일상으로 돌아가 있었지만 그는 혼란스러웠다. 다리를 벌리고 있던 만희의 모습이 그의 머릿속에서 어지럽게 자맥질을 했다. 자주 그는 깊고 어두운 구멍으로 물맴을 돌듯 빨려들어가는 꿈을 꾸다 깨어나고는 했다. 어쩌다 보게 되는 화장을 지운 그녀의 얼굴은 멍한 표정이었고 세상에 대해 어딘가 쓸쓸한 체념의 빛이 보였다. 어이, 미장이 총각, 이름이 뭐야? 그녀는 칫솔질을 하다 말고 수돗가에서 쌀을 씻고 있는 나에게 묻는다. 난 주저하며 영호, 이영호라고 말한다. 누가 내 이름을 물어 주지도 않았지만 내 이름을 남한테 내가 말한다는 게 몹시 어색했다. 그래, 그럼 이제부터 영호 총각이라고 불러야겠네. 사람들이 만희라고 부르던데 성이 뭔가요? 성? 섹스? 그녀는 난데없이 깔깔거린다. 그딴 거 몰라도 돼. 이만희? 박만희? 그게 뭐가 중요해? 너도 그냥 만희라고 부르렴. 다시 칫솔질을 하며 여자는 머리에 수건을 묶은 채 치약 거품을 입 안에 가득 담았다 뱉어 낸다. 난 만희가 느지막이 잠을 자고 일어나 출근할 차비를 할 무렵, 저녁밥을 앉힐 겸 수돗가에 나가 내 딴에는 어렵게 말문을 튼 거였지만 촌스러운 질문이었다. 왜 그따위

질문만 생각났는지. 열일곱. 나는 중학교 1학년 때 보육원을 나와 여기저기 떠돌다 미장공인 손 씨를 만나 그의 보조공으로 따라다녔다. 손 씨는 오십 줄의 중늙은이였는데 그는 ㄴ자형의 좁은 슬레이트 집에 세 들어 있었다. 그 집에는 손 씨 외에도 다섯 집이 더 세 들어 있었다. 이웃들은 나를 '미장이 총각'이라 불렀다. 못을 칠 일이 있거나 문짝이 어긋나거나, 사람들은 자신이 하기 귀찮은 잡다한 일로 나를 찾았는데 돈이 되지 않는 일이었지만 나는 기쁘게 그런 일들을 해주었다. 가끔 손 씨의 자전거를 타고 심부름을 갔다 올 때면 동네 목욕탕 앞에서 말개진 얼굴로 손짓해 나를 부르는 만희는 소녀처럼 앳되어 보였다. 목욕 바구니를 들고 자전거 뒷좌석 등 뒤에 가볍게 옆으로 올라타고서 내 허리를 붙들고 매달릴 때면 나는 세상을 모두 얻은 듯했다. 나는 힘차게 페달을 밟았다. 너는 공짜야. 너 혼자 화장실에서 해결하는 거 다 알아. 낮에 언제든 내 방으로 와. 내가 만져 줄게. 그녀는 아무렇지도 않게 말했다. 마치 너 혼자 밥 먹는다며, 외롭지, 내가 같이 먹어 줄까? 하는 식의 말투였다. 나는 망설였다. 왠지 그래서는 안 될 것 같았다. 그러나 한편으로는, 뭘 그리 어렵게 생각해, 그냥 방문만 열면 되는데, 실은 들어가고 싶잖아, 하며 두 마음이 번갈아 내 귓가에 속삭였다. 나는 용기를 내어 만희의 방문을 열었다. 짜식 밝히기는, 그녀는 잠이 덜 깬 얼굴로 나를 이불 속으로 끌어들였다. 너도 조금 눈 좀 붙여, 따라다니느라 힘들 텐데. 그녀는 팔베개를 해서 내 머리를 받쳐 주었다. 그녀는 다시 잠에 빠져들었고 나는 가까이서 맡는 여자의 냄새에 취해 몹시 떨렸다. 나는 내게로 향한 그녀의 부드러운 젖무덤을 열고 아이처럼 가슴에 얼굴을 묻었다. 오히려 흥분은 가라앉고 차츰 더할 수 없이 편안해지는 것을 느꼈다. 시간이 물 위에 둥둥 떠서 아득하게 흘렀다. 내 안의 마디진 응어리가 조금씩 녹아 물과 섞였다. 젖은 갑옷을 내려놓았을 때의 홀가분함. 그런 친절을 베풀었던 만희가, 내게 특별한 공간과 시간을 선물했던 그녀가…….

오른쪽 맨 뒷좌석에 있는 남자가 기지개를 켰다. 이제 잠에서 깨어 내릴 준비를 하고 있었다. 가방과 우산을 챙겨 통로를 빠져나와 출구 쪽으로 왔다. 남자는 앞쪽의 그를 흘깃 보더니 열려진 문으로 우산을 펴고는 버스 밖으로 발을 내려놓았다. 직사각형의 시멘트 구조물로 초라하게 세워진 정류장에는 초록색 칠이 다 벗겨진 나무 벤치가 비어 있는 채로 비를 맞고 있었다. 햇빛 차단용 시멘트 지붕에 화살표가 그려져 있었다. 남자는 옆구리에 가방을 끼고 우산의 각도를 앞쪽으로 기울이더니 버스가 가던 방향과는 반대로 걸어갔다. 버스가 빠르게 정류소를 지나쳤다. 남자의 뒷모습이 멀어졌다. 은곡 ← 간곡 → 칠성리. 그럼 금방 지나온 곳이 간곡인 셈이다. 주미의 고향? 우연인가. 주미가 말한 고향이 맞다면 혹 그녀가 이번 명절에는 여기로 내려오지 않았을까. 고향에 안 간 지 오래되지만…… 하고 말끝을 흐리던 그녀의 입매가 그려졌다. 이건 갖고 갈게. 그건 발목을 한 번 감아서 리본으로 묶을 수 있는 긴 끈이 달린 앞이 뾰족한 구두였다. 그녀는 그걸 신지 않고 목에 둘렀던 자신의 스카프로 싸서는 가방에 넣었다. 그녀가 가방의 지퍼를 채우려 고개를 수그리자 그녀의 머리카락에서 한두 방울 물이 떨어졌다. 그녀의 동그랗게 말린 머리카락을 내려다보며 그는 주미라는 이름이 본명이 아닐 거라는 생각을 했다. 그때 왜 그랬는지는 모르겠지만. 자신이 사준 구두를 스카프로 쌀 때 살짝 떨리던 그녀의 손을 생각하자 새삼 가슴이 저려 왔다. 희망 좀 주면 안 되겠니? 지긋지긋해. 너나 난 어차피 뜨내기야. 그녀는 뒤돌아서서 얼굴을 보지 않고 말했다. 그때 그녀의 허리를 와락 껴안으며 매달렸어야 했다. 그랬더라면 떠나지 않았을까? 그에게 때늦은 후회가 밀려왔다. 순간 버스에서 내리고 싶은 충동이 전류처럼 그를 휘감았지만, 충동을 누르고 그는 걸음을 옮겨 아까 남자가 앉았던 맨 뒷좌석으로 가 앉았다. 주미는 그렇게 가버렸다. 바람이 몹시 불던 어느 날이었나. 주미는 버스 정류장 가로수에 기대어 쪼그리고 앉아 있었다. 그녀 곁에 비스듬히 세워 둔 가방이 그녀보다 더 크게 보였다. 그는 그런 주미를 한참을 내려다보고 있었다. 그녀는 그의 존재를 모르는 듯 그 자세 그대로 오랫동안 앉아 있었다. 벼랑에 내몰린 아이처럼 떨고 있었다. 어쩌겠다는 생각도 없이 그는 자신도 모르게 그녀의 차가운 손을 잡아끌었다. 그녀를 모진 바람으로부터 보호해 주고 싶었다. 물끄러미 올려다보는 그녀를 일으켜 세워 그의 단칸방으로 데리고 갔다. 그녀가 뭘 하는지 어디서 흘러 이 도시로 왔는지 묻지도 않았고, 그녀는 밝히지도 않았다. 다만 주미는 더 나이 들기 전에 자신의 아이를 갖고 싶어 했다. 떠돌이 삶을 끝내고 그의 곁에 있고 싶다고 말했다. 그러나 그럴 때마다 그는 한사코 아이를 거부했다.

그는 오래 서 있어서 감각이 없는 다리를 두들기며 풀어진 운동화 끈을 단단히 조여 맸다. 이 신발처럼 좀 느슨하게 풀어졌더라면 내 인생이 수월하지 않았을까, 문득 근거 없는 생각을 해보았다. 자기 안에 살아 있는 짐승을 왜 울안에 가두려고만 했는지 그는 지금도 잘 알 수가 없었다. 아니 그 짐승을 단단히 붙들어 매는 동아줄이 그를 지금까지 긴장감으로 지탱시켜 온 힘인지도 몰랐다. 그러나, 그 안의 짐승은 숨죽인 듯 웅크리고 있다가도 어느 순간 숨을 가쁘게 헉헉거리며 발톱을 세워 내벽을 긁어댔다. 그러다 찢기고 파이고 피 흘리고. 나중에는 피를 흘리는 게 그의 내벽인지 그 짐승인지 한 덩어리로 엉겨버려 알 수 없어졌다. 그는 고개를 들고 주위를 휘둘러 보았다. 차 안에는 여전히 무거운 침묵이 깔려 있었다. 저들은, 어디든 머물렀다 되돌아갈 집들이 있는 거겠지. 단지 건물만이 아닌 가족끼리 서로 살 붙이고 온기를 나눌 수 있는 그런 곳. 때로는 지붕이 낮게 잇대어진 골목길로 구수하게 풍기는 고등어 냄새 같은 것 말이다. 그는 부질없이 고개를 흔들었다. 그건 집을 갖지 못한 자가 집 밖에서 엿보는, 창 안에서 스며 나오는 저녁 불빛처럼 달콤한 환상 같은 것일 게다. 그는 단란한 가정을 꿈꾸면서도 자신을 닮은 아이는 견딜 수 없을 것 같았다. 그는 자신을 닮은 아이와 악수할 수 없었다. 그 아이는 현실 속에 없지만 그의 거울에 비친 미래의 분신은 슬프게 비틀려 있었다. 아이가 빠진 삶은 어떤 여자와 살아도 가정이 아니라 동거의 냄새가 났다.

차 안의 공기는 여전히 탁했다. 그는 창문에 힘을 줘 앞으로 밀어 보았으나 창은 뻑뻑하니 열리지 않았다. 그는 답답하게 조여오는 숨결을 고르며 입밖으로 저절로 한 마디를 내뱉고 말았다. 으흠, 아니야. 그런 게 아니라구. 그는 자기가 무심코 뱉은 말에 움칠 어깨를 떨었다. 그의 왼편에 앉은 야구모자를 눌러쓴 청년이 별시답잖은 놈 다보겠다는 듯 그에게 눈길을 던지고는, 갑자기 꼬고 있던 자신의 다리를 바꾸어 왼쪽 다리를 오른쪽 허벅지에 올려놓고 발을 까닥거렸다. 그 발은 그에게 말없는 시위처럼 보였다. 저리 가, 저리. 지겹도록 익숙한 말이었다. 어릴 때부터, 자신을 아무것도 아닌 것으로 낮추며 자기 안에 금줄을 쳐놓고 그를 향해 칼날을 겨누던 속삭임이었다. 여긴 네 자리가 아냐, 저리 가! 내 자리? 내 자리는 어디 있나? 애초에 세상의 어느 구석에도 내 자리란 건 없었다. 그는 자신이 앉은 지금의 자리마저 불편하게 느껴졌다. 쉰이 다 되어서도 자신을 편하게 놓지 못하는 그의 지독한 소심함이 경멸스러웠다. 그의 안에는 겁 많은 어린아이가 주먹을 움켜쥐며 두리번거리고 있을 거였다. 이따금 그를 압박해 오는 가슴의 통증은 정작 그의 폐에 박힌 돌가루 때문이 아니라 돌덩이처럼 짓누르는 혼란스러운 감정의 무게 때문인지도 몰랐다. 여자. 차창 밖의 검은 우산 하나가 비바람에 뒤집어지고 있었다. 우산을 두 손으로 맞잡고 있는 앳된 여자의 얼굴에 당혹스러운 표정이 만

들어졌다. 사람이 드문 산길에 젊은 여자라니, 그는 기이하게 느껴졌다. 차창 뒤로 물러나는 여자의 몸짓이 안타까워 그는 고개를 뒤로 돌려 한참 지켜보았다. 여자는 물결에 떠밀려 허우적거리듯 멀어져 갔다. 기억하기 싫지만 안타깝게도 만희의 모습과 겹쳐진다. 그녀는, 그녀는…… 늦은 저녁 무렵 내가 그녀를 발견했을 때는 벌써 동공이 풀린 채였고 입가에는 하얀 거품이 실타래처럼 엉켜 있었다. 매슥매슥한 냄새와 방 한가운데 피워져 있던 연탄불. 조금만 일찍 발견했더라도 세상 밖으로 허우적거리며 떠밀려 가던 그녀를 꽉 잡아 줄 수 있었을 텐데. 일 나가는 내게 갑자기 악수를 청하고 가슴 먹먹하게 끌어안아 줄 때 뭔가 눈치를 챘어야 했는데. 무슨 핑계를 대고서라도 손 씨를 따라나서지 않고 그녀 곁을 떠나지 말았어야 했는데. 그의 가슴이 쪼개지듯 아팠다. 떠올리기 싫은 기억일수록 더 끈질기게 그를 쫓아다닌다. 가끔 꿈에서 만희의 창백한 얼굴을 마주하지만 꿈속에서도 그는 안 돼, 라는 말도 몸짓도 할 수 없는 무력한 구경꾼이 되어 그녀의 마지막을 지켜보았을 뿐이었다.

몇 겹으로 포개진 능선들이 멀리서 천천히 다가왔다. 산 하나가 깎여진 채 허옇게 속살을 드러내기도 했다. 어디선가 산봉우리를 헤집는, 돌 깨는 굉음이 들려오는 듯도 싶었다. 그 굉음에 섞여 찢기는 듯한 울음소리가 들려왔다. 갑자기, 날카롭게. 그러나 곧 억눌린 울음으로 잦아들며 끈질기게 그의 귓가를 맴돌았다. 소리는 모양을 가지고 있어 그것을 옭아맨 그물을 흔들며 빠져나오려 몸

부림치는 것 같았다. 아이의 것인지 어른의 것인지, 남자 같기도 여자 같기도 한 소리의 정체는 모호했다. 그는 고개를 빼 좌우 창 쪽으로, 버스 안을 두리번거렸다. 다른 승객들의 표정은 무덤덤했다. 그 소리는 낮게 잦아들듯 하다가 텅 빈 지하에서 울리는 공명음처럼 다시금 살아 그의 고막을 내리눌렀다. 갑자기 그는 한기를 느꼈다. 머릿속에서 땀은 비질비질 흘러나오는데 온몸이 냉동고에 처넣어진 것처럼 추웠다. 그는 둥그렇게 몸을 말아 두 팔로 어깨를 감싸 안으며 떨리는 턱을, 머리를 가슴에 묻었다. 옆자리의 야구모자 사내가 놀라는 기색으로 꼬고 있던 다리의 자세를 풀며 엉덩이를 자신의 왼쪽으로 당겼다. 귀찮은 일에 엮이지 않겠다는 사내의 뚜렷한 신호였다. 까마귀 까옥까옥! 어머니라는 여자, 아버지 없이 나를 낳았을 거야, 어쩜 나이 어린 여자애였는지도 몰라, 철든 어른이었다면 나를 버리지는 않았을 거야. 난 모든 걸 알 수 있어. 도토리나 밤송이가 익어 떨어지듯 살다 보면 그냥 저절로 알아지는 게 있어. 단지 먹고 살기 힘들어서, 라는 그런 이유만으로 말할 수 없는 간절한 무엇이 그 여자에게 있었던 거야. 그 여자는 손이 유난히 작았어. 한 손을 허공에 펼치면 마치 겨울, 빈 나뭇가지에 단풍잎 하나가 부끄럽게 돋아난 것 같았거든. 그 손으로는 자기 얼굴의 반도 가리지는 못해, 겨우 얼굴이나 닦고 빗질이나 할 수 있을까 아기를 받아 안는 건 무리였어, 아무래도. 난 이해할 수 있어. 어머니라는 여자를. 자기 얼굴을 온전히 숨길 수 있는 더 크고 두툼한 손바닥이 그리웠던 거야. 까마귀 까옥까

옥! 그런데 이 울음소리는 뭐지? 결코 난 운 적이 없는데, 그 여자
가 탱자나무 울타리 밑에 날 힘겹게 내려놓을 때도 난 울지 않았
어, 그 여자를 위해서 왠지 울어서는 안 될 것 같았거든, 그 여자,
몇 발자국 발을 떼다 탱자 울타리 밑을 뒤돌아보았는데 내 울음에
발목 잡히게 하고 싶진 않았어, 한참 물끄러미 쳐다보았어, 지금
생각해 보니 여자는 나를 본 게 아니라, 어쩜 탱자꽃을 보고 있었
던 것 같애, 불쑥불쑥 밥풀처럼 돋아나 있던, 한참이 아니라 아주
짧은 순간이었던 듯싶어, 그러다 그 여자 고개가 앞으로 꺾어지더
니 언덕 아래로 달려가더군, 다시는 뒤돌아보지 않았어, 근데 이
상한 건 여자가 뛰어가는 발걸음 뒤로 먼지가 보얗게 일었는데도
하나도 여자의 무게가 느껴지지 않았어, 마치 종이처럼 말야, 근
데…… 그 여자를 위해서 울지 않았던 게 아니었어, 탱자꽃 향기
가 어지러워 탱자 가시가 두려워, 울음을 삼켰던 거야, 너무 두려
웠던 거라구, 까마귀 까옥.

떨리는 몸이 진정될 때까지 그는 가슴팍을 끌어안고 숨을 가다
듬었다. 거친 숨이 점차 순해졌다. 더 이상 울음소리는 들리지 않
았다. 그는 발밑에 놓아둔 가방에서 수건을 꺼내 머리카락이 들러
붙어 있는 얼굴을 훔쳤다. 몹쓸 병을 앓다 깨어난 사람 같았다. 초
점 잃은 눈으로 그는 멍하니 밖을 내다보았다. 여전히 길은 그에
게로 다가와 무심히 그의 곁을 스쳐 지나갔다. 평거. 길가의 표지
판이 팔을 벌리고서 비를 맞고 있었다. 그는 무심코 중얼거렸다.
내릴 때가 다 되어가는군. 내릴 때가…… 그냥 강물 위를 흐르는 나

못잎처럼 그렇게 흘러가는 거다. 실제 나는 여기에 없었던 거야, 이영호라고 하는 사내아이의 그림자로 산 거지, 이제 내릴 때가 다 된 거야. 뜬금없이 바다가 보고 싶어지는군. 이제껏 바다를 구경한 적이 없어, 늘 바다는 두 개 혹은 세 개의 산을 넘어야 볼 수 있다고 사람들이 말을 했지만 한 번도 산을 넘어서 가 본 적은 없었어, 짐작만 했지 산 너머에 바다가 있다, 라고…… 그래, 연! 바닷가에서 연을 띄워 보는 것도 괜찮겠군, 보육원 마당에서 순정이와 딱 한 번인가? 연을 날린 적이 있었는데, 그 연은 잘 날지를 못했어, 기우뚱 기우뚱하다 금방 땅으로 떨어졌으니, 순정이 앞에서 멋지게 날려 보고 싶었는데, 연이 떨어질 때마다 시시해, 하며 실망하던 순정이 때문에 나는 더 애가 탔는데, 순정이와 뜻도 모르는 노래를 곧잘 웅얼거리기도 했어, 아무도 찾는 이 없는 산골짜기 빈 오두막집에…… 등불만 호올로 반짝여…… 오랫동안 잊고 있었는데, 가사는 가물가물하네, 어렴풋이 하모니카 소리가 났던 것 같기도 하고, 그는 어릴 때의 귀에 익은 멜로디를 흥흥거렸다. 꼭 나쁜 기억만 있는 건 아니야, 이따금 흙 속에서 반짝이는 유리구슬을 줍듯이 오래도록 입 속에서 굴려 보고 싶은 사탕 같은 순간이 있어…… 순정이는 어떻게 변했을까, 나하고는 완전히 처지가 다르겠지, 좋은 양부모 밑에서 좋은 교육을 받고, 지금쯤 낯선 이름을 가진 아이의 엄마가 되어 있겠지? 만나게 된다면 서로 알아볼 수 있을까, 너무나 달라져서 우리가 길거리에서 우연히 부딪친다 해도 전혀 모르는 남처럼 지나치게 될지도 몰라, 우울해지는

군, 순정인 늘 작은 계집아이로만 있는데, 나한테는…… 긴장으로 굳어졌던 그가 순정의 따스한 욕조에 잠기자 조금씩 풀어지고 있었다. 그는, 곧 내려야지 하면서 졸음으로 무거워진 눈을 감았다. 타닥 타닥, 소년이 저만치서 빠르게 달려오며 점차 그에게로 다가왔다.

갑자기, 느닷없이, 현악기의 줄이 일시에 불협화음으로 끊어지 듯 거친 천이 단칼에 찢어지듯 울음소리가 허공을 꿰고 날아와 박혔다. 갓난아기의 울음이었다. 가라앉은 무기력의 늪을 뚫고 아기의 울음은 잠자고 있던 차 안의 침묵을 단번에 깨뜨렸다. 놀란 아기의 엄마가 아기를 어르고 달래 봤지만 울음소리는 더욱더 날카로워졌다. 쇠와 유리가 맞부딪혀 긁히는 소리가 그러할까, 어두운 바다 밑 깊숙이 웅크리고 있던 갑각류의 생물들이 일제히 발을 버둥거리며 촉수를 세웠다. 차 안은 이상한 광기로 술렁였다. 아기쪽을 쳐다보는 승객들의 눈길은 곱지 않았고 거친 말들이 쏟아졌다. 거, 좀 조용히 시켜요. 어떤 사람은 귀를 틀어막기도 하고 자신의 머리털을 쥐어뜯기도 했다. 잠시 운전대를 놓쳤던 기사는 안간힘을 쓰며 운전대를 잡고 있었다. 아기 엄마는 당황해서 아이에게 젖을 물리기도 했지만 그럴수록 아기는 젖을 거부하며 더 자지러지게 울어댔다. 제발, 그 울음소리 좀 멈추게 해요! 그 소리는 사람들의 신경줄을 긁어 대고 후벼 팠다. 흥분한 개의 이빨이 그의 머리통을 물고 사납게 흔들었다. 머리뼈가 으스러지는 듯 격렬한 고통이 몰려왔다. 그만!! 당장이라도 아기의 숨통을 끊어놓고 싶었다. 그의 내부의 중심이, 짐승이, 아이가 두 개로 세 개로 여러 개

230

로 찢어졌다. 팽팽하게 쥐고 있던 끈을 놓아 버렸다. 뒷좌석에 있던 그는 벌떡 일어서서 아기 쪽으로 다가갔다. 아기는 어찌할 바를 모르는 여자의 품에서 손발을 버르적대며 악을 쓰고 있었다. 그는 신들린 듯 여자의 무릎에 놓여 있는 아기를 번개같이 낚아챘다. 순식간의 일이라 여자는 속수무책이었다. 그는 아기를 한 손으로 가슴에 안고 다른 한 손으로 아기의 숨통을 눌러 버리려고 했다. 당장 울음소리만 멈추게 한다면 더한 것도 할 수 있었다. 그런데, 그런데, 아기의 얼굴을 보는 순간, 올라갔던 그의 손이 강한 저항을 하듯 움직여지지 않았다. 아, 아, 탱자나무, 울타리 아래, 두려움을 떨치며 울음을 눌렀던 그 여린 아가의, 질기고 오래된 핏빛 절규. 그는 붉게 부풀어 오른 자신의 오랜 얼굴을 깊숙한 눈길로 바라보았다. 달의 기운으로 물이 밀려오듯 이상하고도 낯선 감정이 그의 안으로 흘러들어 왔다. 오래전에 잊혔지만 분명 친근하고 익숙한, 따뜻하고 부드러운 동굴 안의 그를 느꼈다. 그는 점퍼 속의 셔츠를 열고 발버둥치는 아기의 작은 발바닥을 그의 가슴에 갖다 대었다. 심장의 뜨거운 펌프질이 아기의 발바닥으로 전해질 터였다. 보이지 않는 끈이 그와 아기 사이를 잇고 있었다. 그는 두 팔로 아기를 받쳐 안아 정성껏 가슴에 품었다. 신기하게도 아기의 동작이 순해지더니 언제 그랬냐는 듯, 울기를 멈추었다.

맑은 날 한낮 같은 정적이 흘렀다.

창궐 2

그것은 매의 발톱을 닮아 있었다. 끝이 오므라든 원뿔 모양의
줄기는 먹이를 사납게 움켜쥔 듯했다. 연노란 줄기는 찬장 옆의
자루를 뚫고 창처럼 솟아나왔다. 감자 세 알에서 싹이 나 무서운
기세로 터져 나오고 있었다. 몸통을 빼곡하게 차지하고 있는 싹
들을 도려내고 먹기에는 이미 늦어버렸다. 새파랗게 독이 올랐고,
나머지 두 알은 시커멓게 변해 있었다. 자루 속에 있던 시커먼 감

---

1 편집자 주: 「창궐 2」는 「창궐」(85~109쪽)과 다른 결말을 가진 작품이다. 따라서 도입부와 전개, 결
   말에 이르기 전까지의 내용은 같으므로, 독자는 앞 작품을 선택하든 뒤 작품을 선택하든 한 작품
   만을 읽으면 된다. 정확하게는 마지막 3~4쪽에 걸친 내용이 다르다.

자를 꺼내 칼로 속을 깎아보던 레미는, 혹시나 하고 기대했던 감자가 자신의 손에서 뭉크러지자 칼과 함께 내동댕이쳐 버렸다. 아끼다가 똥 된다고 했잖아. 레미는 다니에게 고함을 질렀다. 진작 먹어버리지 못한 데에 분노가 치밀었다. 레미는 자루를 뚫고 솟아나온 감자 줄기를 신경질적으로 잡아 뜯었다. 다니는 으깨진 검은 덩어리를 내려다보기만 할 뿐 아무런 대꾸도 하지 않았다. 그는 흙 속에서 딸려 나오던 싱싱한 감자를 생각했다.

이제 뭘 먹느냐고. 레미는 다니를 타박하면서도 눈길은 목공실 옆의 누렁이와 더미에게 가 있었다. 레미의 눈은 욕망으로 빛났다. 더미는 레미의 심상치 않은 눈길을 느끼고는, 짧게, 매에, 하면서 누렁이 뒤로 몸을 숨겼다.

어느덧 더미는 레미에게 사로잡혀 숨통이 끊어지고 배가 갈라졌다. 더미의 비명이 다니의 귀를 찔렀다. 목공실에 있던 다니는 귀를 막았다. 작업대가 놓인 창으로 회색 물결이 넘실거렸다.

화덕에서 피워 올리는 냄새와 연기가 돌집에 가득 찼다. 연기가 굴뚝을 빠져나가지 못하고 집안에서만 맴돌았다. 떠도는 냄새가 다니를 자극했다. 그의 혀에서는 침이 흘렀다. 혀는 예전의 기억을 문신처럼 새겨두고 있었다. 미각이란 그렇게 집요했다. 레미는 화덕 곁에 붙어 더미를 뒤집으며 휘파람을 불었다. 다니는 화덕에서 멀리 떨어져 작업대 위의 대패를 만지작거렸다. 되도록 더미 곁에서 떨어지고 싶었다. 그래도 냄새의 유혹은 물리치기 어려웠다. 마찬가지로 두 마리의 개들도 안절부절못했다. 모든 게 잿빛에 싸여 몽롱한데 냄새만 또렷했다.

이리 가까이 와서 먹어 봐. 거기서 청승 떨지 말고.

레미가 꼬치에 뀐 살덩이를 급하게 뜯어먹으면서도 연신 다니를 끌어들였다. 레미는 더미의 살코기가 너무 뜨거워 빨리 삼킬 수 없는 데 짜증이 났다. 더미는 다니의 어린 염소였다. 갓 태어났을 때부터 줄곧 그가 돌보아온. 레미는 먹는 데만 열중했다. 더 이상 다니에게 권하지 않았다. 다니는 등을 보이며 하릴없이 깎다만 나무를 대패로 밀었다. 습기를 잔뜩 먹어 대팻날이 잘 미끄러지지 않았다. 레미의 쩝쩝거리는 소리를 들으며 다니는 아주 어릴 때 아버지가 구워 주던 염소고기를 떠올렸다. 그의 눈앞에는 꼬치에 꿰어진 노릇하게 잘 익은 고기가 기름을 뚝뚝 떨어뜨리고 있었다. 꼬치를 든 아버지의 손이 어서, 어서, 하며 그를 재촉했다. 그는 눈꺼풀을 닫았다. 그는 처음부터 채식주의자가 아니었다. 아버지의 관습에 따라 고기를 즐겨 먹었고 인간에게 먹힘을 당하는 것들에 대해 의문을 갖지 않았었다. 그런데 열아홉 살이 되던 무렵 그에게 큰 변화가 왔다. 동물들의 말소리가 귀에 들리기 시작한 것이다. 그냥 멍멍, 왈왈, 음머가 아닌, 그들의 음이 사람의 말처럼 아주 잘 들리는 거였다. 그들의 희·노·애·락이 고스란히.

레미가 만족스럽게 트림을 하며 화덕에서 물러났다. 살점이 붙은 뼈다귀를 얻은 개들이 열심히 뼈를 핥아댔다. 목공실 옆 한쪽 구석에서 눈을 껌벅이는 황소의 눈에는 눈물이 고여 있었다. 상실감, 염소의 빈자리, 더미에 대한 애도였다. 레미가 다가와 다니의 어깨를 치며 말했다. 생각하지 말고 먹어. 남겨놨으니까. 언제까지 남아 있을지는 장담 못해. 레미의 번들거리던 눈빛이 가라앉아 있었다. 그는 기지개를 켜며 침상 쪽으로 갔다. 침대에 눕자마자 곧 코를 골았다.

다니는 화덕 쪽으로 움직였다. 불씨가 사그라진 화덕 위에는 갈비뼈를 드러낸 고깃덩어리가 반 정도 남아 있었다. 고기라고. 다니는 애써 더미의 흔적을 지웠다. 레미가 잠든 틈을 탄 것 같아 다니는 자신이 비겁하다고 생각했다. 누린내가 많이 난다, 역겹다고 애써 부정하며 갈등하는데, 오른손이 다리 하나를 뜯었다. 마음보다 손이 먼저 나갔다. 손이 먼저 입속으로 들어갔다. 달았다. 혓바닥으로 입천장으로 목구멍으로 육즙의 고소한 단맛이 감겨들었다. 사흘을 굶주렸던 창자가 요동을 쳤다. 그는 허겁지겁 먹었다. 그리고 한 번씩 푸아, 하며 긴 숨을 뱉어냈다. 죽이는 걸 모른 체했고, 더미의 애원에 귀를 막았다는 자책이 들었지만 더미는 병이 들어 죽어 가는 중이었다고 변명하며 고깃덩어리를 삼켰다. 먹은 것이 위에서 채 녹기도 전에 온몸에 붉은 점들이 돋았다. 더미의 토막 난 말(言)들이 핏속을 돌아다니며 아우성을 쳤다. 가려웠다. 그는 목과 겨드랑이, 배꼽 주위를 마구 긁어 댔다. 속이 뒤틀리고 울렁거렸다. 그는 들창을 열고 먹은 것을 게워 냈다. 빗물에 토사물은 순식간에 씻겨 내려갔다. 홍수가 난 지 15일째였다.

비는 그칠 줄 모르고 쉼 없이 내렸다. 빗물은 내가 되고 강이 되고 바다가 되어 사방에서 넘실거렸다.

두터운 회색 장막이 하늘을 뒤덮어 밤과 낮의 구별이 모호했다. 게다가 바람까지 불었다. 벌써 마을로 난 길은 끊겨 흔적조차 없었다. 마을은 사라지고 싯누런 물에 둥둥 떠다니는 지붕만 보였다. 다니의 집은 높은 언덕 위에 튼튼하게 지어져 물길에 휩쓸리는 일은 피할 수 있었지만, 이대로 계속 비가 쏟아진다면 안심할 수 없었다.

거기 누구 없어요?

거기 아무도 없나요?

다니는 손나팔을 해서 목청껏 소리쳐 보았지만 돌아온 건 물소리에 갇힌 막막한 자기 목소리뿐이었다. 그는 언덕을 휘감아 오르는 물너울을 보다 한숨을 쉬었다. 재앙이군. 재앙이야. 말간 해가 몹시 그리웠다.

레미는 먹을 때와 달리 침울하게 의자에 구겨져 있었다. 집안 어디서든 물곰팡이가 피어올라 수상쩍은 퀴퀴한 냄새가 집안을 떠돌았다. 가끔 불을 피우고 연료도 젖지 않게 잘 관리해야 했다. 집이 걸레라면 꽈악 비틀어 짜 물기를 없애고 싶었다. 다니는 사막을 생각했다. 물기 하나 없는 모래 속에 고치처럼 몸을 밀어 넣는 장면을 상상했다. 또, 모래 속 가슬가슬한 온기에 부화되는 거북의 알들을 떠올렸다. 지긋지긋한 물, 하는 소리가 들려왔다. 보지 않아도 누렁이가 한 말이란 걸 그는 알 수 있었다. 누렁이는 끊임없이 턱을 움직였다. 되새김질처럼 보이지만 빈 입질이었다. 언제 맛난 건초를 먹었는지 누렁이의 기억이 가물가물했다. 원래 누렁이는 몇 마리 가축들과 바깥 축사에 있었지만 다 떠내려가고 겨우 누렁이와 더미만 안으로 들어올 수 있었다. 팔려고 창고에 저장해 놓았던 감자와 비상식량들도 다 쓸려가 버렸다. 하루 새에 그렇게 많은 비가 쏟아질 줄 몰랐다. 사흘간 엄청나게 퍼부어 댔다. 미처 손쓸 겨를도 없이.

의자에 구겨져 있던 레미가 라이터를 켰다가 껐다가 반복적으로 찰칵거렸다. 찰칵, 찰칵. 다니는 레미에게 나지막이, 그러나 가볍지 않게 말했다. 그만해. 신경 거슬려. 불도 아껴. 레미는 라이터를 휙 집어던지고는 짐승 같은 소리를 내며 양손으로 자신의 머리카락을 움켜쥐고 흔들었다. 으어으어.

레미는 질기도록 내리는 비 때문에 조울증이 생겨 버렸다. 이따금씩 가슴을 치며 발을 구르기도 하고, 턱없이 희망에 부풀어 있다, 이따금씩 엉엉 울기도 했다. 레미와 다니는 하루 종일 말을 섞지 않고 벽을 쳐다볼 때도 있었다.

배고파. 배고파.

다니는 양탄자 위에서 고개를 맞대고 앉아 있는 두 마리의 개들한테로 다가갔다. 개들은 배고파라는 말을 저들끼리 공처럼 주고받았다. 그는 개의 목덜미를 차례차례 만져 주었다. 두 놈은 한 형제인데 비교적 사냥견에 가까운 종으로, 검은 털을 가진 놈은 베흐, 갈색 털은 누흐라고 불렸다. 다니는 레미가 앉아 있는 테이블을 지나, 화덕을 지나, 부엌으로 가 찬장에서 흑설탕을 꺼냈다. 밀폐에 신경 썼는데도 설탕은 눅눅했다. 물에 타서 주려고 엎어진 사발을 들다, 물이라면 쟤들도 지겹겠지, 하는 생각이 들었다. 다니는 설탕 그릇을 들고 개들 쪽으로 갔다. 개들은 엉덩이를 들고 꼬리를 살랑살랑 흔들었다. 다니는 설탕을 양 손바닥 위에 올려 그들 앞에 내밀었다. 베흐, 누흐는 사이좋게 설탕을 핥아먹었다. 그는 누렁이에게도 설탕을 먹였다. 레미에게도 줄까 하다, 이런 거 말고, 씹을 것 달라고, 하면서 괜히 아까운 설탕을 던지기라도 할까 봐 그만두었다. 다니는 설탕 한 숟갈을 혀 위에 놓고서 느리게 오래 녹여 먹었다.

설탕만으로 얼마나 견딜 수 있을까. 열지 않은 설탕자루를 생각했다. 설탕마저 떨어진다면…… 단풍나무시럽과 자두잼은 더 나중을 위해…… 다니는 손으로 얼굴을 쓸어 보았다. 축축했다. 얼굴에도 곰팡이가 슬 것 같았다. 비는 언제 그칠까. 그칠 기미는 보이지 않지만 그러다 언제 그랬냐는 듯 시치미 떼며 뚝 그칠지 모른다. 희망을 가져도 되겠지. 그러면 몸에 억지로 고기를 길들이지 않아도 된다. 혀와 몸이 따로 놀지 않아도 된다. 더미를 먹을 때의 치욕이 떠올랐다. 게워내고 나서도 나중에 다시 먹으려 했고, 먹었고, 토하지 않았다.

찬장 옆의 자루에서 나온 감자 줄기가 벽을 타고 올라가고 있었다. 줄기에는 잎들이 촘촘하게 매달려 있다. 이상하다. 감자는 덩굴식물이 아니다. 줄기가 벽을 타고 올라가는 일 따위는 있을 수 없었다. 그런데 이런 일이 어떻게 가능한지 다니도 알 수 없었다. 오랫동안 감자를 수확해 왔지만 대책 없이 커가는 감자 줄기를 보면서도 쉬이 믿어지지 않았다. 레미가 신경질적으로 쥐어뜯었던 그 감자에서 또다시 줄기가 뻗어 나오고 있었다. 처음보다 더 기운차고 강단지게. 연노란색이 초록색으로 짙어지며 천정까지 오를 기세다. 이 공간에서 생생하게 빛을 뿜는 건 저 감자 줄기뿐이다. 무척 끈질긴 감자군. 다니는 기세등등하게 뻗어 나오는 줄기를 보며 중얼거렸다. 땅에 뿌리박지 못한 감자는 불구다. 열매 맺지 못한다는 걸 아니까 잎이 더 극성을 부리는 것이다. 감자 잎이 줄지어 서 있던 밭이랑이 떠올랐다. 감자를 캐다 밭고랑에 누워 손을 담가 보던 푸른 하늘과 흙을 털어 내며 흙냄새와 함께 딸려 나오던 주렁주렁한 감자알들. 달궈진 돌 위에다 구운 뜨거운 감자. 껍질을 벗겨 가며 먹던 구수한 감자 냄새가 비어 버린 위를 자극했다. 그는 텅 빈 위주머니에 감자 대신 나직나직하게 멜로디를 흘려 넣었다. 하얀 꽃에는 하얀 감자, 자주 꽃에는 자주 감자, 보라 꽃에는 보라 감자…… 하얀 꽃에는 하얀 감자, 분홍 꽃에는 분홍 감자…… 뱃속에서 감자 꽃들이 다투어 피어났다.

우리, **뺨치기** 놀이 할까.

레미가 다니에게 제안했다.

서로 마주보고 서서 레미가 먼저 다니의 **뺨**을 올려붙였다. 그다음은 다니가 레미의 **뺨**을 때렸다. 또 그다음은 레미가, 다음은 다니가, 뒤이어 레미가, 그 뒤에 다니가. 서로의 손이 기계적으로 올라갔다 내려갔다 했다. 한동안 같은 동작이 반복되었다. 점점 뺨에 부딪치는 손바닥에 불이 붙었다. 레미가 씩씩거리더니 주먹으로 다니의 얼굴을 쳤다. 다니도 손목을 휘둘러 레미의 얼굴을 가격했다. 주먹이 오가고, 코피가 터지자, 누군가의 발이 상대방의 무릎을 찼다. 규칙이 깨지고, 주먹과 발이 뒤엉키고, 바닥을 뒹굴면서, 치고, 맞고, 때렸다. 이 세상에서 할 수 있는 일은 그것뿐이라는 듯. 이윽고, 숨이 차고 녹초가 되어서야 놀이를 멈추었다. 비는 쉼 없이 내렸다.

여전히 하늘에서는 물이 쏟아졌다.

23일째.

빗줄기는 가늘어졌지만, 잦아들듯 하다 다시 이어졌다. 이상하게도 물은 언덕의 팔부 능선 이상으로 차오르지 않았다. 혹시나 하고 바깥으로 나갈 길을 찾아보았지만 언덕 바로 아래는 넘실거리는 물이었다. 망망대해 같은 주위를 둘러보는 레미와 다니의 얼굴은 어두웠다. 레미의 기색은 더 나빴다.

레미는 아까부터 이죽거리며 다니의 속을 긁었다. 저거 먹자, 응, 이제 그만 먹어 버리자구. 레미는 외면하는 다니를 따라다니며 달달 볶았다. 그러다 레미는 제풀에 풀썩 주저앉았다. 기운이 없기는 다니도 마찬가지였다. 그는 나무를 깎아 내던 조각도를 놓고 주방으로 가 허브차를 끓였다. 마음을 진정시켜 준다는 차였다. 설탕을 듬뿍 넣었다. 두 잔을 끓여 한 잔은 레미에게 주었다. 레미는 차를 마시면서도 툴툴거렸다. 먹을 걸 두고 왜 우리가 이딴 것만 마셔야 하냐고. 레미는 발밑으로 지나가는 지네를 집어 올려 화덕 위에서 살짝 구웠다. 레미는 지네를 갯가재처럼 먹었다.

레미의 분위기가 심상치 않았다. 누렁이를 노려보는 눈빛이, 호시탐탐 맹수의 그것과 닮았다. 그는 누렁이 주위를 왔다 갔다 하며 대놓고 집적거렸다. 이제 다니의 눈치도 보지 않았다. 누렁이는 불안했다. 더미나 누렁이나, 소나 염소나. 그는 중얼거렸다. 낮에는 다니의 방해로 누렁이를 잡으려다 실패했지만 지금은 어림없다. 다니가 사납게 화내는 게 오히려 의심이 가고 우스웠다. 어울리지 않게 도끼 들고 설쳐 대는 통에 물러났지만. 짜식, 고상한 척 하기는, 저도 먹고 싶었으면서. 그는 일부러 불편한 어둠을 참아 내며 다니가 잠들기를 기다렸다. 찰카각, 차칼칵, 찰칵. 습기 탓에 매끄럽게 켜지지 않는 라이터를 들이대고 도끼 쥔 손의 팔목에 누렁이의 줄을 감아쥐었다. 그의 우려와 달리 누렁이는 별다르게 저항하지 않았다. 누렁이도 지친 상태였지만, 이미 체념하고 있었다. 다만 누렁이는, 호오, 하고 한 번, 묘한 소리를 냈을 뿐이다.

나, 떠나요.

즉시 다니는 누렁이의 말을 이해했다. 귀를 막으며, 동물의 말을 들을 줄 아는 자신의 귀를 원망했다. 그는 이 모든 걸 알고 있었다. 잠이 든 척하고 있었을 뿐이다. 레미가 밤에 모르게 처리해 주는 게 오히려 고마웠다. 그는 마당에서의 상황이 충분히 짐작되었다. 레미가 비를 맞으며 어떤 일을 벌이고 있는지. 상상하기 싫었지만, 빗소리 사이사이에 들려오는 괴이하고 묵직한 울림으로 알 수 있었다. 퍽. 컥. 딱. 쿵. 철퍽.

날이 밝았다고 생각하는 시점에, 사실 새벽인지 한낮인지는 아무런 의미가 없었다. 밤의 검은 그림자가 차츰 옅어져 두터운 회색에서 부드러운 회색으로 묽어지면 낮이라고 생각했다. 다니는 깜박 잠이 들었다가 눈을 떴다. 실내에는 연기가 자욱했다. 고기 타는 냄새와 피비린내와 쉬척지근한 냄새가 뒤섞여 있었다. 다니는 무겁게 칙칙 감기는 몸을 겨우 일으켜 양탄자가 깔린 가운데 홀로 나왔다. 이끼가 촘촘한 벽 틈 사이로 지네들이 왔다 갔다 했다. 레미는 화덕에 서서, 고기를 굽고 있었다. 동작이 활기에 넘쳤다. 베흐와 누흐는 언제부터인지 레미가 던져준 내장에 코를 박고 있었다. 다니는 누렁이가 있던 목공실 근처에 눈길을 주었다. 그곳은 원래 그랬던 것처럼 아무런 흔적도 남아 있지 않았다. 오랜만에 불기운을 받은 집은 훈훈했다. 다니는 불 앞으로 다가갔다. 호흡처럼 밴 습기를 바짝 말리고 싶었다. 레미의 얼굴은 명랑한 홍조를 띠었다. 레미는 다니에게 붉은 살덩어리 조각을 내밀었다. 먹어. 날 것으로 먹으니까 더 부드럽고 고소해. 땔감도 부족한데 언제 이걸 다 익혀. 상하기 전에 먹어 치워야지. 나머진 국도 끓이고 소금을 쳐서 저장할 거야.

다니도 더는 고집을 피우지 않았다. 피운다면 자신을 속이는 거였다. 냄새를 맡았을 때부터 위장이 살아 꿈틀, 꿈틀했었다. 다니는 레미가 내미는 살 한 점을 입속에 넣었다. 연한 살이 이빨 새로 즙이 되었다. 다니의 망설임을 비웃듯 누렁이는 부드럽고 고소했다. 생각만 바꾸면 되었다. 습관만 바꾸면 문제 될 게 없었다. 이런 재앙이 아니었다면 그는 자신의 원칙을 지키며 평생 채식으로 살았을 것이다. 그는 즙을 빨아들이며 신의라는 말을 고기와 같이 씹어 넘겼다. 이건 원칙의 문제가 아니었다.

포만감으로 너그러워진 레미가 불가에서 나무를 말리고 있는 다니에게 관심을 보였다.

뭐 만들고 있는 거야?

조각배 같은 거. 작지만 아무튼 물 위에 띄울 수 있는 거.

맞아. 언제 이 집도 잠길지 몰라. 무서워.

비가 이렇게 쏟아지는데도 더 이상 물이 차오르지 않는 게 신기하긴 해.

과연, 둥근 해가 떴습니다, 할 수 있을까. 지금 이대로라면 영원히 못 볼 거 같아.

글쎄, 해는 뜨겠지. 뜰 거야. 믿고 기다리자구.

해가 나면 여자 친구랑 손을 잡고 여기저기 돌아다닐 거야. 내 망아지 같은 다리로 마른 땅을 힘차게 또박또박 밟아줄 거야. 이곳엔 돌아오지 않을 거야. 레미가 눈을 반짝이며 말했다.

레미가 창턱 위에 올라가 오줌을 누었다. 그는 바깥의 소용돌이치는 물결을 내려다보다 갑자기 후다닥 내려와 공포에 질려 말했다. 불·현·듯·알·아·졌·어. 생존자는 우리 둘뿐이란 걸! 이제 어떡해, 어떡하지. 그는 금방이라도 울 것 같은 얼굴로 안절부절못했다.

우리 실뜨기 할까.

다니는 양손에 실테를 감아 가운데손가락으로 집어 올려 레미의 앞에다 펼쳤다.

아니야, 우리의 문제를 직시해야 돼. 이런 걸로 도망가선 안 돼. 레미는 다니의 실을 밀쳤다. 아랑곳하지 않고 다니는 다시 레미의 앞에 장구 모양의 실테를 걸었다. 레미는 도로 밀칠까 주저하다 실에 손가락을 걸었다. 다니의 장구틀에서 엄지와 검지를 밖으로 돌려 바둑판무늬를 만들었다. 그다음 다니가 젓가락 모양을, 레미가 베틀을 만들었다가, 다니가 레미의 베틀에서 소눈깔로, 그다음 물고기로, 물고기에서 가위줄로, 마지막으로 가위줄을 톱질하기. 슥삭슥삭. 레미와 다니가 서로의 실을 당겼다 풀었다 하며 입으로 슥삭슥삭 톱질을 한다. 레미가 먼저 웃고, 다니도 따라 웃었다.

다시 한 번 더.

이번에는 레미가 먼저 장구틀을 만들고 다니가 바둑판무늬로 뒤집었다. 다시 젓가락에서 베틀이 되었다가 소눈깔로, 물고기에서 가위줄로, 슥삭슥삭 톱질하기. 다시. 다시. 되풀이. 반복. 장구틀이 쌓이고 바둑판무늬가 펼쳐졌다가, 황소눈깔이 떠다니고 물고기가 날아다녔다. 레미와 다니는 서로의 윤곽이 흐려질 때까지 실뜨기를 했다.

시간이 흐른 듯, 멈춘 듯, 여러 날이 흘러갔다.

드디어 아침 햇살이 눈부시게 반짝였습니다. 눈물이 날 것 같습니

다, 하고 탄성을 내지를 수 있다면 얼마나 좋을까. 다니는 눈을 뜨자
마자 자리에서 일어나 먼저 창가로 달려갔다. 바깥의 여전한, 지
겨운, 마귀광대미치광이버섯 같은 날씨에 다니는 그 어느 때보
다도 실망했다. 꿈이었단 말인가. 조금 전까지, 분명히, 그는 명
랑한 태양 아래서 모래언덕을 미끄러져 내려오며 신나게 모래
썰매를 타고 있었다. 따끈따끈하고 보송보송한 모래알의 느낌과
정수리를 비추던 오렌지빛의 기운은 너무나 생생하고 충만했다.
까르륵거리며 웃던 그의 웃음소리도 귓가에 쟁쟁쟁 남아 있었
다, 그런데…… 믿고 싶지 않은 일이, 믿을 수 없게도, 턱, 변함없
이 버티고 있었다. 저주스러웠다. 다니는 크엉크엉 울면서 자신
의 머리를 벽에다 콩콩콩 찧었다. 그 바람에 벽모서리나 틈에서
세력을 키워 가던 이끼와 노란다발 같은 버섯들이 살짝 몸을 틀
었다.

다니, 그러지 마. 레미가 달려 나와 다니의 머리를 감싸 안으며
다독였다. 대체 왜 그러는 거야. 너답지 않게. 잘 참아왔잖아. 다니는
레미의 가슴팍에서 더 큰 소리로 울었다. 이윽고 다니는 고개를
들고, 코를 푼 다음, 얼룩진 눈으로 레미를 보며 말했다. 나는, 여
기, 이곳에 있지 않았다구. 태양과 숨바꼭질 하며, 사막에서 놀고 있었
다구, 그래서…… 다니가 이러쿵저러쿵 자초지종 말하는데, 억울해
서, 서러워서, 또 눈물이 솟구쳤다. 레미는 다니의 말을 열심히 들
어주고, 박자를 맞추다, 고개를 끄덕이며 말했다. 젠장, 너는 운이
억세게 좋은 거야. 난, 어쩌다 잔 꿈속에서도, 물에 빠져 물을 마시며

허우적거리고 있었어. 얼굴이 퉁퉁 불은 채로. 퉤, 재수 없어. 레미는
다니보다 더 억울했다.

어째서 비는 계속 내리는 거야.

우리가 벌 받는 거야.

왜? 내가, 우리가, 대체 뭘 잘못했는데!

말은 그렇게 했지만 다니도 레미도 꺼림칙했다. 털어서 먼지 안
나는 사람은 없다지만 벌이라는 말이 돋보기가 되어 그들의 절
망에 바짝 다가섰다. 레미는 큰물이 나기 전 장사치로 시장 바닥
을 떠돌 때 무시로 저울 눈금을 속이던 일이 확대되어 그의 발목
을 잡았다. 감자 여덟, 아홉 개를 열 개의 무게처럼 늘려 팔았고,
또 다니의 씨알 굵은 감자 밑에 잘고 못생긴 감자를 섞어 다니 몰
래 이득을 챙겼다. 다니는 레미의 여자 친구를 탐내었다. 겨울 무
처럼 장딴지가 실팍한 처녀였다. 레미가 멀리 장에 가서 오래 소
식이 끊겼을 때 산 너머 면소재지까지 여자를 찾아가기도 했었다.
심지어 레미가 영영 나타나지 않기를 바란 적도 있었다. 다니도
레미도 마음이 뒤엉켜 복잡했다. 더 속을 알 수 없는 건 끊임없이
내리는 비였다.

이제는 잠도 안 와.

베흐와 누흐가 병이 났다. 양탄자에 몸을 이리 저리 굴리고 비
볐다. 눈곱이 끼고 부스럼이 나고 군데군데 털이 빠지고 진물이
흘렀다. 약을 발라도 소용이 없었다. 다니는 불쏘시개를 모아 불

을 지펴 베흐와 누흐를 화덕 가까이로 오게 했다. 그나마 불기운이 애들의 피부병을 더디게 할 것 같았다.

퉤퉤. 이건 너무 짜서 못 먹겠네. 레미가 인상을 쓰며 말했다. 이건 구더기가 생겼어. 다니는 아무렇지 않게 받았다. 여긴 치즈처럼 부패했네, 새콤해. 두고 먹어도 되겠어. 날만 건조하다면 육포로 만들어 먹으면 좋은데…… 레미는 고깃덩어리의 성한 부분을 골라 씹어 먹다 그릇에 뱉어 버렸다. 아무리 배가 고파도 구리고 질려서 더는 못 먹겠어. 레미는 끓여 놓은 물로 입안을 헹궜다. 고약해. 모든 게 썩고 있어. 썩어 가고 있어. 우리 피도 썩었을 거야. 얼마 전까지만 해도 이 안에서 악취가 코를 찔렀는데 이제는 무감각해졌나 봐. 냄새가 안 나. 우리도 어딘가 고장 났을 거야.

테이블에 턱을 괴고 있던 레미의 얼굴에 야릇한 미소가 떠올랐다. 아, 먹고 싶다. 사과랑 토마토랑 당근이랑 청경채랑, 아삭아삭한 게 무지 먹고 싶다. 레미는 침을 삼켰다. 잼 한 숟갈로 마음을 달래. 다니는 유리병을 레미 앞으로 밀었다. 레미는 잼 한 숟갈을 입안에 떠 넣고서 입체감 있게 오물거렸다. 나, 지금 자두 씹는 중이야. 새콤달콤한 물이 흘러나와. 레미의 표정은, 나, 자두밭에 있어, 였다. 눈앞에 싱싱한 자두가 열려 있고, 그는 그 자두를 따고, 또 땄다. 넌, 뭐가 생각나. 레미가 천천히 고기를 씹고 있는 다니에게 물었다.

나, 술.

술? 나는 마리화나.

나도 마리화나.

나는, 술.

마리화나, 술. 마리화나, 술. 마리화나, 술.

술, 마리화나. 술, 마리화나. 술, 마리화나. 다니의 발치에서 누흐와 베흐도 레미와 다니의 말을 흉내 내며 말을 가지고 공기놀이를 했다.

마리화나? 혹, 저기, 저 버섯을 먹으면 환각작용이 있지 않을까. 레미는 놀라운 발견을 한 듯 말 잇기를 하다 끊고는, 기둥벽 틈에 몽글몽글 모여 있는 버섯을 가리켰다. 흥, 그럴지도. 그렇지만 환각을 일으키기 전에 호흡 곤란으로 먼저 죽을걸. 다니는 무심하게 말했다. 차라리, 끝내 눈뜨지 말았으면 좋겠어. 여기서 벗어날 수만 있다면 뭐라도 할 거 같아. 레미는 풀이 죽어 시무룩하게 말했다.

시간이 시간의 꼬리를 물고 이어졌지만, 비는 자꾸만 교만하고 비대해졌다.

34일째.

다니의 얼굴빛은 핏기 없이 푸르스레하고 레미는 핏기 없이 누르스레했다. 사람의 적당한 온기에 넘쳐나는 습기는 곰팡이균이 머물기에 딱 좋았다. 다니나 레미가 서로의 몸에서 버섯처럼 번지는 습진을 발견하기란 굶는 것만큼 쉬운 일이었다. 근지러움은 일상이 되었다. 간지러운 게 아니라 근지러움이었다. 간지러움이 물새 깃털이라면, 근지러움은 지네의 마디 많은 발이었다. 이빨도 들뜨고 쑤셨다. 누흐와 베흐의 몰골도 형편없었다. 이 안에서 날로 번성하는 것은 싸가지 없는 새파란 것들이라고, 레미는 누워서 가려운 데를 긁으며 중얼거렸다. 이끼 못지않게 감자 줄기는 짙은 초록빛 잎을 달고 번져 나갔다. 잎 하나가 손바닥만큼 컸다. 다니는 감자 줄기가 우리의 기를 다 빼앗는 거라고 생각했다. 어제는 그의 창자에서 거대하게 자라난 감자 줄기가 입속을 뚫고 나오는 꿈을 꾸다 켁켁거리며 깨기도 했었다. 다니는 벽을 노려보다 찬장 쪽으로 성큼성큼 다가가 새파랗게 기어오르는 감자 줄기를 잡아챘다. 질겼다. 쉽게 뜯기지 않았다. 그는 도끼를 들고 와 마구 난도질을 했다. 풀 길 없는 분노가 다니를 달구었다. 마구잡이로 휘두르는 손길에 감자 줄기와 잎이 토막토막 잘려 나갔다.

비가 그치리라는 희망은 버린 지 오래였다. 그러나, 그래도, 혹시나 하며 지금껏 버텨 왔는데, 하는 마음이 개미눈곱만큼 있었다. 마음 한 가닥으로는 혹 한 시간 후에 짠 하고 마술처럼 그칠지도 모른다는, 눈 뜨고 일어나 보니 그쳐 있더라는 기대가 약간 남아 있는 것도 같았지만, 그 자신의 마음이지만 잘 알 수 없다고 다니와 레미는 생각했다. 마술 같은 일은 일어나지 않을 것이다.

희망 놀이 하나.

지금 제일 하고 싶은 건?

입이 데일 정도로 뜨거운 차를 마시고 싶어. 추워, 으스스 떨려. 담요를 몇 겹으로 덮어도.

그럼, 불씨를 모아 볼까. 레미가 느릿느릿 일어나 멍하니 서 있었다. 막상 일어났으나 별달리 뾰족한 수가 생각나지 않았다. 물의 공격을 받지 않은 성한 게 있을라구, 츱. 다니는 혀를 찼다. 희망 고문이야.

레미는 미련을 버리지 못하고서 두리번거렸다.

레미는 목공실에서 톱밥을 담아 와 화덕에다 부었다. 축축하지만 그래도 불씨가 될 가능성이 높았다. 남아 있는 라이터를 다 쓰더라도 시도해 볼 생각이었다. 그는 톱밥에다 끈질기게 불을 붙였다. 꺼지면 다시 켜고, 꺼지면 다시 켜고…… 라이터의 마찰음이 반복될 때마다 불붙이는 일은 그의 자존심이 되었다. 다니는 기계적으로 몸을 긁으며 우두커니 레미의 동작을 바라만 보았다. 모처럼 레미의 얼굴에 벌겋게 핏기가 돌았다. 라이터를 두 개째 다 태웠을 때, 톱밥 사이에서 피시식, 피식거리며 연기가 올라왔다. 그는 매운 연기를 마시면서도 계속 입김을 불어넣었다. 야, 불이 붙었다. 어지러운데도 갑자기 생의 의욕이 솟구쳤다. 겨우 불을 붙였는데, 오래 가야 할 텐데. 어서 이리 와 앉아. 레미는 뿌듯해하며 다니를 불렀다. 웬일인지 다니는 레미가 손짓하는 방향과는 반대로 걸어갔다.

다니는 레미에게 방수포에 잘 싸인 한 묶음의 통나무다발을 내밀었다. 레미는 놀랐다. 아니, 멀쩡한 나무잖아. 레미는 어떻게 된 일인지 바로 이해했다. 이 호랑말코야, 이 나쁜 놈아, 내가 그렇게 불 피우려고 애쓰는 거 다 봤으면서 이제 내놓는 거야. 레미는 원망 반, 기쁨 반의 눈길로 다니를 올려다보았다. 불길이 일어나니까, 발가락 근처에 있던 의욕이 허리께까지 단숨에 올라왔다.

단풍잎차를 뜨겁게 마시고 치즈 냄새 나는 고기 조각을 조금 씹어 먹었다. 베흐, 누흐의 눈도 오랜만에 빛이 돌았다. 다니는 말했다. 통나무 몇 개를 방수포에 꼭꼭 여며서 목공실 바닥 공구실에 숨겨 놓았었어. 이걸 꺼내 쓰고 싶을 때마다, 내일 써야지, 내일, 하면서 미뤄 왔어. 그래야만 하루를 견딜 수 있을 거 같았어. 내일이면 불을 지필 수 있다는 기대가 눈을 뜨게 했으니까. 하루 연장법. 유혹에 져서 미리 다 쓴다면, 그다음은, 하고 기다릴 수가 없잖아. 이제는 그럴 것까지 있나, 하는 생각이 들어.

수도자와 보통사람을 토굴에 가둬 놓고 먹을 것 없이 일주일을 견디라고 하면, 어떻게 될 것 같아? 보통사람들은 며칠도 못 버티고 죽지만 수도자들은 살아 낸다는 거지. 왜 그런 줄 알아. 수도자는 먹을 게 있는데도 자신의 의지로 안 먹는 거라고, 자기를 단련하는 거라고 생각하지만, 보통사람은 없어서 못 먹는 거라고 생각하기 때문에 배고픔에 허덕거리고 공포로 죽어 간다는 거지. 견디질 못한대. 다니가 말했다.

처음으로 하는 말이지만, 니가 있어 얼마나 다행인지 몰라. 만일 나 혼자 있을 때 이런 일이 닥쳤다면 난 벌써 미쳐 버렸을 거야. 레미가 말했다.

레미와 다니는 한동안 말이 없었다.

다니와 레미는 한동안 움직이지 않았다.

희망 놀이 둘.

해가 보고 싶다. 배를 타고 나간다면 어딘가에 사람들이 있는 마른 땅이 나타나지 않을까. 레미가 말했다.

왜, 요즘 배를 안 만드는 거야. 어서 배를 만들자. 나도 도울게. 여기서 비가 그치기를 기다릴 게 아니라 우리가 찾아 나서자구. 어딘가에 사람들이 살고 있는 태양이 눈부시게 빛나는 곳이 있을 거야. 레미가 말했다.

레미는 축 처져 있는 다니를, 뿌리치는 다니를, 잡아 끌고서 목공실로 갔다. 레미는 톱이든 대패든 끌이든 상관없이 손에 잡히는 대로 연장을 쥐고서 아직 형체도 안 잡힌 만들다 만 조각배의 일부분을 다듬었다. 레미는 야무지게 끌을 쥐고서 파내려 갔다. 물론 더뎠지만, 날이 앞으로 잘 나가지 않았지만, 레미는 고개를 숙이고 나무 깎는 일에만 열중했다. 다니는 레미의 모습을 지켜보다 팔짱을 풀고는 칼과 망치를 잡았다. 한동안 파이고 깎이는 목재의 연마되는 불연속적인 무딘 소리만 들렸다.

한동안 얼굴을 아래로 박고 있던 레미가 돌연, 끌을 나무에 내리꽂고는 고개를 들었다. 그의 눈은 눈물로 젖어 있었다. 레미를 본 다니는 놀라서 홈을 파던 손길을 멈추었다. 다니를 응시하는 레미의 눈에 불꽃이 일렁였다.

이젠 더 이상 못 참겠어.

레미는 거칠게 연장들을 밀어내고는 재빠르게 목공실을 나가 홀을 쫓기듯 지나쳐 현관문을 열고 미친 듯이 밖으로 뛰쳐 나갔다. 순식간의 일이라 다니는 멍하게 있다 정신을 차리고 다급하게 레미의 뒤를 쫓았다. 물살에 세차게 부딪치는 소리가 들렸고, 다니가 밖으로 나왔을 땐 이미 레미는 보이지 않았다.

레미!

레미!

레미!

돌아온 건 휘감아 도는 물소리뿐이었다.

39일째.

태양을 기다리지 마라, 이미 죽어 관 속에 들어갔나니.

굳이 새삼스럽게 무덤이라는 말을 쓸 필요는 없었다. 돌집은 갑충의 등껍질처럼 물에 젖어 번들거릴 것이고, 위에서 내려다본다면 갑충 한 마리가 물 위에 떠 있는 것처럼 보일 것이다. 다니는 자신이 갑충의 뱃속에서 녹고 있는 중이라고 생각했다. 흐물흐물 삭아 진액이 흐르는 먹이가 그였다.

베흐와 누흐의 눈빛이 달라졌다. 얼마 전부터 다니는 개들의 말을 알아들을 수 없었다. 단지 그르렁거리는 짐승의 거친 숨소리만 들렸다. 다니는 베흐와 누흐의 눈빛과 해독할 수 없는 침묵이 불편했다.

다니는 목공실로 들어가 만들다 만 배를 보았다. 배는 목적지를 잃어 버리고 이끼가 덮인 채 지상에서 표류하고 있었다. 배 주위에는 톱과 망치 같은 것이 아무렇게나 널려 있었다. 레미가 사용한 끌은 그대로 녹이 슬어 몸체의 홈 안에 꽂혀 있었다. 다가가 끌을 뽑으려는데 왈칵 눈물이 쏟아졌다. 걷잡을 수 없이 눈물이 흘러 습기를 잔뜩 먹은 배 위로 떨어졌다. 그는 홈 안에 엎어져 짐승처럼 울었다.

이윽고 그는 바닥에 흩어진 공구들을 주워 뱃머리 쪽이라 여겨지는 곳에 끌과 함께 가지런히 정리해 두었다. 그는 작업대 곁의 창가 쪽으로 갔다. 거의 다 녹거나 일그러졌는데 그나마 창은 틀어지지 않고 반듯했다. 물끄러미 바깥을 내다보았다. 더욱더 두터워진 잿빛 장막이 눈앞을 가로막고 있었다. 갑자기 그는 작업대 위에 올라가 미친 듯이 양팔을 휘저으며 옷소매로 유리창을 문질렀다. 아무리 닦아도 달라지는 건 없었다. 잿빛 장막은 여전히 그대로였다. 그는 시작처럼 느닷없이 휘둘렀던 동작을 멈추고는, 바닥으로 내려서서 홀 중앙으로 걸어갔다.

기둥, 바닥, 벽 할 것 없이, 제멋대로 무성하게 돋아난 버섯들. 노란 우산, 하얀 고깔, 갈색 모자…… 모양도, 색도 제각각이었다. 색이 화려한 것들이 맹독을 가지고 있다고 했다. 그는 기둥 밑자락에서 유독 색깔이 진한 노란버섯을 뿌리째 뜯었다. 이것이 죽음과 더불어 환각까지 선사한다면 더 바랄 게 없으리라. 다니가 몸을 돌리려는데 뒷덜미가 서늘했다. 베흐와 누흐의 눈이 광채를 뿜으며 다니를 노려보고 있었다. 더미와 누렁이를 보던 레미의 번들거리던 눈빛과 닮아 있었다. 다니는 손에 쥐고 있던 버섯다발을 놓아 버렸다. 다니는 바닥에 쭈그려 앉아 몇 발짝 떨어져 있는 개들을 마주보았다. 팽팽한 긴장감이 흘렀다. 다니는 홍수가 난 뒤로 한 번도 불 일이 없었던 휘파람을 불었다. 먹이 주려고 할 때나 혹은 칭찬하거나 산책할 때 내던 소리였다. 개들은 멈칫했다. 다니는 편안하게 가슴을 열어보이며 또 한 번 휘파람을 불었다. 잘 훈련된 개들은 약속이나 한 듯 동시에 다니에게 달려들었다. 베흐는 오른쪽 눈을, 누흐는 왼쪽 눈을 공격했다. 보이지 않으면 마음도 멀어진다. 먼저 다니의 눈에 그들의 모습이 비치지 않게 하는 것이 주인에 대한 최소한의 예의라고 개들은 생각했다. 벽과 기둥을 장악하던 새파란 것들은 순간 몸을 뒤채며 더 짙은 빛을 뿌렸다.

이끼는 검푸른색을 띠며 엄숙한 군락을 이루었고, 감자줄기와 잎은 죽지 않고 더 뻣뻣하게 자라 천정을 덮었다.
날이 갈수록 불구의 감자 줄기와 잎은 거대하게 퍼져 돌집을 지배했다.

퍼즐 위의 새

1판 1쇄 발행 2015년 12월 10일

지은이 | 배이유
펴낸이 | 조영남
펴낸곳 | 알렙

출판등록 | 2009년 11월 19일 제313-2010-132호
주소 | 서울시 강서구 공항대로45길 101 강변샤르망 202-304
전자우편 | alephbook@naver.com
전화 | 02-325-2015
팩스 | 02-325-2016

ISBN 978-89-97779-57-4 03810